MAUPAS

Henri Troyat est né à Moscou en 1911. Fuyant la Révolution russe, ses parents – à l'issue d'un long exode – l'amènent en France où il fait ses études (lycée, faculté de droit).
Naturalisé français, il accomplit son service militaire et, alors qu'il se trouve encore sous les drapeaux, obtient le Prix du roman populiste pour son premier ouvrage, Faux Jour *(1935).*
Il publie encore Le Vivier, Grandeur nature, La Clef de voûte *et* L'Araigne, *qui reçoit le Prix Goncourt en 1938.*
Sa manière change avec les vastes fresques historiques qu'il entreprend par la suite : Tant que la Terre durera *(3 vol.),* Les Semailles et les Moissons *(5 vol.) et* La Lumière des justes *(5 vol.). Son œuvre abondante compte aussi des nouvelles, des biographies (Pouchkine, Dostoïevski, Tolstoï, Gogol, Catherine la Grande, Pierre le Grand, Alexandre Ier, Tchékhov, Tourgueniev, Gorki, Flaubert, Maupassant), des pièces de théâtre.* Le Front dans les nuages *marque un retour à sa première manière romanesque, tandis que* Le Moscovite *(3 vol.) et* Les Héritiers de l'avenir *(3 vol.) s'apparentent aux grands cycles historiques.*
Henri Troyat a été élu à l'Académie française en 1959.

Vingt-sept livres publiés en dix ans. Une vie de météore, brève, fulgurante, partagée entre la débauche, le sport et l'écriture. Où faut-il chercher le vrai Maupassant ? Dans le petit fonctionnaire qui raille férocement ses collègues de bureau, écoute avec dévotion les conseils de son maître Flaubert et passe ses dimanches à canoter sur la Seine et à trousser les filles ? Dans l'auteur en vogue qui collectionne les gros tirages, organise des orgies burlesques, barre superbement son yacht sous le soleil de la Méditerranée et court des putains aux femmes du monde avec un égal appétit ? Dans l'artiste de génie, enfin, solitaire et secret, souffrant d'un mal incurable et qui lutte désespérément pour achever son œuvre ?
Multiple et insaisissable, aussi fier de ses muscles saillants que de sa plume féconde, de sa rudesse terrienne que de ses succès de salon, de ses débordements sexuels que de son refus des honneurs, Maupassant réunit tous ces hommes en un seul, et les contradictions de sa nature donnent à ses écrits un accent à la fois cynique et tendre, poétique et violent qui assure leur pérennité à travers les générations et les modes.

Paru dans Le Livre de Poche :

IVAN LE TERRIBLE.

Les Héritiers de l'avenir :

1. LE CAHIER.
2. CENT UN COUPS DE CANON.
3. L'ÉLÉPHANT BLANC.

HENRI TROYAT
de l'Académie française

Maupassant

FLAMMARION

I

LE POULAIN ÉCHAPPÉ

Courtisée depuis peu par un certain Gustave Maupassant, Laure Le Poittevin s'interroge avec angoisse : doit-elle, oui ou non, lui accorder sa main ? Elle a vingt-cinq ans[1], elle est belle, avec des traits réguliers, un regard hardi, d'abondants cheveux bruns coiffés en bandeaux et retombant en longues anglaises de chaque côté de la figure, un air d'intelligence et de décision qui en impose à son entourage. Passionnée de littérature, elle a lu tout ce qu'il convient de lire, parle l'italien et l'anglais, se gave de Shakespeare, écrit des lettres élégiaques à ses intimes et nourrit une admiration sans bornes pour son frère Alfred, le meilleur ami de Gustave Flaubert. Alfred est un poète précoce, raffiné, révolté et sombre. Avec Flaubert, il se moque férocement des bourgeois. Laure participe à leurs discussions, à leurs jeux, à leurs farces. Ils apprécient son sens critique, et elle, de son côté, est persuadée qu'un destin glorieux les attend. Auprès de ces deux êtres d'exception, son prétendant, Gustave Maupassant, ne pèse pas lourd. Certes, il

1. Laure Le Poittevin était née le 28 septembre 1821, à Rouen; Gustave Maupassant était né, lui, le 27 novembre 1821, à Bernay (Eure).

est séduisant, élégant, avec des manières aimables et un œil de velours qui lui vaut de nombreux succès féminins. Cependant, Laure craint que ce dandy nonchalant et dispersé ne soit pas de taille à la satisfaire sur le plan intellectuel. Et puis, il n'est pas noble! Or, elle souffre de n'être qu'une roturière, fille d'un filateur ruiné. Après la mort de son père, sa mère, Victoire, s'est installée avec ses enfants chez sa propre mère, dans un quartier populaire de Fécamp. Ivre d'orgueil, Laure voudrait s'évader de cette médiocrité provinciale, s'imposer dans le monde, mériter l'hommage des gens en place. Elle insiste pour que Gustave Maupassant fasse des recherches dans les archives afin de découvrir les origines de sa famille. Par chance, il se trouve qu'un Jean-Baptiste Maupassant, conseiller-secrétaire du roi, a été anobli en 1752, ainsi qu'en témoigne un diplôme délivré par la cour d'Autriche. Aussitôt, Laure exige que Gustave revendique officiellement le droit à la particule. S'il y parvient, elle l'épousera. Docile, Gustave Maupassant entreprend des démarches et, le 9 juillet 1846, le tribunal civil de Rouen l'autorise à s'appeler désormais Gustave *de* Maupassant. Jubilation de la fiancée, qui, cette fois, ne voit plus aucun obstacle au mariage.

La cérémonie a lieu le 9 novembre 1846. La même année, le frère de Laure, Alfred, épouse Louise, la sœur de Gustave de Maupassant. Cette double alliance unit plus étroitement encore les familles. Mais Alfred Le Poittevin meurt en 1848, après une courte vie de désespoir et de débauche. Laure est anéantie de douleur. Devant cette injustice du sort, elle ne trouve de consolation que dans la lecture de Schopenhauer dont le pessimisme répond à sa vision amère de la condition humaine. Mais bientôt cette humeur noire est balayée par une grande joie : la voici enceinte. L'enfant dont elle va accoucher ne peut être qu'un génie. Il ne faut pas qu'il voie le jour dans une bourgade « de commerçants et de saleurs », comme est, selon sa propre expression, la ville de Fécamp. D'autant que la maison familiale de la rue Sous-le-Bois[1] n'est guère reluisante. Justement, il se trouve que les Maupassant ont loué, l'année précédente, en septembre 1849, le prestigieux château de Miromesnil, dépendant de la commune de Tourville-sur-Arques, non loin de Dieppe. Peu avant le terme de sa grossesse, la jeune femme se transporte dans cette demeure aristocratique, qui a appartenu jadis au marquis de Flers, puis au chancelier de Miromesnil. Le docteur Guiton, habitant à quelques kilomètres de là, assiste Laure dès les premières douleurs. Le bébé est inscrit sur le registre de l'état civil sous le nom de Henry-René-Albert-Guy de Maupassant, né le 5 août 1850 au château de Miromesnil, commune de Tourville-sur-Arques. Il est ondoyé le 20 août de la même année et baptisé un an plus tard, le 17 août 1851, en l'église de cette même paroisse. Cependant, des bruits étranges circulent dans la bourgade. Certaines personnes mal intentionnées prétendent que l'enfant est, en réalité, venu au monde à Fécamp (fi, quelle banalité !), que Laure ne s'est installée au château de Miromesnil qu'après ses relevailles et qu'on s'est arrangé avec la municipalité de Tourville-sur-Arques pour que celle-ci indique un faux lieu de naissance dans les actes officiels. Mère passionnée, Laure niera, toute sa vie durant, cette version insultante. Pour la naissance de son second fils, Hervé, en 1856, elle choisira, une fois de plus, un château loué, à Grainville-Ymauville, arrondisse-

1. Actuellement quai Guy-de-Maupassant.

ment du Havre. Dans son esprit, il est important que, dès leur âge tendre, ses enfants soient entourés de murs vénérables, de meubles précieux, de portraits d'ancêtres[1]. Cet engouement pour les résidences seigneuriales n'empêche pas le jeune ménage de faire de fréquents séjours à Fécamp, à Etretat, à Paris. C'est surtout le fringant Gustave qui ne tient pas en place. Il s'ennuie ferme à la maison et, pour se distraire, court les filles. Femmes légères ou jeunes servantes, tout lui est bon. Avec ces créatures sans complications, il se repose de l'exaspération que lui cause son épouse, altière, irritable, dominatrice et trop occupée des choses de l'esprit. Laure est au courant de ses infidélités et se répand en plaintes et en reproches. Les enfants entendent parfois les échos de ces querelles et en devinent obscurément les motifs.

En 1859, des revers de fortune obligent l'insouciant Gustave de Maupassant à chercher un emploi. Il entre d'abord comme deuxième caissier chez l'agent de change Edouard Jules, puis comme associé à la charge Stolz, à Paris, et toute la famille se fixe dans la capitale. Là, il donne libre cours à son goût pour les amours de rencontre. Laure ne

1. Si l'acte de naissance de Guy de Maupassant stipule qu'il a bien vu le jour à Tourville-sur-Arques, son acte de décès, dressé à Paris, indique qu'il est né à Sotteville, près d'Yvetot. Mais il s'agit probablement d'une confusion du scribe avec Sauqueville, village jouxtant le château de Miromesnil. Certains biographes, dont Georges Normandy et René Dumesnil, se fiant à des témoignages oraux assez fragiles, ont soutenu la thèse de la naissance à Fécamp, au n° 98 de la rue Sous-le-Bois. Or, d'après des documents récemment découverts, le château de Miromesnil a été mis en location, dès le mois d'août 1849, « avec les meubles qui le garnissent », en octobre de la même année ces meubles ont été vendus aux enchères publiques par la propriétaire, Mme de Marescot, et M. Gustave de Maupassant en a acheté une partie *alors qu'il se trouvait déjà dans les lieux*, comme le spécifient les minutes de l'étude de Me Legras, concernant cette vacation. En conséquence, il semble bien que Guy de Maupassant soit né au château de Miromesnil, conformément à la version officielle, et non à Fécamp.

peut plus le supporter. Et Guy lui-même, âgé de neuf ans, comprend que son père est attiré hors de la maison par d'autres femmes. Elève pensionnaire au lycée impérial « Napoléon[1] », il écrit à sa mère : « J'ai été premier en composition. Comme récompense, Madame de X m'a conduit au cirque avec papa. Il paraît qu'elle récompense aussi papa, mais je ne sais pas de quoi. » Un autre jour, Guy et Hervé sont invités à une matinée enfantine par une dame dont tout le monde sait qu'elle est la maîtresse de leur père. Hervé étant malade, Laure décide de rester auprès de lui. Gustave de Maupassant se propose avec empressement pour conduire Guy à la fête. Par taquinerie, le gamin traîne en s'habillant. Agacé, son père le menace de renoncer à la sortie.

« Ah! répond Guy, je suis bien tranquille! Tu as encore plus envie que moi d'y aller!

– Voyons, noue les cordons de tes souliers, dit le père.

– Non, viens me les nouer! Et puis, tu sais, autant te décider tout de suite[2]. »

Gustave de Maupassant, tout penaud, obéit. Un peu plus tard, Guy assiste, épouvanté, à une scène violente entre son père et sa mère. Il s'en souviendra dans une de ses nouvelles[3] : « Alors papa, tremblant de fureur, se retourna, et saisissant sa femme par le cou, il se mit à la frapper avec l'autre main de toute sa force, en pleine figure. Le chapeau de maman tomba, ses cheveux dénoués se répandirent, elle essayait de parer les coups, mais elle n'y pouvait parvenir. Et papa, comme fou, frappait, frappait... Il me semblait que le monde

1. Actuel lycée Henri-IV.
2. A. Lumbroso : *Souvenirs sur Maupassant.*
3. *Garçon, un bock.*

allait finir, que les lois éternelles étaient changées... Ma tête d'enfant s'égarait, s'affolait. Et je me mis à crier de toute ma force, sans savoir pourquoi, en proie à une épouvante, à une douleur, à un effarement épouvantables. » Saisi d'une terreur panique, Guy s'enfuit dans le jardin et y passe la nuit dans les transes. Le lendemain, il retrouve ses parents « avec leur visage ordinaire ». L'orage dissipé, ils ont repris les mornes habitudes conjugales. Attirant son fils contre elle, Laure se contente de soupirer : « Comme tu m'as fait peur, vilain garçon ! J'ai passé la nuit sans dormir. »

De disputes en réconciliations, l'atmosphère, à la maison, devient irrespirable. Gustave n'a plus de rapports physiques avec sa femme qui, à bout de nerfs, décide enfin de se séparer de lui. Le divorce n'étant pas légalement admis à l'époque, l'affaire se conclut à l'amiable, par acte simple devant le juge de paix. Laure reprend sa fortune, obtient la garde des enfants et reçoit pour eux, de son mari, une pension annuelle de mille six cents francs. Malgré cette rupture, Guy ne partage pas le ressentiment de sa mère envers l'époux volage. La mésentente entre ses parents le persuade, dès son jeune âge, que tout mariage est voué à l'échec. L'homme n'est pas fait, pense-t-il, pour vivre, jour après jour, nuit après nuit, avec la même femme. Tout en plaignant sa mère, il est fort tenté de comprendre son père. Il lui gardera, à travers les années, une indulgence mêlée d'un certain mépris.

Avant de se quitter, ses parents ont acheté, à Etretat, une villa, « Les Verguies », grande bâtisse du XVIIIe siècle, au bas de la route de Fécamp. C'est là que Laure se retire avec ses enfants. Un vaste jardin, planté de bouleaux, de tilleuls, de sycomores et de houx, entoure la « chère maison » peinte en blanc, au balcon revêtu de vigne vierge et de chèvrefeuille. A l'intérieur, de lourds meubles de famille dorment dans une odeur de cire et de lavande. Des faïences de Rouen luisent sur les murs, dans la pénombre. Au milieu de ce décor austère et cossu, Guy reçoit les leçons de sa mère, qui lui inculque le goût de la poésie et lui lit à haute voix *Le Songe d'une nuit d'été* et *Macbeth*. Elle constate avec émotion que l'enfant ressemble à son oncle Alfred, le poète, le fin lettré, mort prématurément. Un jour, en 1862, ayant reçu de Flaubert un exemplaire dédicacé de *Salammbô*, elle ne peut contenir son enthousiasme et déclame, après le dîner, devant ses enfants, des passages du dernier roman de son grand ami. « Mon fils Guy n'est pas le moins attentif, écrit-elle à l'auteur. Tes descriptions, si gracieuses souvent, si terribles parfois, tirent des éclairs de ses yeux noirs. » Guy est alors âgé de douze ans. Ah! pense Laure, s'il pouvait, lui aussi, devenir écrivain!

Cette éducation passionnée et littéraire est complétée par le vicaire d'Etretat, l'abbé Aubourg, « grand, osseux, carré d'idées comme de corps[1] ». Il enseigne à Guy et à Hervé la grammaire, l'arithmétique, le catéchisme, des rudiments de latin. Et, pour les familiariser avec la notion de l'au-delà, il leur fait apprendre par cœur les noms des morts, « peints sur les croix de bois noir », dans le cimetière. Mais il en faudrait plus pour impressionner les garçons. La leçon terminée, Guy s'échappe vers la plage, respire à pleins poumons l'air violent du large, écoute les cris aigres des mouettes et bavarde avec les pêcheurs. Hervé ne le suit jamais dans ses randonnées. De six ans plus jeune que Guy, il n'a aucune affinité avec lui. Ils vivent côte à côte sans vraiment se connaître. Laure préfère son

1. Article du *Gil Blas*, 1883.

fils aîné au cadet. Elle voit en Guy un petit mâle selon son cœur, intelligent, robuste et sensible pourtant aux séductions de l'art. Il parle couramment le patois normand. Ses camarades de jeux sont des gamins du cru, vifs, courageux et incultes. Il ne sent aucune différence entre ces joyeux va-nu-pieds et lui-même. La passion de la voile et du vent les rassemble. Parfois, un pêcheur emmène « le petit Maupassant » sur son bateau. Plus la mer est forte, plus Guy se réjouit de l'aventure. A treize ans, il est capable de barrer un canot, de prendre sa gîte au moment propice, de redresser l'embarcation quand l'arrière s'enfonce de nouveau. La lutte contre les éléments l'emplit d'une allégresse dionysiaque. Se rappelant ces équipées d'enfant, il dira dans son âge mûr : « Je sens que j'ai dans les veines le sang des écumeurs de mer[1]. »

Mais ce n'est pas seulement la mer qui l'attire. L'arrière-pays normand est aussi, pour lui, un terrain de prédilection. Il aime les enclos plantés de pommiers, les étangs bordés de roseaux secs, les cours de ferme, avec leurs chiens aux aboiements saccadés. Des visages de paysans s'inscrivent dans sa mémoire avec une précision photographique. En les observant, il les devine rudes à la peine, avares, rusés et naïfs à la fois. Il écoute leurs propos avec plus d'attention que ceux de l'abbé Aubourg.

A deux pas de cette société primitive, Etretat, mis à la mode en 1850 par Alphonse Karr, regorge, dès la venue du printemps, de bourgeois et d'artistes. Les dames élégantes descendent, avec marmaille et gouvernantes, vers la plage caillouteuse et rêvent, sous une ombrelle, en regardant la mer.

1. A. Lumbroso : *Souvenirs sur Maupassant.*

Les hommes vont au casino – une modeste construction en bois –, jouent au billard, lisent les journaux. A l'heure du thé, on écoute quelque pianiste de passage égrener des airs d'Offenbach. Et même, on organise une « sauterie » entre jeunes, tandis que les personnes de sens rassis se réfugient dans une pièce appelée le « salon des Antiques ». Il y a un fossé entre cette humanité futile, oisive, prospère et la population locale qui l'entoure, avec sa crasse, son ignorance et sa fierté. Sans hésiter, Guy se range du côté des humbles. Il est normand jusqu'à la moelle et entend le rester.

Quand il se contente de promenades à pied le long de la côte, Laure l'accompagne. Un jour, ils se laissent surprendre par la marée montante et, au péril de leur vie, escaladent une falaise abrupte pour fuir les vagues. Le danger couru ensemble les réunit, au sommet du rocher, serrés l'un contre l'autre, loin du monde des hommes, parmi les criailleries furieuses des mouettes. Moment sublime : Laure communie avec son fils dans le culte de la nature sauvage et Guy sait gré à sa mère de le laisser vivre à sa guise, comme « un poulain échappé[1] ».

Laure voudrait que cette intimité se poursuivît tout au long de leur existence. Cependant il faut songer à un enseignement plus sérieux que celui dispensé à la maison par l'abbé Aubourg. A contrecœur, elle décide de mettre Guy en pension. Fidèle à ses idées d'honorabilité, elle choisit de l'inscrire à l'Institution ecclésiastique d'Yvetot, près d'Etretat. Ainsi, pense-t-elle, il ajoutera à sa connaissance des petites gens un vernis de bonnes manières indispensable à tout homme qui veut faire carrière dans le monde.

1. A. Lumbroso : *Souvenirs sur Maupassant.*

II

POÉSIE ET RÉALITÉ

A l'époque où il entre à l'Institution ecclésiastique d'Yvetot, Guy est un solide gaillard de treize ans, râblé, musclé, le torse avantageux, une flamme de révolte dans l'œil. Habitué à une existence vagabonde, au bord de la mer, parmi de simples enfants de pêcheurs, il étouffe entre les hauts murs de l'école. Ses camarades de classe sont tous des rejetons de familles aisées, fils d'armateurs, de saleurs, de propriétaires agricoles opulents. Dans cette « citadelle de l'esprit normand », ainsi qu'on l'appelle au pays de Caux, règne un climat d'austérité, de piété et de discipline. Se souvenant de ses années de pension, Maupassant écrira : « On sentait la prière, là-dedans, comme on sent le poisson au marché, un jour de marée[1]. » A vivre parmi les soutanes, il prend la religion en horreur. L'obligation des oraisons à heures fixes, des lectures édifiantes aux repas, des récitations d'évangile lui paraît grotesque. Les prêtres défigurent Dieu qui est, pense-t-il, plus majestueux au milieu des flots déchaînés que dans une banale église. Et puis, lui qui aime tant s'ébrouer dans l'eau ne peut supporter la crasse chez ses compagnons et chez

1. *Une surprise,* 15 mai 1882.

ses maîtres. Ici, on ne se lave les pieds que trois fois par an. On ne prend jamais de bain. On s'use les yeux sur des livres stupides. Cependant, au début, Guy fait preuve d'obéissance et même de bonne volonté. Ses notes trimestrielles sont satisfaisantes. Son comportement est jugé « régulier », son travail « assidu », son caractère « poli et docile ». Sous cette apparente acceptation couve la tempête. A plusieurs reprises, Guy invoque des migraines pour manquer la classe. Il considère de haut cet univers carcéral où éclatent l'insuffisance intellectuelle des professeurs et la grossièreté arrogante des camarades. Tout en avalant pêle-mêle du latin, du grec, de l'arithmétique et de la grammaire, il rêve des grandes vacances. Sa mère lui ayant promis de l'emmener à un bal s'il avait de bons résultats scolaires, il lui écrit : « Si cela ne te faisait rien, au lieu du bal que tu m'as promis... je te demanderais de me donner seulement la moitié de l'argent que t'aurait coûté le bal, parce que cela m'avancera toujours pour acheter un bateau. Et c'est l'unique pensée que j'ai depuis la rentrée... Je ne veux pas acheter des bateaux que l'on vend aux Parisiens, cela ne vaut rien, mais j'irai chez un douanier que je connais et il me vendra un bateau comme ceux qui sont dans l'église, c'est-à-dire un bateau pêcheur tout rond dessous[1]. »

En attendant de retrouver les joies de la navigation, il songe à étonner ses condisciples par l'étalage de ses origines nobles et réclame à son père du papier à lettres armorié, « avec tes initiales, puisqu'elles sont les mêmes que les miennes; tu me feras beaucoup de plaisir; je n'ai point de papier marqué à mon nom et j'aurais besoin d'en avoir deux ou trois cahiers pour plusieurs lettres que je

1. Lettre du 2 mai 1864.

veux écrire ». Ce souci d'élégance épistolaire ne l'empêche pas d'échanger des horions, tel un portefaix, avec des gamins de son âge et aussitôt après de s'isoler dans une méditation philosophique. A son cousin, Louis Le Poittevin, il présente l'Institution ecclésiastique comme « un couvent triste, où règnent les curés, l'hypocrisie, l'ennui, etc..., etc... et d'où s'exhale une odeur de soutane qui se répand dans toute la ville d'Yvetot[1] ». Pour se distraire, il lit en cachette *La Nouvelle Héloïse* et remarque : « Ce livre m'a servi en même temps de désinfectant et de pieuse lecture pour la semaine sainte[2]. » Il s'indigne parce qu'on ne parle pas de Victor Hugo en classe. Déjà une fièvre lyrique le travaille. Il voudrait ressembler à son oncle, Alfred Le Poittevin, qui a voué toute son existence à la poésie. Ce goût pour les rimes est accentué chez lui par l'éveil de la puberté. Il aime à la fois la musique discrète des mots et la rondeur inaccessible des femmes. Assoiffé d'idéal, il écrit :

Car le ciel est trop bas, l'horizon trop étroit,
Et l'univers entier est trop petit pour moi.

Ou bien :

La vie est le sillon du vaisseau qui s'éloigne,
C'est l'éphémère fleur qui croît sur la montagne...

A peine a-t-il achevé une douzaine de vers qu'il les envoie à sa mère pour approbation. Elle savoure en les lisant une fierté mêlée de tendresse. C'est son frère bien-aimé qui resurgit devant elle

1. Lettre d'avril 1868.
2. *Ibid.*

sous les traits de son fils. Il a du talent, elle en est sûre, et elle en informe son ami d'enfance, Gustave Flaubert.

Mais Guy ne se contente pas de cultiver la muse en imitant, avec plus ou moins de bonheur, les poètes de son temps. Il y a en lui, joint à un goût raffiné pour l'écriture, un appétit de farces brutales, de facéties vulgaires, d'insultes contre l'ordre établi. Un jour, il s'amuse à parodier devant ses condisciples le cours du professeur de théologie qui avait voulu les effrayer en leur peignant les tourments de l'enfer. Une autre fois, ayant décrété que la boisson servie à table, dans le collège, et appelée *abondance,* était indigne d'un palais normand habitué à la saveur piquante du cidre, il entraîne ses camarades dans une entreprise folle. Après s'être emparés subrepticement du trousseau de clefs du proviseur, les potaches attendent que le directeur et les pions soient endormis, descendent à la cave et s'enivrent de vin et d'eau-de-vie. Le scandale qui éclate le lendemain est vite étouffé pour ne pas nuire à la réputation de l'établissement. Guy, bien que sévèrement réprimandé, peut continuer cahin-caha son parcours scolaire. Selon son habitude, il se plaint de sa santé, grogne contre la nourriture infecte du réfectoire, s'insurge parce que ses maîtres lui refusent « une dispense de maigre » et exhale le trop-plein de son âme dans des poèmes. A son avis, la prose est incapable de rendre les grands sentiments qui l'agitent. Il se demande surtout comment on peut célébrer les femmes si on n'a pas recours à la divine mélodie des vers. Or les femmes, de plus en plus, le préoccupent. Pendant ses vacances, à Etretat, il dévore des yeux les baigneuses qui entrent dans l'eau avec des mines frileuses, il imagine leurs appas sous le costume de bain, il rêve d'étreintes délirantes dans la pénombre d'une grotte. Revenu au collège, il confie ses élans amoureux à un cahier. Une de ses cousines, qu'il désigne sous les initiales E.D., vient de se marier. Il lui dédie, à cette occasion, une épître en octosyllabes :

Vous m'avez dit : « Chantez des fêtes,
Où les fleurs et les diamants
S'enlacent sur de blondes têtes,
Chantez le bonheur des amants. »
Mais dans le cloître solitaire
Où nous sommes ensevelis,
Nous ne connaissons sur la terre
Que soutanes et que surplis.

Le poème circule dans la classe et tombe entre les mains de la direction. Stupéfait, le Supérieur estime que, cette fois, Maupassant a passé la mesure. Elève indiscipliné, non seulement il veut chanter « le bonheur des amants », mais encore il se plaint d'être entouré de prêtres. La brebis galeuse doit être d'urgence écartée du troupeau. Guy est ramené à Etretat par le portier de l'établissement.

En vérité, Laure n'est pas fâchée de ce renvoi. Elle aime trop son fils pour le contraindre à mener plus longtemps une existence de reclus, parmi des éducateurs religieux qui ne comprennent rien à la poésie. Et elle le confirme dans une lettre à Flaubert : « Il ne se plaisait guère là-bas; l'austérité de cette vie de cloître allait mal à sa nature impressionnable et fine et le pauvre enfant étouffait derrière ces hautes murailles. »

Le « pauvre enfant » est ravi de l'aubaine. Entre-temps, il a trouvé l'occasion de faire l'amour pour la première fois. « A seize ans », affirmera-t-il à un confident occasionnel, Frank Harris. Fièrement, il chante, dans un poème, ses ébats avec une jolie et rustique Jeanne, qui n'avait, elle, que quatorze ans à peine :

Un grand feu de bonheur nous tordit jusqu'aux os.
Elle criait : « Assez, assez! » et sur le dos
Elle tomba, les yeux fermés, comme une masse.

Deux attirances pour cet adolescent tout juste évadé de l'école : la femme et l'eau. Il les associe dans un même vertige de volupté, de beauté et de traîtrise. Dès à présent, il se dit que sa vie sera partagée entre l'amour de la chair et l'amour de la mer.

En cet été de 1868, il y a foule à Etretat. Entraîné par des amis, Guy va voir le peintre Courbet dans sa maisonnette adossée à la falaise. « Dans une grande pièce nue, un gros homme graisseux et sale collait avec un couteau de cuisine des plaques de couleur blanche sur une grande toile nue, écrira-t-il. De temps à autre, il allait appuyer son visage à la vitre et regardait la tempête[1]. » Mais, plus que l'atelier d'un vieil artiste, c'est le tohu-bohu du monde extérieur qui l'attire. On joue et on danse au casino. Des calèches élégantes stationnent devant les hôtels. Quelques Parisiennes en robe d'été passent, la narine frémissante, devant les étalages de poissons dont les femmes de pêcheurs vantent la fraîcheur à grands cris. D'autres estivantes, plus hardies, descendent jusqu'à la plage. Guy les reluque, des seins à la croupe, avec convoitise. Il voudrait être à la place des robustes baigneurs qui les aident à affronter les vagues. Un soir, il fait la connaissance d'une Pari-

1. « Août 1869 », article du *Gil Blas*.

sienne, Fanny de Cl., qui l'éblouit par son sourire mutin et ses gestes gracieux. Sans hésiter, il écrit un poème à son intention et le lui donne. Mais, en lui rendant visite, à quelque temps de là, il la surprend en train de rire, avec des amis, en déclamant ses vers[1]. Foudroyé de honte et de colère, il se sent confirmé dans l'idée que la femme est une créature fausse, légère, méprisable, dont la seule raison d'être sur terre est de satisfaire l'appétit des mâles.

A cette époque, la curiosité des habitants d'Etretat est aiguisée par un jeune Anglais, nommé Powel, qui habite, avec un ami et un singe, dans un chalet solitaire : la « Chaumière de Dolmancé ». Guy rencontre parfois cet original sur la plage de galets et échange quelques mots avec lui. Un matin, vers dix heures, il entend des marins crier qu'un nageur se noie sous l'arcade naturelle qu'on appelle la Porte d'Amont. Ils montent dans un canot et Guy prend place parmi eux. On rame à force vers le lieu de l'accident et, par chance, on parvient à repêcher l'imprudent qui s'était laissé déporter par le courant de marée après avoir bu un peu trop d'alcool. Cet inconnu, qui suffoque et grelotte, n'est autre que le maître à penser de Powel, l'éminent poète anglais Algernon Charles Swinburne. Comme Guy a participé au sauvetage, tous deux l'invitent à déjeuner, le lendemain.

La « Chaumière de Dolmancé » est une maison basse, « construite en silex et coiffée de chaume ». A l'intérieur, deux êtres extravagants accueillent le jeune homme qui ouvre de grands yeux. A côté de Powel, gras et mou, la maigreur de Swinburne fait penser à la mort. Un tremblement continuel agite ce corps décharné. Agé de trente et un ans, Swin-

1. D'après les souvenirs de Gisèle d'Estoc.

burne est un poète au romantisme bizarre, ami des préraphaélites Rossetti et Burne-Jones. Dès les premiers mots qu'il échange avec ses hôtes, Guy est comme envoûté par un maléfice. Il devine que cette demeure normande, à l'extérieur paisible, est en réalité le lieu d'un culte où se marient l'amitié, le vice et le goût des enchantements funèbres. « Pendant tout le déjeuner, écrira Maupassant, on parla d'art, de littérature et d'humanité, et les opinions de ces deux amis jetaient sur les choses une espèce de lueur troublante, macabre, car ils avaient une manière de voir et de comprendre qui me les montrait comme deux visionnaires malades, ivres de poésie perverse et magique[1]. » Tout en écoutant la conversation, il note l'étrangeté des tableaux et des bibelots qui décorent la pièce : « Une aquarelle, si je me souviens bien, représentait une tête de mort naviguant dans une coquille rose, sur un océan sans limites, sous une lune à figure humaine[2]. » Des ossements reposent, çà et là, sur des consoles. Parmi eux, une main d'écorché, à la peau de parchemin, aux muscles noirs mis à nu, et, sur l'os, « des traces de sang ancien ». Comme Guy paraît fasciné par l'objet, Swinburne le lui offre en souvenir de leur rencontre. A la fois terrifié et subjugué, Guy remercie. Il ne se séparera jamais de ce signe de l'au-delà. Pour l'entraîner plus loin dans l'égarement des sens, ses hôtes, chuchotants et hilares, lui montrent des photographies d'une obscénité sadique et l'abreuvent de « liqueurs fortes » au goût singulier. Un grand singe gambade autour d'eux et se laisse, de temps à autre, masturber par Powel. D'ailleurs, au menu, il y a du rôti de singe. Ecœuré, Guy accepte cepen-

1. *Swinburne.*
2. *L'Anglais d'Etretat.*

dant une deuxième invitation. Cette fois, le singe est absent. Il a été pendu par le valet de chambre, jaloux des caresses que ses maîtres prodiguaient à l'animal. Tandis que les deux Anglais se lamentent sur cette disparition, Guy mesure la profondeur de leur folie et s'émerveille. Pourtant il renonce sagement à les revoir. Leurs tendances homosexuelles l'inquiètent. On murmure dans le pays que les locataires de la « Chaumière de Dolmancé » forment un couple contre nature et qu'ils ne savent qu'inventer pour honorer Sade. « Ils se satisfaisaient avec des singes et de jeunes domestiques de quatorze ou quinze ans, qu'on expédiait d'Angleterre à Powel à peu près tous les trois mois, de petits domestiques d'une netteté et d'une fraîcheur extraordinaires », racontera Maupassant à Edmond de Goncourt. Quant au singe, « il couchait dans le lit de Powel qu'il conchiait toutes les nuits ». Et Maupassant conclut : « C'étaient de vrais héros du *Vieux* [Sade] qui n'auraient pas reculé devant un crime[1]. »

Ainsi, tout en refusant d'être la victime ou le complice de ces deux apôtres du dérèglement sexuel, Guy est captivé par leur invention, par leur audace, par leur mépris des conventions sociales. Sa vigueur paysanne, son goût du grand air et de l'effort physique s'accommodent curieusement de toutes sortes d'attraits morbides. Avant même d'avoir véritablement connu l'amour d'une femme, il rêve de complications érotiques. Débordant de vie, il est hanté par l'idée de la mort.

Avec ce tumulte dans la tête, il n'est guère disposé à poursuivre ses études. Mais comment envisager une existence d'homme sans le sacro-saint viatique du baccalauréat ? Dominant le cha-

1. Goncourt : *Journal*, 28 février 1875.

grin d'une nouvelle séparation, Laure inscrit son fils comme pensionnaire au lycée Corneille de Rouen. Il y achèvera, décide-t-elle, sa classe de rhétorique. Elle le veut aussi instruit que robuste, aussi séduisant que sérieux, aussi attaché à sa mère que désireux de se tailler une place royale dans les lettres. S'il réussit, il la consolera de ses déboires conjugaux et justifiera son refus hautain d'accueillir un autre homme dans sa vie.

III

LES DEUX MAÎTRES

Evadé de l'étouffoir d'Yvetot, Guy respire, au lycée de Rouen, un air de tolérance et de liberté. Ses notes sont bonnes. Loin de contrarier sa vocation, ses professeurs l'encouragent à composer des vers. Un de ses poèmes, « Le Dieu Créateur », est reproduit sur le cahier d'honneur :

Dieu, cet être inconnu, dont nul n'a vu la face,
Roi qui commande aux rois et règne dans l'es-
[pace...

Un autre de ses poèmes est jugé digne d'être récité par l'auteur à l'occasion de la Saint-Charlemagne. Ses camarades l'admirent et cherchent à l'imiter. Mais c'est une plus haute approbation qu'il convoite. Laure lui a choisi comme « correspondant » à Rouen un de ses amis de jeunesse, le poète et dramaturge Louis Bouilhet. Conservateur de la Bibliothèque municipale, Louis Bouilhet est, à quarante-six ans, un lourd monsieur ventripotent, barbu, aux moustaches tombantes et au regard voilé par les gros verres d'un pince-nez. Célibataire farouche, amateur de farces épicées, détracteur du bourgeois, il a pour son art une passion maniaque. En recevant chez lui son jeune admirateur, il commence par lui dire que « cent vers, peut-être moins, suffisent à la réputation d'un artiste, s'ils sont irréprochables ». Et il passe au crible la production de Guy, qu'il estime molle et conventionnelle. Avec douceur, avec patience, il lui donne des conseils de prosodie et corrige même, de sa plume, les expressions maladroites. Eperdu de reconnaissance, Guy passe auprès de lui tous ses jours de congé. Un jeudi, il rencontre là, dans un nuage de fumée, un autre gros monsieur, lui aussi moustachu, avec un front dégarni, des cheveux dans la nuque et l'œil globuleux sous une paupière lasse. C'est Gustave Flaubert, l'auteur archicélèbre de *Madame Bovary* et de *Salammbô.* Il a fait partie autrefois du petit groupe d'amis qui entourait Laure. Le voici tout ému de se trouver devant le fils de sa compagne de jeux et de constater que le garçon a du goût pour la littérature. Mais il est tard, il doit rentrer chez lui, à Croisset, par le coche d'eau. Tous trois sortent de la maison pour se rendre sur le quai. Chemin faisant, ils s'attardent au milieu de la foire Saint-Romain, et soudain, devant Guy éberlué, les deux vieux compères, saisis d'une franche gaieté, improvisent une farce en dialecte normand, Bouilhet jouant le rôle du mari qui échangerait des commentaires d'une stupidité hilarante avec son épouse, Flaubert[1]. Ce numéro de clowns persuade Guy que les plus grands génies ont besoin parfois d'une pinte de bon sang pour se détendre les nerfs. Peut-être même la rigolade en société est-elle le signe d'un talent exceptionnel qui s'épanouit ensuite dans la solitude. Grossier dans la vie cou-

1. *Souvenirs sur Louis Bouilhet.*

rante et raffiné devant la page blanche, cette définition de l'artiste convient à merveille au joyeux luron d'Etretat.

Avant de s'embarquer sur le coche d'eau, Flaubert invite Guy à lui faire visite dans son refuge de Croisset, non loin de Rouen, au bord de la Seine. Quelques jours plus tard, Guy et Louis Bouilhet se rendent chez le maître. Il les reçoit dans son antre bardé de livres, encombré de paperasses, envahi de fumée, avec un bouddha doré qui trône dans un coin. Par les fenêtres, on aperçoit le fleuve, sur lequel se croisent des péniches, des cargos, des chalutiers poussifs. De temps à autre, un remorqueur lance son appel sinistre. Ce va-et-vient portuaire contraste avec la paix du cabinet de travail. Devant l'écrivain fameux, à la taille de géant et au faciès de Viking, Guy hésite à tirer de sa poche les derniers poèmes qu'il a composés. Enfin il se décide. Flaubert lit, hoche la tête et déclare : « Je ne sais si vous aurez du talent. Ce que vous m'avez apporté prouve une certaine intelligence, mais n'oubliez point ceci, jeune homme, que le talent, suivant le mot de Buffon, n'est qu'une longue patience. Travaillez. » Et il s'offre à recevoir régulièrement son jeune confrère pour veiller sur ses essais poétiques. Guy remercie avec effusion et multiplie ses visites à Croisset, si bien que Flaubert le traite bientôt, en riant, de « disciple ».

D'un dimanche à l'autre, l'enseignement du maître se précise. « Si on a une originalité, dit-il à Guy, il faut avant tout la dégager; si on n'en a pas, il faut en acquérir une... Il s'agit de regarder tout ce qu'on veut exprimer assez longtemps et avec assez d'attention pour en découvrir un aspect qui n'ait été vu et dit par personne. La moindre chose contient un peu d'inconnu. Trouvons-le. Pour décrire un feu qui flambe et un arbre dans une plaine, demeurons en face de ce feu et de cet arbre jusqu'à ce qu'ils ne ressemblent plus, pour nous, à aucun autre arbre et à aucun autre feu. C'est de cette façon qu'on devient original. »

Une autre fois, comme s'il craignait de n'être pas compris par cet adolescent qui s'obstine dans le lyrisme, alors que l'art est d'abord affaire d'observation, de lucidité et de labeur, il exprime sa conception avec plus de netteté encore : « Quand vous passez devant un épicier assis sur sa porte, devant un concierge qui fume sa pipe, devant une station de fiacres, montrez-moi cet épicier et ce concierge, leur pose, toute leur apparence physique contenant aussi, indiquée par l'adresse de l'image, toute leur nature morale, de façon que je ne les confonde avec aucun autre épicier ou avec aucun autre concierge et faites-moi voir, par un seul mot, en quoi un cheval de fiacre ne ressemble pas aux cinquante autres qui le suivent ou le précèdent[1]. »

En parlant ainsi, Flaubert oublie un peu qu'il s'adresse non à un romancier, mais à un rimeur impénitent. Au vrai, il doute que l'avenir du jeune Maupassant soit du côté de la poésie. Que le gamin fasse des vers pour délier son style, fort bien, mais, s'il a du talent, il doit aboutir à la prose. « Il secouait Maupassant comme Napoléon remuait les grenadiers à qui il voulait du bien, dira Laure. Il se fâchait lorsque deux phrases se suivant avaient le même dessin et le même rythme. Pas une bagatelle n'échappait à sa critique méticuleuse[2]. »

Autre conseiller littéraire, Bouilhet est moins sévère dans ses recommandations. Il serait plutôt partisan de pousser Guy à développer ses dons

1. Préface de *Pierre et Jean.*
2. A. Lumbroso : *Souvenirs sur Maupassant.*

poétiques. « Si Bouilhet eût vécu, il eût fait de Guy un poète, affirmera Laure en parlant des débuts de son fils. C'est Flaubert qui a fait de lui un romancier. » Entre ces deux mentors moustachus et bienveillants, dont l'un, avec ses modestes recueils de vers, est le symbole de la poésie et l'autre, avec ses romans gigantesques, le symbole de la prose, Guy se demande quelle voie le mènera le plus vite à la célébrité. Mais aussi bien Flaubert que Bouilhet lui prêchent la patience. Pour eux, un écrivain de qualité ne doit pas vivre de sa plume. L'œuvre n'a de valeur que si elle est longuement mûrie, loin de tous, en secret. Peu importe qu'elle soit ou non publiée du moment qu'elle *existe.* Guy écoute cette paire de vieux amis qui parlent en tirant sur leurs pipes et se sent très différent d'eux, tout en les admirant. Guidé par leurs commentaires, il se lance dans la lecture des grands auteurs du siècle : Hugo, Sainte-Beuve, Balzac... A la narration torrentueuse de ce dernier, il préfère la sobriété du Mérimée de *Colomba* ou l'escrime érotique des *Liaisons dangereuses.* En tout cas, il ne voit plus de salut pour lui que dans l'écriture et rêve d'être épaulé, au long de sa carrière, par les deux parrains qui veillent déjà sur ses premiers essais.

Or, voici qu'au début de juillet 1869 la santé de Louis Bouilhet donne des inquiétudes à son entourage. On parle d'albuminurie. Le 18 du même mois, le poète meurt subitement. Guy est frappé de douleur et de révolte. Une des deux béquilles sur lesquelles il s'appuyait pour marcher vers la gloire vient de lui être brutalement retirée. Il ne lui reste que Flaubert, lequel est, lui-même, accablé. Ils assistent ensemble à l'enterrement, parmi une foule indifférente, et Guy observe avec haine tous ces inconnus, tous ces bourgeois qui, à la sortie du cercueil, porté par quatre croque-morts, piétinent le jardin du défunt, « écrasant les plates-bandes, broyant les œillets et les roses ».

Pour comble de malchance, il ne peut même pas se consacrer à son deuil. Dans moins d'une semaine, le baccalauréat. Il relit précipitamment ses livres de classe et prend la diligence pour Caen où doivent se dérouler les épreuves. C'est encore tout engourdi de chagrin qu'il affronte les examinateurs. Enfin, le 27 juillet 1869, il peut s'enorgueillir d'être reçu bachelier ès lettres. Cette alternance d'abattement et d'allégresse lui tourne la tête. Il fête l'événement dans un bordel.

Que faire maintenant? Après consultation de sa mère et de Flaubert, il opte pour une carrière juridique. Au mois d'octobre, il s'inscrit à la faculté de droit de Paris, en première année, et s'installe dans une petite chambre, au numéro 2 de la rue Moncey. Son père habite le même immeuble. Ainsi, pense Laure, qui a conservé des relations correctes avec son mari, leur fils ne sera pas tout à fait abandonné dans la grande ville. Mais Gustave de Maupassant est un être si léger, si inconsistant que Guy n'est nullement tenté de chercher auprès de lui une aide tutélaire. Il se sent même, en quelque sorte, moralement responsable de celui qui est censé le surveiller. Il le considère comme un mineur et le réprimande à l'occasion. Désormais, c'est lui, et non Gustave de Maupassant, qui est le chef de famille.

A Paris, les cours de la faculté l'intéressent moins que le bouillonnement de la vie politique. On dirait que la France a la fièvre. Le régime impérial doit faire face à une opposition républicaine de plus en plus virulente. Guy s'amuse à lire les pamphlets dans la presse. En apprenant que le prince Pierre Bonaparte a abattu d'un coup de revolver le journaliste Victor Noir, il approuve

Rochefort qui écrit dans *La Marseillaise* : « J'ai eu la faiblesse de croire qu'un Bonaparte pouvait être autre chose qu'un assassin. » Le 12 janvier 1870, jour des funérailles de Victor Noir, une foule indignée se réunit sur les Champs-Elysées. Va-t-elle marcher sur les Tuileries ? Non, elle se disperse. En pleine aberration, la Haute Cour acquitte Pierre Bonaparte et met Rochefort en prison pour six mois. Malgré un calme apparent, c'est dans une atmosphère tendue que le gouvernement prépare, pour le dimanche 8 mai 1870, le plébiscite qui doit approuver les dernières réformes de l'empire libéral. Le résultat est étrange. Si la province se déclare massivement satisfaite de la politique de Napoléon III, Paris boude son souverain. En tout, sept millions trois cent cinquante mille oui et un million cinq cent mille non. C'est trop de mécontents pour la tranquillité d'un pays théoriquement soumis à l'autocratie. Ne s'achemine-t-on pas vers une révolution ? Guy le redoute parce qu'il déteste les mouvements populaires. Autant il aime les petites gens pris individuellement, autant il les craint quand ils agissent en masse. Cependant, bientôt les soucis de la politique intérieure s'effacent devant un danger plus grave. Certes, le roi de Prusse, Guillaume Ier, qui avait émis la prétention de placer un prince allemand, son cousin, sur le trône d'Espagne, a retiré au dernier moment cette candidature. Mais les ministres de Napoléon III, excités par l'impératrice Eugénie, exigent à présent des garanties pour l'avenir. Guillaume Ier, qui est aux eaux, à Ems, juge cette demande inutile et en informe Bismarck, à Berlin. Or, celui-ci veut la guerre à tout prix, car il se sait militairement supérieur à la France. Aussi s'empresse-t-il de transformer la réponse modérée de son souverain en un refus injurieux. A peine connue, la nouvelle enflamme l'opinion publique. Le 14 juillet 1870, une foule innombrable défile à Paris, sur les boulevards, en hurlant : « A Berlin! » On chante *La Marseillaise* et on injurie Thiers qui, à la tête de l'opposition, voudrait encore sauver la paix. Le ministre de la Guerre, le maréchal Lebœuf, affirme que l'armée est fin prête : « Il ne manque pas un bouton de guêtre! » Et, le 16 juillet 1870, la France déclare la guerre à la Prusse. Guy est étourdi par le choc. Il comprend, dans un éclair, que les projets de tout un chacun sont à la merci d'événements extérieurs dont il n'est pas maître. Lui qui, dans son ingénuité, se croyait le centre du monde se découvre soudain aussi léger, aussi insignifiant qu'un fétu de paille dans la tempête. La bêtise de ses contemporains l'écrase. A cette époque, le recrutement se fait, dans l'armée, par tirage au sort. Sans attendre d'être convoqué pour cette formalité, Guy s'engage comme volontaire. Etudiant et poète hier, le voici soldat aujourd'hui. Il a tout juste vingt ans.

IV

LA GUERRE

A Vincennes, Guy passe vaille que vaille les examens nécessaires pour être versé dans l'Intendance. Il est affecté à la 2e division, à Rouen, en qualité de commis aux écritures. C'est, semble-t-il, un poste de tout repos. Mais ces prévisions optimistes sont vite bouleversées. On imaginait une marche triomphale sur Berlin. Or, dès le début, il faut déchanter. En quelques jours, l'Alsace est envahie, Forbach tombe aux mains de l'ennemi qui pénètre profondément en Lorraine, la principale armée française est bloquée devant Metz. Toutes les forces vives de la nation montent vers le front. Guy suit le mouvement et se trouve pris dans la débâcle. Devant les Prussiens victorieux, les troupes vaincues refluent en désordre. Emporté par le flot, Guy marche tel un somnambule, les mollets douloureux, les pieds en sang, les épaules sciées par les courroies du havresac. Où court-on ? Quand va-t-on s'arrêter ? Personne n'en sait rien. Autour de lui, il voit, comme à travers les buées d'un cauchemar, une multitude de visages hâves, hirsutes, résignés ou apeurés : des mobilisés, « gens pacifiques, rentiers tranquilles », ployant sous le poids de leur fusil chassepot, des gardes mobiles sans armes, traînant la patte, des dragons démontés, des artilleurs égarés, des fantassins en culotte rouge. Pas de drapeaux, pas d'officiers, la cohue anonyme de la défaite. Hier encore, Guy espérait un retournement de la situation, une contre-offensive éclatante. Aujourd'hui, il doute. Pendant un court repos, il envoie une lettre à sa mère, réfugiée dans leur maison d'Etretat : « Je me suis sauvé avec notre armée en déroute; j'ai failli être pris. J'ai passé de l'avant-garde à l'arrière-garde pour porter un ordre de l'intendant au général. J'ai fait quinze lieues à pied. Après avoir marché et couru toute la nuit précédente pour des ordres, j'ai couché sur la pierre dans une cave glaciale; sans mes bonnes jambes, j'étais pris. *Je vais très bien.* »

Le 2 septembre, Sedan, défendu par Mac-Mahon, avec Napoléon III à ses côtés, capitule après de durs combats. L'empereur est fait prisonnier. L'impératrice s'enfuit en Angleterre. Paris se révolte. Un changement de régime est inévitable. La république est proclamée à l'Hôtel de Ville. Un gouvernement de la Défense nationale est formé en hâte. La fièvre patriotique enflamme les habitants, qui ne rêvent que de revanche. Après avoir erré de droite et de gauche avec les débris de l'armée, Guy se retrouve, la faim au ventre, harassé, abasourdi, dans la capitale qui se prépare à un siège de longue durée. Aussitôt, il écrit pour tranquilliser sa mère. Il feint même de croire que la partie n'est pas perdue pour la France : « Je t'écrirai encore quelques mots aujourd'hui, chère mère, parce que d'ici à deux jours les communications seront interrompues entre Paris et le reste de la France. Les Prussiens arrivent sur nous à marche forcée. Quant à l'issue de la guerre, elle n'offre plus de doute. Les Prussiens sont perdus, ils le sentent très bien du reste et leur seul espoir est d'enlever Paris d'un coup de main, mais nous sommes prêts ici à les recevoir. »

Pour le moment, il songe surtout à sauver sa peau. Ainsi évite-t-il d'aller coucher à Vincennes pour ne pas s'exposer inutilement. « J'aime mieux être à Paris pour le siège que dans le vieux fort, où nous sommes logés là-bas, lequel vieux fort sera abattu, à coups de canon, par les Prussiens », explique-t-il encore à sa mère. Il a retrouvé son père et celui-ci se démène pour le faire entrer dans les services de l'Intendance de Paris. « Si je l'écoutais, note Guy, je demanderais la place de gardien du grand égout collecteur pour ne pas recevoir de bombes. » De cette déroute, il gardera en mémoire des images de honte, de bêtise et de cruauté. Il a vu des cadavres de Prussiens et de Français gisant pêle-mêle dans la boue, de prétendus espions fusillés sur simple dénonciation d'un voisin, des vaches abattues en plein champ pour qu'elles ne tombent pas aux mains de l'ennemi... Il a sué, il a tremblé de peur et de rage pendant les jours et les nuits de la retraite. La guerre lui fait horreur et il méprise les chefs militaires inaptes et les politiciens bavards responsables du désastre. Cette aversion pour eux ne l'empêche pas de détester tout autant les Prussiens qui foulent le sol de la patrie. Plus on en tue, plus il est content. Son admiration va aux francs-tireurs, aux paysans héroïques qui, çà et là, massacrent les « Alboches » pour venger l'honneur de la France. Il se souviendra de ces cas isolés pour écrire nombre de ses nouvelles. En attendant, il croit, comme tout le monde, que Paris tiendra.

Le 5 janvier 1871, les premiers obus tombent sur la ville. La résistance s'organise, tant bien que mal. Privés de ravitaillement régulier, les habitants font la queue devant les boutiques d'alimentation, maudissent les profiteurs, mangent du rat. Enfin, le

28 janvier, Paris, exténué, bombardé, capitule. Un armistice est conclu en prélude à une paix définitive. Des élections législatives ont lieu qui donnent une majorité à la tendance modérée. Nommé chef du pouvoir exécutif, Thiers entre en pourparlers avec Bismarck. L'ennemi exige l'abandon de l'Alsace et d'une partie de la Lorraine et le paiement d'une indemnité de cinq milliards de francs. La France, humiliée, s'incline. Les troupes allemandes pénètrent dans Paris. Dès que les communications avec l'extérieur sont rétablies, Guy se fait octroyer une permission et quitte la capitale. « La guerre était finie, écrira Maupassant; les Allemands occupaient la France; le pays palpitait comme un lutteur vaincu tombé sous le genou du vainqueur. De Paris affolé, affamé, désespéré, les premiers trains sortaient, allant aux frontières nouvelles, traversant avec lenteur les campagnes et les villages. Les premiers voyageurs regardaient par les portières les plaines ruinées et les hameaux incendiés[1]. » En route pour Rouen, il contemple, le cœur serré de dépit, des soldats prussiens qui fument la pipe, assis à califourchon sur des chaises, devant les rares maisons encore debout. Partout règnent les casques à pointe et les accents de la langue teutonne. Il faut s'en accommoder. Survivre en attendant de vivre.

Pendant que Guy se prélasse à Rouen, puis à Etretat auprès de sa mère, Paris se soulève. C'est la Commune. Thiers ordonne au gouvernement et à l'armée de se replier sur Versailles. Aussitôt un pouvoir insurrectionnel s'installe victorieusement dans la capitale. Quand les troupes régulières reviennent pour étouffer la rébellion, la ville se hérisse de barricades. On se bat dans les rues,

1. *Un duel.*

entre Français, sous l'œil goguenard des Prussiens. Une répression sanglante met fin à quelques jours d'anarchie. Guy se sent étranger à cette révolution populaire, dont il ne comprend pas bien les motifs. Il fourre dans le même sac les Communards et les Versaillais. Des deux côtés, il ne voit qu'acharnement aveugle et que rage imbécile de tuer. Comme s'il ne suffisait pas de s'être étripés pour rien avec les Alboches! Contrairement à ces forcenés, Guy a plus que jamais soif de paix, de succès et de plaisirs. Or, Paris le chicane sur la validité de ses permissions. Il reprend le train et retourne à la caserne. Pour combien de temps? Une nouvelle loi se prépare, qui porterait le service militaire à sept ans. Ecumant de colère, Guy s'imagine déjà incorporé comme simple soldat au 21e d'artillerie. Plutôt mourir! Il supplie son père d'intervenir pour obtenir au moins une mutation. Mais, alors qu'il se désespère, la chance lui sourit : on lui trouve un remplaçant[1]! Il paie sans rechigner la somme convenue. Démobilisé au mois de novembre 1871, il quitte l'uniforme avec soulagement et, encore tout éberlué, se demande à quoi il va bien pouvoir employer ses journées.

1. En 1871 encore, tout mobilisé pouvait se faire remplacer par un non-mobilisé qu'il payait à cet effet. La pratique du « remplacement » a été supprimée en 1872, lors de l'institution du service militaire obligatoire pour tous au lieu du recrutement par tirage au sort.

V

FONCTIONNAIRE

Après avoir perdu la guerre, les Français ne songent plus qu'à se débarrasser au plus vite de l'occupant prussien. Thiers a lancé un emprunt pour la libération anticipée du territoire. C'est un devoir national que d'y souscrire. Dans un formidable élan patriotique, riches et pauvres se ruent vers les guichets. Trois milliards sont réunis en quelques mois. Il est peu probable que Guy ait obéi au mouvement. Rendu à la vie civile, il se trouve, du jour au lendemain, sur le pavé, sans un sou en poche. Sa mère, qui a dépensé allégrement sa modeste fortune, dispose à peine de quoi subsister, à Etretat. Son père est, lui aussi, gêné aux entournures. Néanmoins, il accorde à son fils une petite pension : cent dix francs par mois[1]. Guy juge cette contribution tout à fait insuffisante. Il voudrait poursuivre ses études de droit et peste contre l'avarice de Gustave. A son avis, ce géniteur égoïste manque à tous ses devoirs en n'aidant pas davantage un garçon aussi doué que lui. D'autant que cet argent, dont Guy aurait grand besoin,

1. Les 110 francs de la pension représenteraient environ 1 760 francs actuels. Dans l'administration, un commis, à ses débuts, touchait 145 francs par mois, soit 2 320 « francs lourds ». Avant 1900, un instituteur était payé en moyenne 100 francs par mois.

Gustave le gaspille avec des femmes de peu. Des disputes mesquines éclatent entre les deux hommes. Nullement embarrassé de vivre, à vingt-deux ans, aux crochets de sa famille, Guy se plaint à sa mère :

« Je viens d'avoir une violente querelle avec mon père et je viens te mettre immédiatement au courant de la situation. Je lui ai présenté mon compte du mois en lui faisant observer qu'ayant eu un surcroît de dépenses occasionnées par l'éclairage et le chauffage, il me manquerait environ cinq francs ce mois-ci. Là-dessus, il refuse de voir mon compte, me dit qu'il ne peut pas faire plus, que c'est inutile, que si je ne puis pas arriver je n'ai qu'à aviser à vivre comme je voudrai, à m'en aller où je voudrai, qu'il s'en lave les mains. Je lui ai représenté fort doucement que c'était une simple affaire de chauffage, que j'avais accepté sans discussion aucune son compte de dépenses approximatif dans lequel il avait oublié la moitié des choses comme c'est son habitude, que je déjeunais avec un seul plat de viande et une tasse de chocolat quand chaque jour je mangerais fort bien deux plats de viande, surtout avec les parts microscopiques de mon modeste restaurant. Il me répond furieux qu'il dîne bien chez lui avec un plat de viande et un fromage... Ah! tu le prends sur ce ton-là, ai-je répondu, eh bien, apprends une chose dont tu ne t'es jamais douté, c'est que la première des lois divines et humaines est l'amour de ses enfants... Il n'y a pas un malheureux homme du peuple, gagnant trente sous par jour, qui ne vende tout ce qu'il a pour établir ses enfants, et moi ai-je un avenir devant moi? Que j'aie envie de me marier, d'avoir des enfants à mon tour, le pourrais-je? Maintenant, cela devait finir ainsi... Adieu! Et je suis parti comme une bombe. Rentrant chez moi, j'ai dit à mon concierge que je n'y étais pour personne. Dix minutes après, il est revenu, on lui a dit que j'étais sorti et que je ne rentrerais pas de la soirée. Il est parti fort étonné. »

Et, pour se justifier aux yeux de sa mère, Guy lui adresse le compte de ses dépenses :

« Reçu pour vivre un mois, 110 francs.

Payé :

– Mois au concierge	10
– Raccommodage	3,50
– Charbon	4
– Petit bois	1,90
– Allume-feu	0,50
– Coupe cheveux	0,60
– Deux bains sulfureux	2
– Sucre	0,40
– Café en poudre	0,60
– Essence pour lampe	5,50
– Blanchissage	7
– Lettres	0,40
– Trente déjeuners	34
– Petits pains dans le jour	3
– Dîner, 1,60	48
– Fumiste	5
– Savon	0,50
	126,90

[*Report*]	126,90
Il m'a payé 8 dîners, soit	12,80
Reste	114,10
De plus le fumiste	5
Reste	109,10

Or, il m'a compté 5 francs de menus plaisirs. Le seul plaisir que je me permette est ma pipe. J'ai dépensé donc 4 francs de tabac, triste plaisir et bien modeste, et je n'aurai pas de longtemps la possibilité d'autres distractions... Si je t'envoie tous ces détails, c'est parce qu'il va probablement t'écrire dès ce soir, et j'ai voulu que tu fusses au courant de l'affaire. Attendons, nous allons voir ce qu'il va dire et faire. Quant à moi, je suis fermement résolu à tenir ferme. Je n'irai pas au-devant d'un raccommodement[1]. »

Cet aveu de détresse, Guy l'a tracé sur le superbe papier à lettres qui lui vient de son père, avec une couronne comtale et les initiales G.M. en relief au haut de la page. A la vérité, tout en dénonçant avec indignation l'impéritie et l'insensibilité de Gustave, il espère une prompte réconciliation. Quoi qu'il dise, il a besoin de son père pour l'aider à décrocher un gagne-pain honorable. Gustave ne manque pas de relations. Et il n'est pas rancunier. Pour apaiser l'angoisse de son fils, il met les pouces et fait le tour des administrations où il a des amis. En ce temps-là, le recrutement des fonctionnaires s'opère, dans la majorité des cas, sur simple recommandation. Alerté par Laure, Flaubert, lui aussi, intervient en haut lieu. Le 7 janvier 1872, Guy sollicite son entrée au ministère de la Marine. On lui répond qu'il n'y a pas de place vacante. Il ne se tient pas pour battu : le 19 février, c'est Gustave qui écrit au ministre en invoquant l'appui de l'amiral Saisset. Demi-échec : la candidature de Guy est retenue, mais il n'y a toujours pas d'emploi disponible pour lui. Enfin, le 20 mars 1872, le contre-amiral Krantz, chef d'état-major, informe l'amiral Saisset, membre de l'As-

1. Lettre du 23 novembre 1872.

semblée nationale, que son protégé pourra venir travailler bénévolement au ministère jusqu'à sa nomination définitive. Attaché d'abord à la bibliothèque, Guy besogne gratuitement pendant quelques mois, puis est nommé surnuméraire et passe à la direction des Colonies, qui, à cette époque, fait partie du ministère de la Marine. Encore un coup d'épaule de l'amiral Saisset et, le 1er février 1873, Guy apprend avec joie qu'il va être appointé : cent vingt-cinq francs par mois, plus une gratification annuelle de cent cinquante francs. Ce n'est pas la fortune, mais l'assurance d'un petit avenir honnête.

Après quelques jours d'euphorie, le nouveau fonctionnaire prend conscience de la médiocrité asphyxiante où il baigne du matin au soir. Lui, l'homme de l'espace, du soleil, des flots déchaînés, le voici enfermé entre des murailles de cartons verts, parmi des compagnons misérables. Ne va-t-il pas finir par leur ressembler à force de gratter du papier, le dos rond, et de craindre les réprimandes d'un chef de bureau? Il les observe sans indulgence et note leurs pauvres manies, leur poisseuse lâcheté, leurs intrigues sans envergure, leur servitude minable. Derrière la façade majestueuse du ministère, rue Royale, c'est tout un peuple de cloportes qui végète en attendant l'heure de la sortie. Ces ronds-de-cuir agglutinés, Guy devine déjà qu'ils lui serviront un jour de modèles. Parmi eux, il y a M. Torchebœuf de *L'Héritage*, qui tire sur ses manchettes, et M. Oreille du *Parapluie*, dont la femme est si avare qu'il doit se contenter d'un parapluie troué, et M. de Caravan qui a les mains moites, et le père Boivin qui tremble devant sa dame, et le vieil expéditionnaire Grappe, et M. Perdrix, et tant d'autres... Le vivier est inépuisable. Parmi ces homoncules, Guy éprouve le sentiment de sa supériorité intellectuelle. Selon Caroline Commanville, la nièce de Flaubert, il est « un joli garçon, de taille moyenne, un peu carré d'épaules, mais sa tête est d'un modèle ferme, dont les lignes rappellent celles d'un jeune empereur romain ». Elle ajoute qu'il est « très ardent à tous les exercices physiques » et « quelque peu amoureux de lui-même ». Chaque matin, le jeune homme entre au ministère de la Marine « à la façon d'un coupable qui se constitue prisonnier », passe devant les sentinelles à col bleu, monte à son étage, serre la main de ses collègues, s'informe si le chef de bureau est là, s'il a l'air bien luné, s'assied à sa place et pousse un soupir de découragement devant les dossiers qui encombrent sa table. Pourtant, il ne brave pas ses supérieurs hiérarchiques. Comme jadis devant les prêtres de l'Institution ecclésiastique d'Yvetot, il s'efforce de paraître docile. Les notes de service du ministère attestent qu'il est « un jeune homme très intelligent et très capable, qui a reçu une excellente éducation et dont on est très satisfait ». Personne, rue Royale, ne se doute que, sous des dehors discrets et polis, se cache un rebelle ricanant. Par inadvertance, on a introduit le loup dans la bergerie. Il hait l'administration, la paperasse, les manches de lustrine. S'il consent à rédiger des rapports insipides, c'est uniquement parce qu'il a besoin d'argent. La vie coûte cher à Paris. Et il ne peut plus compter sur son père. Certes, ils se sont rapprochés après quelques éclats. Mais Gustave a autant besoin de Guy que Guy a besoin de Gustave. Gustave est un enfant attardé et plus d'une fois Guy lui fait la leçon avec bonhomie. Les affaires de la famille sont très embrouillées. Depuis quelque temps, Jules de Maupassant, le grand-père de Guy, a renoncé à aider financièrement son fils, le quinquagénaire Gustave. Celui-ci en est outré. Il prétend que Jules l'a volé, qu'il a dilapidé l'héritage sur lequel ses enfants étaient en droit de tabler. Or, le vieillard est à l'agonie. La plus élémentaire décence voudrait que Gustave se précipitât à son chevet. Guy le lui conseille mais se heurte à un mur : « Je n'irai pas. Je ne veux pas aller à Rouen », répète Gustave qui flaire un piège. Selon lui, en se rendant sur place, il serait amené à régler les dettes du défunt. Il parle de « foutre le camp en Orient » pour échapper à toutes ces tracasseries. « J'ai ri de bon cœur à cette idée, écrit Guy à sa mère. Il en est resté tout interloqué[1]. » Finalement, Gustave acceptera l'héritage sous bénéfice d'inventaire et chargera Guy de le représenter aux obsèques.

Guy n'a aucune tendresse pour ce grand-père qu'il connaît mal et il juge son père avec une méprisante indulgence. Seule sa mère éveille en lui un sentiment profond. Elle vit modestement de sa pension alimentaire, mille six cents francs par an, et de quelques loyers aux rentrées irrégulières. Rassurée sur le sort de Guy depuis qu'il a été casé dans un ministère, elle est déçue par son cadet, Hervé, qu'elle trouve turbulent, ombrageux, brouillon et un peu court d'esprit. Il ne s'intéresse qu'aux armes et aux plantes. A quoi va-t-on bien pouvoir l'employer? Or, voici que Guy lui-même recommence à se plaindre. « Je me trouve si perdu, si isolé et si *démoralisé,* écrit-il à sa mère, que je suis obligé de venir te demander quelques bonnes pages. J'ai peur de l'hiver qui vient, je me sens seul et mes longues soirées de solitude sont quelquefois terribles. J'éprouve souvent, quand je me trouve seul devant ma table, avec ma triste lampe qui brûle devant moi, des moments de

1. Lettre du 22 septembre 1874.

détresse si complets que je ne sais plus à qui me jeter. » Il ajoute néanmoins : « J'ai écrit tout à l'heure, pour me distraire un peu, quelque chose dans le genre des *Contes du lundi*. Je te l'envoie, cela n'a naturellement aucune prétention, puisque je l'ai écrit en un quart d'heure. Je te prierai cependant de me le renvoyer, parce que je pourrai en faire quelque chose[1]. » Plus tard, Guy insistera auprès de Laure : « Essaie donc de me trouver des sujets de nouvelles. Dans le jour, au ministère, je pourrais y travailler un peu[2]. »

A la longue, en effet, il a pris goût à la prose. Selon le conseil de Flaubert, il tente d'écrire avec force, justesse et sobriété. Mais il est attiré par le fantastique. Son premier conte, *La Main d'écorché*, lui est inspiré par le souvenir de sa visite à Powel et à Swinburne. Rédigé sous l'influence évidente de Gérard de Nerval, d'Hoffmann, d'Edgar Poe, ce petit texte macabre enchante les deux meilleurs amis de l'auteur, Robert Pinchon, surnommé La Tôque, et Léon Fontaine, surnommé Petit-Bleu. Un cousin de Léon Fontaine est directeur de l'*Almanach lorrain de Pont-à-Mousson*. Il n'en faut pas plus pour que *La Main d'écorché* soit publiée dans cette obscure brochure provinciale. Le conte est signé d'un pseudonyme : Joseph Prunier. En se voyant imprimé pour la première fois, Guy exulte. Est-ce le début d'une carrière littéraire à l'instar de son oncle Alfred? Qu'en pense Flaubert? Ayant lu *La Main d'écorché*, celui-ci fait la grimace : du romantisme de pacotille. Anxieuse, Laure l'interroge : « Crois-tu que Guy puisse quitter le ministère et se consacrer aux lettres? » Malgré son désir de ne pas décevoir la

1. Lettre du 24 septembre 1873.
2. Lettre du 30 octobre 1874.

mère du « petit », Flaubert bougonne : « Pas encore. N'en faisons pas un raté[1]. »

En apprenant le verdict, Guy est certes accablé, mais il réagit vite. Mordu par la fièvre de l'écriture, il décide de persévérer et se lance dans un récit plus long, plus touffu, où la farce côtoie le mystère : *Le Docteur Héraclius Gloss.* Cette histoire folle dénonce la vanité des connaissances mal acquises, des philosophies mal digérées. Un thème cher à Flaubert. Mais voici qu'au chapitre XVIII le docteur, entrant dans son cabinet de travail, se trouve devant son double : « Le docteur comprit que si cet autre lui-même se retournait, que si les deux Héraclius se regardaient face à face, celui qui tremblait en ce moment dans sa peau tomberait foudroyé devant sa reproduction. » Cette obsession du double, l'oncle de Guy, Alfred Le Poittevin, l'a connue avant lui. Et Flaubert aussi. Avec ce parrainage bicéphale, Guy est sûr d'être dans la bonne ligne. Pourtant, *Le Docteur Héraclius Gloss* ne sera pas publié. Suivant la recommandation du maître de Croisset, le jeune auteur est décidé à attendre d'avoir atteint la maîtrise du style et de la pensée pour faire dans le monde des lettres une entrée fracassante. Soutenu par cet espoir, il cherche obstinément d'autres sujets de contes. Laure lui en donne quelques-uns qu'il note à tout hasard.

Après deux semaines de rêve à Etretat, auprès de sa mère, Guy retombe dans la grisaille poussiéreuse et l'odeur fade du ministère. « Est-il bien possible que je sois allé à Etretat et que j'y aie passé quinze jours? écrit-il à Laure. Il me semble que je n'ai point quitté le ministère et que j'attends toujours ce congé qui s'est terminé ce matin...

1. A. Lumbroso : *Souvenirs sur Maupassant.*

Bien souvent certainement, pendant les interminables soirs d'hiver, quand je serai seul à travailler dans ma chambre, il me semblera t'apercevoir, assise sur une chaise basse et regardant fixement ton feu comme font les gens qui pensent ailleurs... Le ciel est tout bleu, et cependant je n'avais jamais remarqué autant qu'aujourd'hui la différence de lumière entre Etretat et Paris; il me semble que je n'y vois pas, c'est comme si j'avais un voile sur les yeux... Qu'il ferait donc bon prendre un bain de mer! On pue horriblement partout; je trouve que le fumier de ton boucher sent bon à côté des rues de Paris. Mon chef est plus grincheux que jamais. C'est un vrai chardon... Il est quatre heures et demie, je ne suis venu au bureau qu'à midi et il me semble qu'il y a au moins dix heures que je suis enfermé là-dedans[1]. »

Pour oublier le bureau, rien de tel que de longues excursions dans la campagne. Le 18 septembre 1875, accompagné d'un camarade, le peintre Mas, « marcheur intrépide », il se rend à Chevreuse et y passe la nuit. Le lendemain, les deux hommes, levés dès cinq heures, visitent les ruines du château, puis se rendent à pied dans la vallée de Cernay, admirent l'étang planté de roseaux, longent la rive pendant trois lieues, attentifs aux serpents qui fuient à leur approche, cassent la croûte avec du saucisson, du jambon, deux livres de pain, du fromage et poursuivent leur randonnée, par Auffargis et Trappes, jusqu'à un autre étang, celui de Saint-Quentin, refuge des poules d'eau et des chasseurs. Guy est si heureux de cette échappée en pleine nature qu'il ne sent pas sa fatigue. La sueur ruisselle sur son visage poussiéreux et dans sa barbe qu'il a laissée pousser par

1. Lettre du 3 septembre 1875.

amusement. Ses poumons se dilatent de joie dans l'effort. Il entend le chant victorieux du sang dans ses tempes. En cet instant, il peut se croire libre comme un vagabond. Est-il possible que, demain, il lui faille retrouver ses tristes collègues du ministère? « Nous avons gagné Versailles, puis Port-Marly, enfin Chatou à neuf heures et demie, écrit-il fièrement à sa mère. Nous marchions depuis cinq heures du matin et nous avions fait quinze lieues, ou si tu aimes mieux soixante kilomètres, environ soixante-dix mille pas. Nos pieds étaient en marmelade. »

Pourtant, ces prouesses de marcheur ne peuvent remplacer pour Guy l'ivresse que lui procurent la navigation, la baignade. Obsédé par la pensée de l'eau, il conclut sa lettre par cette lamentation venue du fond de son enfance : « Comme un bain de mer me serait agréable!... Y a-t-il encore beaucoup de monde à Etretat[1]? »

1. Lettre du 20 septembre 1875.

VI

LA GRENOUILLÈRE

Etretat, c'est le sommet du bonheur! Dès que Guy a quatre sous de côté, il se précipite là-bas pour avaler une bouffée d'air pur. En tant qu'employé au ministère de la Marine, il possède un ordre de mission lui permettant de prendre le train au quart du tarif normal. Mais, la plupart du temps, ses congés sont trop courts et ses finances trop basses pour qu'il puisse songer à un tel voyage. Alors il se console en passant le samedi après-midi et le dimanche au bord de la Seine. Faute d'eau de mer, il se contente d'eau douce. La campagne, avec ses labours et ses pâturages, commence pour lui sitôt franchies les fortifications de Paris. Asnières, Argenteuil, Chatou, Bougival, Poissy le voient surgir, les épaules larges, le teint cuit, friand de baignade et de canotage. Arrivé à destination, il lave sa yole, la pousse à l'eau, rame avec une rude volupté, écoute le glouglou des vaguelettes contre les flancs de l'embarcation, respire l'odeur de la vase, s'amuse à regarder la fuite des rats dans les roseaux. Durant cette course silencieuse, il a l'impression de prendre sa revanche sur le tumulte de la capitale. Il a une telle horreur de la promiscuité, une telle haine de la foule que ces heures de solitude lui paraissent indispensables à son équilibre physique et moral. Même la nuit, il va vers le fleuve dans l'espoir de se régénérer. « Je canote, je me baigne, je me baigne et je canote, écrit-il à sa mère. Les rats et les grenouilles ont tellement l'habitude de me voir passer à toute heure de la nuit, avec ma lanterne à l'avant de mon bateau, qu'ils viennent me dire bonsoir[1]. »

Cette recherche de l'isolement n'exclut pas, chez lui, le goût de la rigolade. Sur les bords de la Seine, il retrouve quelques camarades avides, comme lui, de prouesses nautiques et de gaudrioles. Bientôt ils forment une bande de cinq lurons, parmi lesquels Robert Pinchon et Léon Fontaine. En se cotisant, ils achètent une longue yole et rament ensemble à force de biceps. Guy porte un maillot de marinier rayé horizontalement bleu et blanc et une casquette anglaise de toile blanche à large visière. Il éprouve un plaisir intense à tirer sur les avirons. Et aussi à échanger avec ses coéquipiers des plaisanteries de corps de garde. A Argenteuil, ils louent une mansarde dans une guinguette et s'y entassent pour dormir ou faire l'amour avec des filles délurées. Mais Guy s'exerce en plus au maniement des armes : le pistolet, l'épée, la canne... La règle du groupe, c'est une liberté totale de langage et de manières. « Nous n'avions souci de rien que de nous amuser et de ramer, car l'aviron, pour tous, sauf pour un[2], était un culte, écrira Maupassant dans *Mouche*. Je me rappelle de si singulières aventures, de si invraisemblables farces, inventées par ces cinq chenapans, que personne aujourd'hui ne les pourrait croire. » Et encore : « Ma grande,

1. Lettre du 29 juillet 1875.
2. Robert Pinchon refusait de ramer sous prétexte qu'il ferait chavirer le bateau.

ma seule, mon absorbante passion, pendant dix ans, ce fut la Seine. Ah ! la belle, calme, variée et puante rivière, pleine de mirages et d'immondices ! »

Sur le fleuve, autour de la yole des copains, glissent toutes sortes d'embarcations, avec leur charge de rameurs aux bras hâlés et de filles rieuses, en robes claires sous leurs ombrelles multicolores. On s'arrête pour se restaurer dans un caboulot, où le patron affairé vous sert de la friture de la Seine, de la matelote, du lapin sauté arrosé d'un petit vin âcre au palais et chaud au ventre. Dans ces auberges, du côté de Bougival, se presse une cohue joyeuse où les employés de bureau et les modistes en goguette coudoient des prostituées au visage peint, des maquereaux avantageux, des ouvriers ivres, des calicots bavards et des canotiers à demi nus qui font saillir leurs muscles pour épater les dames. On rit, on boit, on bâfre et on se caresse sous la table. Mais on danse aussi, avec frénésie. Un orchestre d'instruments à vent joue des mazurkas endiablées. Les couacs réjouissent l'assistance, comme des rots après un bon repas. Puis on passe au cancan. « Les couples face à face cabriolaient éperdument, jetaient leurs jambes en l'air jusqu'au nez des vis-à-vis, écrira Maupassant. Les femelles, désarticulées des cuisses, bondissaient dans un envolement de jupes révélant leurs dessous. Leurs pieds s'élevaient au-dessus de leur tête avec une facilité surprenante et elles balançaient leurs ventres, frétillaient de la croupe, secouaient leurs seins, répandant autour d'elles une senteur énergique de femmes en sueur. Les mâles s'accroupissaient comme des crapauds avec des gestes obscènes[1]. »

1. *La Femme de Paul.*

Parmi ces cabarets du bord de l'eau, celui qui a la préférence de Guy est un établissement de bains, situé à la hauteur de Chatou et cher aux peintres impressionnistes : « La Grenouillère ». Il le fréquente assidûment avec ses amis et l'évoquera dans de nombreuses nouvelles, *Yvette, Mouche, La Femme de Paul...* C'est une sorte de radeau au toit goudronné, relié à l'île de Croissy par deux passerelles. Autour des tables de bois s'agglutinent des consommateurs hilares. Tout à côté, sur une petite plate-forme, des nageurs se préparent à piquer une tête dans l'eau. Les barques accostent et déversent leurs cargaisons de canotiers et de putains sur les planches du cabaret flottant. « Ce lieu, dira encore Maupassant, sue la bêtise, pue la canaillerie et la galanterie de bazar. Il y flotte une odeur d'amour et l'on s'y bat pour un oui ou pour un non[1]. »

Au milieu de cette humanité hétéroclite, les cinq gaillards de la yole se reposent de leurs prouesses sportives et se divertissent en lutinant les filles qu'ils ont emmenées en promenade. Ils en changent fréquemment et se les repassent, comparant ensuite leurs exploits amoureux. Embarquées dans l'allégresse, elles appartiennent à l'équipe. Nulle jalousie, nulle complication dans ces coucheries animales. La yole du groupe se nomme la *Feuille-de-rose.* Les chenapans du banc de nage cultivent la beuverie, la fornication, la gymnastique et la littérature. Parmi eux, Guy fait figure de chef. A cause de sa complexion athlétique et de sa vigueur sexuelle. Il a une virile beauté, avec ses cheveux ramenés sur le front à la façon d'un gommeux, son nez court et droit, son cou de taureau et son œil fixe, luisant et dur. Depuis qu'il s'est brûlé le poil en se rasant à la lumière d'une chandelle, il ne

1. *La Femme de Paul.*

porte plus la barbe mais une épaisse moustache qui rend ses baisers caressants. Les femmes flairent de loin ses qualités d'amant brutal et tendre. Celles qu'il préfère sont les belles garces des faubourgs. Il apprécie leur simplicité de manières, leur chair généreuse et leur cervelle vide. Il les choisit comme un acheteur choisit une côtelette à l'étal d'un boucher. Pas de sentiment là-dedans. Mais une pulsion primitive qui lui fouette le sang. « Je voudrais avoir mille bras, mille lèvres et mille... tempéraments pour pouvoir étreindre en même temps une armée de ces êtres sans importance », écrira-t-il dans une de ses nouvelles[1]. Et aussi : « Puisque la femme revendique des droits, ne lui en reconnaissons qu'un seul : le droit de plaire. » Ses victimes consentantes deviennent les héroïnes de ses récits. De l'une d'elles, Mouche, qui couchait indifféremment avec les cinq coquins, il écrit : « Elle bavardait sans fin avec le léger bruit continu de ces mécaniques ailées qui tournent dans la brise; et elle disait étourdiment les choses les plus inattendues, les plus cocasses, les plus stupéfiantes[2]. » Enceinte, elle ne sait pas lequel des cinq est le père. Et voici qu'elle avorte après une chute dans l'eau. Désespoir de la fille. Les canotiers la réconfortent en lui disant : « Console-toi, nous t'en ferons un autre. » Les Mimi et les Nini défilent dans les bras de Guy, insatiable. Une de ces douces putains – il serait bien incapable de préciser laquelle – lui transmet la syphilis. Il n'y attache d'abord aucune importance et se contente d'écrire ces vers sur le mur du restaurant du pont de Chatou :

1. *Lui?*
2. *Mouche.*

Prends garde au vin d'où sort l'ivresse,
On souffre trop le lendemain.
Prends surtout garde à la caresse
Des filles qu'on trouve en chemin.

Un jour, il avouera à Robert Pinchon : « J'ai la vérole, enfin, la vraie, pas la misérable chaude-pisse, pas l'ecclésiastique christalline (*sic*), pas les bourgeoises crêtes-de-coq, les légumineux choux-fleurs, non, non, la grande vérole, celle dont est mort François Ier. Et j'en suis fier, malheur, et je méprise par-dessus tout les bourgeois. Alléluia, j'ai la vérole, par conséquent je n'ai plus peur de l'attraper[1] ! »

En tout cas, il refuse de se soigner. Beuveries et coucheries reprennent de plus belle. Avec ses compagnons habituels, il fonde la « Société des Crépitiens », ainsi nommée en l'honneur du petit dieu Crépitus qui, dans *La Tentation de saint Antoine* de Flaubert, se signale par une conduite incongrue. Ces Crépitiens ont à cœur de banqueter et de forniquer jusqu'à l'épuisement de leurs forces. Dans une lettre à Petit-Bleu, Guy se vante d'une cuite qui les mit tous sur le flanc. Et il poursuit, dans un style rabelaisien, l'énumération de ses exploits : « Et fit Prunier[2], ce jour-là, moulte choses, tant estonantes, merveilleuses et superlatives prouesses ès navigation, assavoir remorqua de Bezons jusqu'à Argenteuil une tant espouvantablement grande nauf vélifère que cuyda laisser peau des mains sur avirons. Deux belles putains estaient dans cette nauf vélifère[3]. »

La « Société des Crépitiens » devient bientôt la

1. Lettre de mars 1877.
2. Autrement dit Guy de Maupassant.
3. Lettre à Léon Fontaine du 28 août 1873.

« Société des Maquereaux ». Guy, président de cette compagnie de « canotiers férocement obscènes », selon l'expression d'Edmond de Goncourt, n'en garde pas moins un certain orgueil de ses origines. Tout en plaisantant avec ses camarades de débauche, il fait des recherches sur la généalogie des Maupassant et écrit fièrement à sa mère : « Quelques détails sur notre famille, trouvés dans de vieux papiers que je lis en ce moment. Voici les titres de Jean-Baptiste de Maupassant : Ecuyer, Conseiller secrétaire du Roi, du Grand Collège, Maison, Couronne de France et de ses Finances, Noble du Saint Empire... » Suit une énumération de tous les ancêtres prestigieux qui justifient les prétentions nobiliaires du vigoureux canotier de Bougival[1].

Aussitôt après, passant d'un extrême à l'autre, il se lance dans des farces sinistres. Une d'elles se terminera tragiquement. Elle a pour victime un humble commis du ministère, qui exaspère Guy par sa sottise au point qu'il décide, avec les amis de la « Société des Maquereaux », de lui donner une leçon. En guise d'intronisation dans cette confrérie, on masturbe le récipiendaire avec des gants d'escrime et on lui enfonce une règle dans le rectum. Quelques jours plus tard, le malheureux meurt, sans qu'il soit possible d'affirmer que cette fin prématurée est due aux mauvais traitements qu'il a subis[2]. De toute façon, Guy a la conscience tranquille. Il se gausse même de cette péripétie. Sa victime, surnommée « Moule à b... », a bien rempli son rôle sur terre, pense-t-il, puisqu'elle a claqué de cette façon ridicule. « Grande nouvelle!!!! écrit-il dans une lettre aux copains de la " Société des

1. Lettre du 30 octobre 1874.
2. Goncourt : *Journal*, le 1er février 1891.

Maquereaux ". Moule à b... est mort!!!! Mort au champ d'honneur, c'est-à-dire sur son rond de cuir bureaucratique, vers trois heures, samedi. Son chef le demandait : le garçon entre et trouve le pauvre petit corps immobile, le nez dans son encrier. On a eu beau lui insuffler de l'air respirable par les deux bouts, il ne remua pas... On s'est ému à la Marine et on a prétendu que *notre persécution* avait abrégé ses jours... Je montrerai à ce Commissaire [commissaire aux Délégations judiciaires] la gueule d'un Président digne de la Société [des Maquereaux] et je lui répondrai tout simplement : des flûtes... J'ai envie d'intenter un procès à la famille pour ne pas nous avoir prévenus qu'il était de si mauvaise qualité. Mort, mort, mort; que ce mot si court est insondable et terrible; mort, c'est-à-dire que nous ne le verrons plus; mort, sans blague, il est mort, mort. Notre Moule à b... n'est plus. Couik-Kouik. Couique. Couiq. A-t-il fait couiq au moins? »

En lançant cette cynique oraison funèbre, Guy a l'impression de railler la mort. De toutes ses forces intactes, il fait un pied de nez au néant. Car l'idée de sa propre disparition ne le lâche pas. A son besoin d'agitation, d'exercices violents, de plaisirs faciles succèdent souvent des périodes de noire mélancolie. Le boute-en-train recherche la solitude. L'amateur de femmes découvre l'inanité des entreprises terrestres. Il regarde couler l'eau sale de la Seine et se demande quelle est la signification de sa présence dans le chahut de la « Grenouillère ». Puis soudain la frénésie de vivre le reprend. Il se jette dans la mêlée, boit, rit, trousse les filles. En amour, ce n'est pas un raffiné, mais un glouton. Trop impatient pour déguster, il dévore. S'il est d'une propreté méticuleuse, ses charmantes partenaires ne le sont pas toujours. Mais leur odeur de femme l'excite.

Au déclin du jour, toute la compagnie rentre à Paris. Dans le wagon bondé stagnent de chauds relents d'ail, de parfumerie bon marché et de transpiration. Les voyageurs ont des mines lasses et cramoisies après des heures de grand air. Désenchanté, Guy regagne son logis du 2 rue Moncey, une petite chambre au rez-de-chaussée, avec une seule fenêtre ouvrant sur une courette obscure. Peu de meubles, des livres aux murs, des papiers sur la table et, au milieu de ce désordre, la main d'écorché que Swinburne lui a donnée à Etretat. Cette main, il a longtemps songé à la suspendre au cordon de sonnette de la porte d'entrée. S'il a renoncé à cette idée macabre, c'est pour ne pas effaroucher les délicates créatures qui lui rendent parfois visite dans sa caverne de garçon. Il tient le compte de ses conquêtes et affirme qu'entre dix-huit et quarante ans un homme peut posséder facilement trois cents femmes différentes[1].

Le lendemain de son retour, ayant rangé avec regret sa tenue de canotier dans l'armoire, il revêt, dès le matin, une stricte jaquette, noue une cravate noire à son col et prend le chemin du ministère. Accablé à la perspective des dossiers poussiéreux qui l'attendent, il rêve de s'échapper à nouveau vers les berges de la Seine, vers la « Grenouillère », vers le tohu-bohu des canotiers bambochards et des filles en chaleur. Pourvu qu'il fasse beau dimanche prochain !

1. *Cf.* la nouvelle *Un fils.*

VII

DE LA RUE ROYALE À LA RUE DE GRENELLE

Avec l'arrivée de la mauvaise saison, le canotage et la baignade sont abandonnés. Confiné à Paris, Guy redouble d'activité intellectuelle. Sans avoir encore rien publié, il se frotte, timidement, au milieu littéraire. C'est Flaubert qui, lors de ses séjours dans la capitale, l'introduit auprès de ses amis écrivains. Il demeure persuadé que le « jeune homme » a du talent, mais qu'il doit travailler encore avant de se lancer dans la carrière. « Depuis un mois je voulais t'écrire pour te faire une déclaration de tendresse à l'endroit de ton fils, confie-t-il à Laure. Tu ne saurais croire comme je le trouve charmant, intelligent, bon enfant, sensé et spirituel, bref (pour employer un mot à la mode) sympathique! Malgré la différence de nos âges, je le regarde comme " un ami ", et puis il me rappelle tant mon pauvre Alfred[1]! J'en suis même parfois effrayé, surtout lorsqu'il baisse la tête en récitant des vers... Il faut encourager ton fils dans le goût qu'il a pour les vers, parce que c'est une noble passion, parce que les lettres consolent de bien des infortunes et parce qu'il aura peut-être du talent...

1. Alfred Le Poittevin.

qui sait? Il n'a pas jusqu'à présent assez produit pour que je me permette de tirer son horoscope poétique... Je voudrais lui voir entreprendre une œuvre de longue haleine, fût-elle détestable. Ce qu'il m'a montré vaut bien tout ce qu'on imprime chez les Parnassiens... Avec le temps, il gagnera de l'originalité, une manière individuelle de voir et de sentir (car tout est là). Pour ce qui est du résultat, du succès, qu'importe! Le principal en ce monde est de tenir son âme dans une région haute, loin des fanges bourgeoises et démocratiques. Le culte de l'art donne de l'orgueil; on n'en a jamais trop. Telle est ma morale[1]. »

Ce que Flaubert ne dit pas dans sa lettre, c'est qu'il espère toujours voir son émule renoncer à la poésie pour se consacrer à la prose. Mais il ne le brusque pas et se contente, à son habitude, de lui indiquer ses maladresses de style. A Paris, leurs entrevues sont régulières. « Mon petit père, écrit Flaubert à Guy, il est bien convenu que vous déjeunez chez moi tous les dimanches de cet hiver. » Conscient de l'honneur qui lui est ainsi fait, Guy se précipite, le dimanche, chez le maître, rue Murillo. Là, il rencontre le sévère « monsieur Taine », Alphonse Daudet, souffreteux et souriant, Emile Zola qui ajuste son lorgnon et prône le naturalisme, le doux géant Ivan Tourgueniev, à la crinière d'argent et à la barbe blanche, Edmond de Goncourt, grisonnant, moustachu et grave, d'autres encore... Pour tous ces écrivains chevronnés, le protégé de Flaubert est un brave petit gars normand, au teint fleuri et à la forte encolure, qui a peut-être des prétentions littéraires mais n'a pas encore fait ses preuves. Il écoute leurs propos avec déférence et donne rarement son opinion. Or, voici

1. Lettre du 23 février 1873.

que, le dimanche 28 février 1875, on loue dans le petit groupe les qualités de la poésie de l'Anglais Swinburne. Guy dresse l'oreille. Soudain, Alphonse Daudet s'écrie :

« Mais à propos, on le dit pédéraste ! On raconte des choses extraordinaires de son séjour à Etretat, l'année dernière ! »

Du coup, Guy se hasarde dans la conversation :

« Il y a plus longtemps que cela, il y a quelques années, j'ai un peu vécu avec lui dans le temps... »

Saisissant la balle au bond, Flaubert s'exclame à son tour :

« Mais en effet, est-ce que vous ne lui avez pas sauvé la vie ?

– Pas entièrement », répond Guy.

Et il raconte en détail son aventure avec les deux Anglais d'Etretat. Les obscénités du récit ravissent l'auditoire. La cote du petit Maupassant monte d'un cran. Flaubert jubile. Le soir même, Edmond de Goncourt consigne l'événement dans son *Journal.*

L'accueil chaleureux réservé à cette évocation de la rencontre avec Swinburne et Powel encourage Guy à persévérer dans la voie de la blague salace. En collaboration avec Robert Pinchon, il entreprend de rédiger une pièce pornographique qui, pense-t-il, fera éclater de rire les amis de Flaubert. Il l'annonce gaiement à sa mère : « Nous allons, quelques amis et moi, jouer dans l'atelier de Leloir[1] une pièce *absolument lubrique* où assisteront Flaubert et Tourgueniev. Inutile de dire que cette œuvre est de nous...[2]. » Le titre de la farce :

1. Le peintre Maurice Leloir.
2. Lettre du 8 mars 1875.

A la Feuille de Rose, maison turque, est une allusion à la maison de Zoraïde Turc, lieu de perdition dont parle Frédéric Moreau à la fin de *L'Education sentimentale.* L'action se déroule dans un lupanar où deux jeunes mariés échouent par méprise, croyant entrer dans un hôtel. Il s'ensuit une série de quiproquos graveleux qu'animent les prostituées de l'établissement, un Anglais, un vidangeur, car les cabinets débordent, un valet de chambre, un bossu frénétique, etc. Flaubert et Tourgueniev règlent les répétitions qui ont lieu chez Maurice Leloir, au cinquième étage, quai Voltaire. Flaubert souffle en gravissant l'escalier, enlève son pardessus au premier palier, sa redingote au deuxième, son gilet au troisième. « Le bon géant des lettres arrivait chez moi en gilet de flanelle, portant ses vêtements sur ses gros bras nus, coiffé de son chapeau haut de forme », écrit Maurice Leloir. Tous les rôles féminins sont joués par des hommes travestis. Parmi les acteurs, en plus de Maupassant, figurent Robert Pinchon, Léon Fontaine, Maurice Leloir, Octave Mirbeau... On singe les dames de petite vertu, on se contorsionne et on crève de rire. Quand le spectacle paraît au point, Guy lance des invitations libellées sur papier à en-tête du ministère de la Marine et des Colonies. Ainsi Edmond Laporte, conseiller municipal de Rouen et ami intime de Flaubert, reçoit le billet suivant, daté du 13 avril 1875 : « Cher Monsieur et Ami, la solennité est enfin fixée au lundi 19 du présent mois. Ne seront admis que les hommes au-dessus de vingt ans et les femmes préalablement déflorées. La loge royale sera occupée par l'ombre du grand marquis[1]. » Un petit public de connaisseurs, présidé par Flaubert, s'amuse bruyamment

1. Sade.

de ces facéties érotico-scatologiques. A la seconde représentation, qui a lieu le 31 mai 1877, au 26 rue de Fleurus, chez le peintre Becker, huit femmes élégantes viennent, masquées, avec l'espoir d'une émotion crapuleuse. Flaubert, qui a parlé imprudemment de la pièce à la princesse Mathilde, doit déployer des trésors de diplomatie pour empêcher l'impétueuse altesse impériale de prendre place dans la salle. Sur la scène improvisée, Guy apparaît déguisé en odalisque. Des blagues à tabac figurent les seins des femmes et les personnages masculins sont munis d'un énorme phallus fait de bourrelets de porte. Au premier rang, Flaubert exulte et crie : « Ah! c'est rafraîchissant! » Les femmes, offusquées, ne savent quelle contenance prendre. L'actrice Suzanne Lagier, n'en pouvant plus, s'éclipse avant la fin. Zola demeure grave, partagé entre son austérité naturelle et le souci de ne pas sembler puritain[1]. Quant à Edmond de Goncourt, il domine mal son aversion pour une aussi piètre pantalonnade. Rentré chez lui, il note dans son *Journal* : « Ce soir, dans un atelier de la rue de Fleurus, le jeune Maupassant fait représenter une pièce obscène de sa composition, intitulée *Feuille de Rose* et jouée par lui et ses amis. C'est lugubre, ces jeunes hommes travestis en femmes, avec la peinture, sur leurs maillots, d'un large sexe entrebâillé; et je ne sais quelle répulsion vous vient involontairement pour ces comédiens s'attouchant et faisant entre eux le simulacre de la gymnastique d'amour. L'ouverture de la pièce, c'est un jeune séminariste qui lave des capotes. Il y a au milieu une danse d'almées sous l'érection d'un phallus monumental et la pièce se termine par une branlade presque nature. Je me demandais de quelle belle absence

1. *Cf.* l'article d'Henry Céard dans *L'Evénement* du 22 août 1896.

de pudeur naturelle il fallait être doué pour mimer cela devant un public, tout en m'efforçant de dissimuler mon dégoût qui aurait pu paraître singulier de la part de l'auteur de *La Fille Elisa.* Le monstrueux, c'est que le père de l'auteur, le père de Maupassant, assistait à la représentation. » Et comme Flaubert, après le baisser du rideau, persiste à déclarer : « Oui, c'est très frais ! » Edmond de Goncourt ajoute : « Frais pour cette salauderie, c'est vraiment une trouvaille[1] ! » Cette séance de pornographie littéraire a tellement marqué le mémorialiste qu'il y reviendra, bien des années plus tard, dans son *Journal.* Il ne peut oublier, dit-il, le jeune Maupassant déguisé en femme, « avec un tricot représentant des grandes lèvres vert-de-grisées, de la plus affreuse chaude-pisse », et se roulant sur les genoux d'un camarade[2].

Si Flaubert s'est tellement diverti dès la première représentation de ce spectacle burlesque, c'est qu'il éprouve plus que jamais le besoin d'oublier ses soucis dans une bruyante atmosphère d'amitié et de gauloiserie. Ernest Commanville, le mari de sa nièce Caroline, négociant en bois, est acculé à la faillite. Par affection pour la jeune femme, Flaubert s'est dépouillé de tout ce qu'il possède. Mais ce sacrifice ne suffit pas à éponger la dette. Lui faudra-t-il vendre sa maison de Croisset ? « L'idée de n'avoir plus de toit à moi, un *home,* m'est intolérable, écrit-il. Je regarde maintenant Croisset avec l'œil d'une mère qui regarde son enfant phtisique en se disant : " Combien de temps durera-t-il encore ? " Et je ne peux m'habituer à l'idée d'une séparation définitive[3]. » Il ne vendra

1. Goncourt : *Journal,* le 31 mai 1877.
2. Goncourt : *Journal,* le 5 mars 1891.
3. Lettre de Flaubert à Caroline Commanville du 9 juillet 1875.

pas Croisset mais renoncera à l'appartement de la rue Murillo et se transportera, le 16 mai 1875, dans un logis plus modeste, au 240 faubourg Saint-Honoré, à l'angle de l'avenue Hortense.

En dépit de ses revers de fortune, il continue à veiller paternellement sur les débuts littéraires de Guy qui lui soumet tous ses manuscrits, vers ou prose. D'autre part, il l'associe à l'élaboration de son œuvre personnelle, le chargeant de faire des enquêtes sur le terrain pour le roman qu'il est en train d'écrire : *Bouvard et Pécuchet.* Flatté de cette mission de confiance, Guy court à droite et à gauche pour recueillir les informations qu'exige son mentor. Il le renseigne notamment, dans une longue lettre, sur la configuration de la côte normande aux alentours d'Etretat et de Fécamp, lieu de promenade des deux héros du livre. En prenant une part active aux travaux du solitaire de Croisset, il apprend la valeur d'une documentation stricte et d'un regard direct sur les êtres et les choses. A l'exemple de Flaubert, il observe, note, fignole son style, resserre le tissu de la narration. Et Flaubert approuve l'acharnement du néophyte, sa quête tâtonnante de la perfection. Peut-être le gaillard deviendra-t-il un véritable écrivain ? Mais il a un fâcheux penchant pour les plaisirs de la chair et de la navigation. Flaubert lui reproche de perdre son temps en coucheries, en ripailles et en séances de canotage. « Il *faut*, entendez-vous jeune homme, il *faut* travailler plus que ça, lui écrit-il. J'arrive à vous soupçonner d'être légèrement caleux. Trop de putains, trop de canotage, trop d'exercice !... Vous êtes né pour faire des vers, faites-en ! Tout le reste est vain, à commencer par vos plaisirs et votre santé : foutez-vous cela dans la boule. De cinq heures du soir à dix heures du matin, tout votre temps peut-être consacré à la

Muse... Ce qui vous manque, ce sont " les principes ". On a beau dire, il en faut, reste à savoir lesquels. Pour un artiste, il n'y en a qu'un : tout sacrifier à l'art. La vie doit être considérée par lui comme un moyen, rien de plus, et la première personne dont il doit se foutre, c'est de lui-même[1]. »

Malgré l'insistance de son maître, Guy ne peut se satisfaire de cette hygiène monacale. Son tempérament sanguin s'y oppose. Il veut à la fois vivre intensément et écrire d'abondance. La fête des muscles n'exclut pas chez lui la fête de l'esprit. Pour l'instant, il est surtout attiré par le théâtre. Tournant le dos à la grosse farce de *La Feuille de Rose,* il compose un petit acte. *L'Histoire du vieux temps,* un autre, *Une répétition,* dont aucun théâtre ne veut, et se lance dans un grand drame historique en vers, *La Trahison de la comtesse de Rhune.* Robert Pinchon présente ledit drame à Ballande, directeur du Troisième Théâtre français (ex-théâtre Déjazet), et essuie un refus sous prétexte qu'avec tous ses décors et toute sa figuration l'affaire est trop coûteuse à monter. Flaubert, à son tour, ayant lu la pièce, se montre réticent, mais promet d'intervenir auprès de Perrin, l'administrateur du Théâtre-Français. Zola, de son côté, porte la brochure à Sarah Bernhardt. L'illustre comédienne consent à recevoir le débutant et déploie devant lui une séduction toute professionnelle. Il n'en est pas dupe et écrit à sa mère : « Je l'ai trouvée très aimable, trop même, car elle m'a annoncé, au moment où je partais, qu'elle présenterait mon drame à Perrin et qu'elle se faisait fort d'obtenir une lecture de lui. » Elle avoue par ailleurs n'avoir lu elle-même que le premier acte.

1. Lettre du 15 août 1878.

« L'a-t-elle même lu? » se demande Guy. En tout cas, il craint que Perrin ne soit irrité de recevoir une pièce qui lui est présentée à la fois par Sarah Bernhardt et par Flaubert. Avec une ingratitude toute juvénile, il regrette même maintenant de s'être adressé à son vieux maître pour une recommandation. « Est-ce un bonheur, est-ce un malheur que la pièce ait été présentée par Flaubert? écrit-il dans la même lettre. Nous verrons bien. Le susnommé Flaubert a été bien maladroit pour moi... Il a hésité et l'herbe nous a été coupée sous le pied. Aussitôt qu'il s'agit de choses pratiques, ce cher maître ne sait plus comment s'y prendre, il demande platoniquement et jamais effectivement, n'insiste pas assez et ne sait pas surtout saisir le moment. Enfin il est dupe quoiqu'il n'en convienne pas[1]. » Quelques mois plus tard, Guy apprend que *La Trahison de la comtesse de Rhune* a été refusée au Français. Il se console de cet échec en pensant que Flaubert et Zola n'ont pas eu plus de chance que lui au théâtre.

Le voici qui, de nouveau, aligne des vers. Puis il s'attelle à des contes et en publie un, sous le pseudonyme de Guy de Valmont, dans *Le Bulletin français*. Là-dessus, Catulle Mendès, qui dirige *La République des lettres*, accepte d'insérer dans la revue son poème « Au bord de l'eau ». Il va même jusqu'à inviter l'auteur à ses jeudis, rue Saint-Georges. Attentif à ces marques de considération, Guy éprouve autour de lui comme un frémissement d'intérêt, une promesse, encore diffuse, de réussite. « Son aspect n'avait rien de romantique, note Henry Roujon, secrétaire de rédaction de *La République des lettres*. Une figure ronde, congestionnée de marin d'eau douce, de franches

1. Lettre du 15 février 1878.

allures et des manières simples. J'ai nom " Mauvais passant ", répétait-il, avec une bonhomie qui démentait la menace. Sa conversation se bornait aux souvenirs des leçons de théologie littéraire que lui avait inculquées Flaubert, aux quelques admirations plus vives que profondes qui constituaient sa religion artistique, à une inépuisable provision d'anecdotes grasses et à de sauvages invectives contre le personnel du ministère de la Marine. Sur ce dernier point, il ne tarissait pas[1]. » De son côté, Tourgueniev écrit à Flaubert : « Le pauvre Maupassant perd tous les poils de son corps... C'est une maladie d'estomac, à ce qu'il dit. Il est toujours très gentil, mais bien laid à cette heure[2]. » En vérité, l'écrivain russe se montre fort sceptique devant le protégé de Flaubert. Au premier regard, ce jeune homme ambitieux ne lui semble pas promis à un grand avenir. Au cours d'une réunion amicale, il prend Léon Hennique à part et lui glisse à l'oreille : « Ce pauvre Maupassant ! Quel dommage, il n'aura jamais de talent ! » Cependant, le « pauvre Maupassant » fréquente assidûment le cercle de Catulle Mendès et y rencontre Mallarmé, Léon Dierx, Villiers de L'Isle-Adam... Il participe aussi régulièrement à des dîners littéraires, où les convives le trouvent aimable, drôle, pas encombrant. Grâce à Flaubert, il place dans le quotidien *La Nation* un article sur « Balzac d'après ses lettres » et un autre sur « Les poètes français du XVIe siècle ». Ces études lui coûtent un effort disproportionné au résultat. A vingt-six ans, il est lancé dans le milieu des écrivains sans l'être encore dans le public. Catulle Mendès, qui l'apprécie de

1. Henry Roujon : « Souvenirs ». *La Grande Revue* du 15 février 1904.
2. Lettre du 24 janvier 1877.

plus en plus, lui propose de devenir franc-maçon. Malgré son désir de complaire à ce grand confrère qu'il compare à un « Méphisto ayant pris la figure du Christ », Guy se dérobe. « Voici, mon cher ami, les raisons qui me font renoncer à devenir franc-maçon, écrit-il à Catulle Mendès. 1° Du moment qu'on entre dans une société quelconque, surtout dans une de celles qui ont des prétentions, bien inoffensives du reste, à être sociétés secrètes, on est astreint à certaines règles, on promet certaines choses, on se met un joug sur le cou, et quelque léger qu'il soit, c'est désagréable. *J'aime mieux payer mon bottier qu'être son égal.* 2° Si la chose était sue – et elle le serait fatalement – ..., je me trouverais d'un seul coup à peu près mis à l'index par la plus grande partie de ma famille, ce qui serait au moins fort inutile, si ce n'était en outre fort préjudiciable à mes intérêts. Par égoïsme, méchanceté ou éclectisme, je veux n'être jamais lié à aucun parti politique, quel qu'il soit, à aucune religion, à aucune secte, à aucune école; ne jamais entrer dans aucune association professant certaines doctrines, ne m'incliner devant aucun dogme, devant aucune prime et aucun principe, et cela uniquement pour conserver le droit d'en dire du mal... J'ai peur de la plus petite chaîne, qu'elle vienne d'une idée ou d'une femme[1]. »

Cette fière réponse témoigne d'une volonté d'indépendance, d'un mépris des combines qui réjouissent Flaubert. Il multiplie les démarches pour introduire Guy dans les journaux où il compte des amis. Son but : décrocher pour « le petit » une chronique régulière. Mais toutes les places sont prises. Guy devra se contenter de travailler çà et là, par accident. Depuis quelque temps, lui, l'athlète

1. Lettre de 1876.

des bords de la Seine, se plaint de maux de tête et de vertiges. En août 1877, il sollicite et obtient de l'administration un congé de deux mois pour se soigner, en Suisse, à Loèche-les-Bains, dans le Valais. C'est la première fois qu'il quitte la France. Il profite du voyage pour « crucifier un pharmacien » et visiter un bordel de Vesoul. « Quel drôle de pistolet ! » soupire Flaubert en apprenant les nouvelles frasques de son protégé. A Loèche, Guy suit scrupuleusement la cure et observe, avec son habituelle acuité, paysages et personnages. Il se souviendra de cette expérience dans un conte, *Aux eaux*, qui évoque une brève liaison amoureuse dans une station balnéaire suisse à l'atmosphère irréelle : « On descend directement de la chambre dans les piscines, où vingt baigneurs trempent déjà, vêtus de longues robes de laine, hommes et femmes ensemble. Les uns mangent, les autres lisent, les autres causent. On pousse devant soi de petites tables flottantes. Parfois on joue au furet, ce qui n'est pas toujours convenable. »

De retour à Paris, Guy a meilleure mine, mais ne se juge pas guéri pour autant. La vie de bureau l'excède et le succès tarde à venir. Autour de lui, de jeunes confrères publient et sont applaudis. Lui seul, pense-t-il, reste en rade. Pourtant, il a des idées très arrêtées sur son avenir personnel et sur celui de la littérature. Il déclare à un autre auteur débutant, Paul Alexis, qui, lui, est féru de naturalisme : « Je ne crois pas plus au naturalisme et au réalisme qu'au romantisme. Ces mots, à mon sens, ne signifient absolument rien et ne servent qu'à des querelles de tempéraments opposés... Si je tiens à ce que la vision d'un écrivain soit toujours juste, c'est parce que je crois cela nécessaire pour que son interprétation soit originale et vraiment belle... La chose vue passe par l'écrivain, elle y prendra sa couleur particulière, sa forme, son élargissement... Pourquoi se restreindre? Le naturalisme est aussi limité que le fantastique. Cette lettre ne doit point sortir de notre *cercle* et je serais désolé que vous la *montrassiez* à Zola, que j'aime de tout mon cœur et que j'admire profondément, car il pourrait peut-être s'en froisser[1]. »

Ce refus de s'associer à une école littéraire procède, chez Guy, de la même soif de liberté que le refus d'entrer dans une loge maçonnique. Il n'a encore rien publié sous son nom, et déjà il donne des leçons aux autres. La tendre confiance de Flaubert lui suffit pour estimer que Guy de Valmont, journaliste occasionnel, a de l'or dans la cervelle. Tout en dénigrant, dans les coulisses, le naturalisme de Zola, il se laisse enrôler dans la petite troupe qui encadre l'auteur de *L'Assommoir.* La publicité faite dans la presse autour de ce mouvement vaut bien une légère entorse aux principes d'indépendance littéraire. Le 16 avril 1877, Paul Alexis, Henry Céard, Léon Hennique, J.-K. Huysmans, Octave Mirbeau et Guy de Maupassant invitent Flaubert, Zola et Goncourt au restaurant Trapp, près de la gare Saint-Lazare. Il a fallu toute l'insistance de Guy pour décider Flaubert à venir. Le sang aux joues, l'œil globuleux et la moustache tombante, le solitaire de Croisset grogne en riant contre les foutaises du naturalisme et du réalisme. Mais la sincère admiration des jeunes le réconforte. Dès le 13 avril, *La République des lettres* a annoncé le dîner, organisé par « six jeunes et enthousiastes naturalistes, qui eux aussi deviendront célèbres », pour fêter leurs trois maîtres, Flaubert, Zola et Goncourt. Le journaliste donne même le menu fantaisiste du repas : « Po-

1. Lettre du 17 janvier 1877.

tage purée Bovary; truite saumonée à la Fille Elisa; poularde truffée à la Saint-Antoine; artichauts au Cœur simple; parfait " naturaliste "; vin de Coupeau; liqueur de l'Assommoir. » Et, pour corser la blague, il ajoute : « M. Gustave Flaubert, qui a d'autres disciples, remarque l'absence des anguilles à la Carthaginoise et des pigeons à la Salammbô. » Afin de mieux ébruiter l'événement, Paul Alexis, sous le pseudonyme de Tilsitt, feint de s'en indigner dans *Les Cloches de Paris* et condamne la prétention de cette demi-douzaine d'énergumènes « qui menacent de gâter tout » et qui seraient bien capables « de faire des petits ». Ce coup de réclame bénéficie surtout aux écrivains débutants qui ont eu l'idée d'une réunion symbolique avec leurs aînés au restaurant Trapp. Hier encore inconnus, ils se voient cités dans la presse comme les champions de l'art nouveau. Edmond de Goncourt écrit dans son *Journal* : « Ce soir, Huysmans, Céard, Hennique, Paul Alexis, Octave Mirbeau, Guy de Maupassant, la jeunesse des lettres réaliste, naturaliste, nous a sacrés, Flaubert, Zola et moi, sacrés officiellement les trois maîtres de l'heure présente, dans un dîner des plus cordiaux et des plus gais. Voici l'armée nouvelle en train de se former[1]. »

Les échos de cette agitation intellectuelle parviennent jusqu'au ministère. Nul n'ignore plus dans les bureaux que Guy de Valmont et Guy de Maupassant ne font qu'un. Or, les naturalistes, parmi lesquels on le range désormais, sont censés être à gauche. Et rue Royale on est résolument à droite. En vérité, Guy ne se considère ni d'un bord ni de l'autre. Comme Flaubert, il est un individualiste révolté, un anarchiste bourgeois. Il a trop d'orgueil pour accepter de porter le surnom collec-

1. Goncourt : *Journal*, le 16 avril 1877.

tif de « Messieurs Zola », dont on affuble déjà les partisans de la nouvelle école. Et il méprise trop les hommes au pouvoir pour prendre leur discours au sérieux.

Au printemps de 1877, un accès d'humeur secoue la France. Le maréchal de Mac-Mahon, président de la République, ayant dénoncé les tendances libérales de Jules Simon, président du Conseil, une crise est ouverte, l'Assemblée est dissoute, de nouvelles élections ont lieu et la consultation populaire offre une majorité de cent vingt sièges à l'opposition. Malgré ce verdict qui lui donne tort, Mac-Mahon se cramponne à son poste. Guy fulmine dans une lettre à Flaubert : « La politique m'empêche de travailler, de sortir, de penser, d'écrire. Je suis comme les indifférents qui deviennent les plus passionnés, et comme les pacifiques qui deviennent féroces. Paris vit dans une fièvre atroce et j'ai cette fièvre : tout est arrêté, suspendu comme avant un écroulement, j'ai fini de rire et suis en colère pour de bon... Comment! ce général, qui, jadis, a gagné une bataille grâce à sa bêtise personnelle combinée avec les fantaisies du hasard; qui, depuis, en a perdu deux qui resteront historiques, en essayant de refaire à lui tout seul la manœuvre que le susdit hasard avait si bien exécutée la première fois; qui a droit à s'appeler, aussi bien que duc de Magenta, grand-duc de Reichshoffen et archiduc de Sedan, ou, sous prétexte du danger que les imbéciles courraient à être gouvernés par de plus intelligents qu'eux, a ruiné les pauvres (les seuls qu'on ruine), a arrêté tout le travail intellectuel d'un pays, a exaspéré les pacifiques et a aiguillonné la guerre civile comme les misérables taureaux qu'on rend furieux dans les cirques d'Espagne!... Je demande la suppression des classes dirigeantes; de ce ramassis de beaux messieurs stupides qui batifolent dans les jupes de cette vieille traînée dévote et bête qu'on appelle bonne société. Ils fourrent le doigt dans son vieux... en murmurant que la société est en péril, que la liberté de pensée les menace[1]. »

Au ministère de la Marine, on regarde avec de plus en plus de méfiance ce fonctionnaire amateur qui bâille sur ses dossiers et n'attend que le moment de s'évader du bureau pour redevenir Guy de Valmont. Les notes de ses supérieurs, pour l'année 1877, sont sévères : « Employé intelligent et qui pourra un jour être très utile. Mais il est mou, sans énergie, et je crains que ses goûts et ses aptitudes ne l'éloignent des travaux administratifs. » Devant l'animosité croissante de son entourage, Guy ne songe pas à démissionner (la sécurité avant tout!) mais à changer de service. Il se plaint à sa mère : « Mon chef... me traite comme un chien... Il n'admet pas qu'on soit malade... Ce n'est qu'après avoir eu une violente querelle avec lui que j'ai pu obtenir d'aller te voir au jour de l'An, et je risque bien de n'avoir pas de congé à Pâques... L'autre jour, ayant eu une terrible migraine, j'ai demandé au sous-chef l'autorisation, qui m'a été accordée, d'aller me coucher. Le lendemain, le chef m'a fait appeler, m'a dit que je me fichais de lui, que je n'étais pas malade, que je n'avais rien du tout, qu'on ne quittait pas son bureau pour une migraine[2]. »

Justement, il se trouve qu'à la suite d'un changement de gouvernement un ami personnel de Flaubert, Agénor Bardoux, s'est vu confier le portefeuille de l'Instruction publique. Guy saute sur l'occasion et demande à son maître d'intervenir en

1. Lettre du 10 décembre 1877.
2. Lettre du 21 janvier 1878.

haut lieu pour qu'on le fasse passer du ministère de la Marine à celui de l'Instruction publique où il sera davantage dans son élément. Pour décider Flaubert à agir au plus vite, il supplie sa mère d'envoyer au Vieux « une lettre pathétique ». « Ma situation ici est loin d'être douce, noircis-la encore, plains-moi, etc., écrit-il à Laure. Sans rien demander d'immédiat, mais en remerciant de ce qu'il m'a promis de faire, en disant ma joie profonde de cette espérance[1]. » Laure s'exécute instantanément. « Puisque tu appelles Guy ton fils adoptif, écrit-elle à Flaubert, tu me pardonneras, mon cher Gustave, si je viens tout naturellement te parler de ce garçon. La déclaration de tendresse que tu lui as faite devant moi m'a été si douce que je l'ai prise au pied de la lettre et que je m'imagine à présent qu'elle t'impose des devoirs quasi paternels. Je sais d'ailleurs que tu es au courant des choses et que le pauvre employé de ministère t'a déjà fait toutes ses doléances. Tu t'es montré excellent comme toujours, tu l'as consolé, et il espère aujourd'hui, grâce à tes bonnes paroles, que l'heure est proche où il pourra quitter sa prison et dire adieu à l'aimable chef qui en garde la porte[2]. »

Toujours prêt à rendre service quand l'avenir du « petit » est en jeu, Flaubert alerte Agénor Bardoux en lui représentant les qualités exceptionnelles de l'intéressé. Aimable et négligent, le nouveau ministre promet d'agir, mais tarde à le faire. Exaspéré par ces lenteurs, Guy se désespère, enrage et talonne Flaubert. D'autant que, rue Royale, ses supérieurs hiérarchiques, ayant eu vent de la conspiration, le punissent de son audace en le changeant de bureau. Affecté au service de la prépara-

1. Lettre du 21 janvier 1878.
2. Lettre du 23 janvier 1878.

tion du budget et de la liquidation des comptes des ports, il étouffe sous l'avalanche des chiffres. Son chef le martyrise et ne lui laisse pas une minute de loisir pour travailler à ses articles. Il en est indigné comme si ses fonctions comportaient le droit imprescriptible d'écrire pour lui-même sur le papier de l'administration. Ses lettres à Flaubert sont, de semaine en semaine, plus tragiques : « Mon ministère m'énerve... Je ne puis travailler... J'ai l'esprit fatigué par des additions que je fais du matin au soir... Encore un jour, un jour de passé... Ils me semblent longs, longs et tristes, entre un collègue imbécile et un chef qui m'engueule. Je ne dis plus rien au premier; je ne réponds plus au second. Tous deux me méprisent un peu et me trouvent inintelligent, ce qui me console... Rien de nouveau pour M. Bardoux[1]. » Ou bien : « Mon ministère me détruit peu à peu. Après ses sept heures de travaux administratifs, je ne puis plus me tendre assez pour rejeter toutes les lourdeurs qui m'accablent l'esprit. J'ai même essayé d'écrire quelques chroniques pour *Le Gaulois* afin de me procurer quelques sous. Je n'ai pas pu, je ne trouve pas une ligne et j'ai envie de pleurer sur mon papier[2]. » Il est inquiet également au sujet de sa mère, qui a une maladie de cœur et des troubles de la vision. Quant à sa propre santé, elle est, dit-il, désastreuse. Toutefois, selon lui, la syphilis n'y est pour rien : « La Faculté croit maintenant qu'il n'y a rien de syphilitique dans mon affaire, mais que j'ai un rhumatisme constitutionnel qui a d'abord attaqué l'estomac et le cœur, puis, en dernier lieu, la

1. Lettre du 5 juillet 1878.
2. Lettre du 21 août 1878.

peau. On me fait prendre des bains de vapeur en boîte, ce qui jusqu'ici ne m'a rien fait[1]. »

Tout en avalant force « tisanes amères, sirops et eaux minérales de table », il continue, le dimanche, à canoter sur la Seine. Chacune de ses sorties en yole se termine par une coucherie. Il est si fier de son tableau de chasse qu'il s'en vante devant Flaubert. Et celui-ci, émerveillé, en avertit aussitôt Tourgueniev : « Aucune nouvelle des amis, sauf le jeune Guy. Il m'a écrit récemment qu'en trois jours il avait tiré dix-neuf coups ! C'est beau ! mais j'ai peur qu'il ne finisse pas s'en aller en sperme[2]. »

En septembre 1878, Flaubert arrive à Paris pour visiter l'Exposition et intervient, une fois encore, auprès du ministre. De plus en plus cordial, Agénor Bardoux l'invite à déjeuner et lui renouvelle sa promesse. Mais ce ne sont que des paroles artificieuses. Le mois suivant, après un passage à Etretat pour voir sa mère malade, Guy se rend à Croisset et bavarde passionnément, tard dans la nuit, avec Flaubert qui – suprême honneur ! – le tutoie maintenant. Le maître est, dit-il, « vêtu d'un large pantalon noué par une cordelière de soie à la ceinture et d'une immense robe de chambre, tombant jusqu'à terre ». Le lendemain, Guy visite, à Petit-Couronne, la maison de Corneille. Puis, le cœur lourd de regrets, il réintègre « l'enfer » de la rue Royale. Ses finances sont complètement désorganisées après ce voyage et les nombreux médicaments qu'il achète pour se maintenir en forme coûtent cher. « C'est à peine si je peux vivre, écrit-il à Flaubert, et, après avoir payé mon terme, mon tailleur, mon bottier, la femme de ménage, la

1. Lettre du 21 août 1878.
2. Lettre du 27 juillet 1877.

blanchisseuse et la nourriture, sur mes 216 francs par mois, il ne me reste pas plus de 12 à 15 francs pour faire le jeune homme[1]. »

Soudain une lueur d'espoir. Le 7 novembre 1878, Flaubert annonce à son disciple : « Caroline m'a écrit ces lignes que je vous transmets : " M. Bardoux m'a formellement dit qu'il attacherait Guy à sa personne dans un avenir très rapproché. " » Il conseille à Guy d'aller toucher un mot de l'affaire au sous-chef de cabinet d'Agénor Bardoux, un nommé Xavier Charmes. Guy se précipite et est reçu avec courtoisie. Mais Xavier Charmes se contente de lui dire : « Monsieur le Ministre veut agir avec douceur... Ne vous dérangez pas davantage. Je vous préviendrai quand ce sera fait[2]. » « Tout cela me paraît louche », écrit Guy à Flaubert. Et, trois jours plus tard : « Ma situation ici devient intolérable. Mon chef, qui sait que je dois m'en aller, a prévenu le directeur, et mon successeur est désigné. Aussi me demande-t-on chaque matin : Quand partirez-vous enfin? Qu'attendez-vous? » Mais voici qu'on parle d'une chute probable du ministère. Si Agénor Bardoux doit rendre son portefeuille, les dernières chances de Guy s'évanouiront. Il se retrouvera assis entre deux chaises, n'ayant gagné que l'animosité de ses chefs. « Je suis dans la merde jusqu'au cou, plongé dans des embarras et des tristesses inexprimables, confie-t-il encore à Flaubert. J'ai passé mes jours dans l'antichambre de M. Bardoux sans arriver à le voir une minute, sans obtenir une réponse quelconque. M. Charmes me disait chaque jour : " Attendez, je vais lui parler de vous, revenez demain, vous aurez une réponse définitive. " Et chaque

1. Lettre du 4 novembre 1878.
2. Lettre du 2 décembre 1878.

lendemain je revenais sans obtenir autre chose que des paroles vagues. A la Marine, j'ai perdu ma gratification de fin d'année et tout espoir d'avancement d'ici à bien longtemps, dix ans peut-être, et à l'Instruction publique on s'est moqué de moi... Je n'ai pas un sou, et à moins de me jeter à la Seine ou aux pieds de mon chef, ce qui se vaut, je n'ai plus d'autre ressource[1]. »

Enfin la décision éclate comme une bombe : le commis Guy de Maupassant est nommé au ministère de l'Instruction publique. Rue Royale, son chef, vexé, s'étrangle de colère :

« Vous quittez cette maison sans faire passer votre demande par la voie hiérarchique ! s'écrie-t-il. Je ne permettrai pas !...

– Oh ! monsieur, vous n'avez rien à permettre, réplique Guy avec aplomb. Cette affaire se passe au-dessus de nous : entre ministres ! »

Une note confidentielle du chef de bureau au directeur clôt le dossier. « M. de Maupassant ayant donné sa démission d'employé de la Marine pour être attaché au ministère de l'Instruction publique, je ne pense pas qu'il soit utile de faire connaître mon appréciation sur sa manière de servir[2]. »

Aussitôt qu'il a appris sa mutation, Guy court au ministère de l'Instruction publique, rue de Grenelle, où il compte un ami chaleureux, l'écrivain Henry Roujon.

« J'ai lâché la Marine ! clame-t-il en pénétrant dans le bureau. Je deviens votre camarade ! Bardoux m'a attaché à son cabinet ! C'est assez farce, hein ? »

Et Henry Roujon raconte : « Nous commençâmes par danser un pas désordonné autour d'un

1. Lettre du 7 décembre 1878.
2. 19 décembre 1878.

pupitre élevé à la dignité d'autel de l'amitié. Après quoi, nous louâmes comme il convenait Bardoux, protecteur des lettres. Il me semble bien que Maupassant crut devoir terminer par une bordée d'injures, envoyées, en manière d'adieu, à ses anciens chefs de la Marine. »

Voici Guy installé rue de Grenelle, dans un superbe bureau, « avec vue sur les jardins ». Mais déjà il s'inquiète : « Tant que M. Bardoux sera là, la situation pécuniaire sera belle, écrit-il à Flaubert. J'aurai 1 800 francs de traitement, 1 000 francs d'indemnité de Cabinet et 500 francs au moins de gratification par an. Mais s'il tombe tout de suite, rien[1]. » Et plus tard, toujours à Flaubert : « Quand j'étais à la Marine, j'avais une feuille de route et je ne payais par conséquent que quart de place sur les chemins de fer. Le voyage de Rouen me revenait à 9 francs aller et retour. Aujourd'hui, en 2e classe, il me coûtera à peu près 36 francs et, pour un homme qui dépense en moyenne 4 francs par jour, c'est considérable... Enfin, je verrai l'état de mes finances à la fin du mois et j'espère que je pourrai aller passer un jour avec vous[2]. »

Ainsi, malgré la satisfaction d'avoir réussi son coup, Guy ne se sent pas encore solidement accroché à sa nouvelle place. Il craint d'être à la merci d'une fluctuation politique. En outre, il estime être trop mal payé. Tout juste nommé à ce poste si longtemps convoité, il écrit à Petit-Bleu (Léon Fontaine) pour le taper de soixante francs. Cette supplique amicale est signée Guy de Maupassant et suivie de son titre qui s'étale fièrement sur toute la largeur de la page : « Attaché au Cabinet du ministre de l'Instruction publique, des Cultes, des

1. Lettre du 26 décembre 1878.
2. Lettre du 18 février 1879.

Beaux-Arts, chargé spécialement de la correspondance du ministre et de l'administration des Cultes, de l'Enseignement supérieur et de la comptabilité[1]. »

La contrepartie de cette appellation triomphale, c'est l'obligation de travailler au bureau jusqu'à six heures et demie du soir et même le dimanche matin jusqu'à midi. Mais, à cette époque, Guy est déjà un peu moins attiré par le canotage. Son temps libre, il le consacre à l'écriture. Sous divers pseudonymes (Guy de Valmont, Maufrigneuse, Joseph Prunier), il a publié des chroniques et des poèmes dans nombre de journaux et de revues, où il est entré grâce à la recommandation de Flaubert. En remerciement, il a donné, le 22 octobre 1876, à *La République des lettres* une étude sur son maître. Celui-ci en a été sincèrement touché. « Vous m'avez traité avec une tendresse filiale, lui a-t-il écrit aussitôt. Ma nièce est enthousiasmée de votre œuvre. Elle trouve que c'est ce qu'on a écrit de mieux sur son oncle. Moi, je le pense, mais je n'ose pas le dire[2]. »

A présent, tout en se félicitant d'avoir casé « le petit » à l'Instruction publique, Flaubert déplore qu'il soit détourné, par des tâches ingrates, de sa noble vocation de poète : « Comme si un bon vers n'était pas cent mille fois plus utile à l'instruction du public que toutes les sérieuses balivernes qui vous occupent ! » lui écrira-t-il encore. Guy est bien de cet avis. Mais il a les pieds sur terre. En authentique Normand, il calcule, il suppute, il refuse d'abandonner la proie pour l'ombre. Tant qu'il n'aura pas acquis une notoriété suffisante en littérature, il ne renoncera pas à son poste au

1. Lettre de la fin décembre 1878.
2. Lettre du 25 octobre 1876.

ministère. Les errements du génie famélique et angoissé ne sont pas dans sa nature. Il ambitionne à la fois la gloire, l'argent et les femmes. Et il est décidé à prendre son temps pour conquérir le monde. Si Flaubert a su se contenter de peu dans sa retraite de Croisset, lui a un appétit d'ogre devant la vie.

VIII

BOULE DE SUIF

A peine Guy a-t-il pris possession de son bureau, rue de Grenelle, que le maréchal de Mac-Mahon démissionne. Son départ marque la fin de l'« Ordre moral » qu'il avait instauré et le triomphe des républicains. Jules Grévy s'installe à l'Elysée et Jules Ferry rue de Grenelle, en remplacement d'Agénor Bardoux. Mais la carrière administrative de Guy n'est nullement compromise par ce bouleversement politique. C'est son ami Henry Roujon qui est directeur de cabinet du nouveau ministre et, le 1er février 1879, il affecte le jeune attaché au secrétariat de Xavier Charmes. Celui-ci, guère plus âgé que son proche collaborateur, est bienveillant et courtois. Mais il exige tant de travail et tant de présence que Guy, derechef, se lamente : « J'ai ici des rapports très agréables avec Charmes, mon chef, écrit-il à Flaubert. Nous sommes presque sur un pied d'égalité; il m'a fait donner un très beau bureau. Mais je lui appartiens; il se décharge sur moi de la moitié de sa besogne; je marche et j'écris du matin au soir; je suis une chose obéissant à la sonnette électrique et, en résumé, je n'aurai pas plus de liberté qu'à la Marine. Les relations sont douces, c'est là le seul avantage; et le service est beaucoup moins ennuyeux[1]. » A plusieurs reprises, Xavier Charmes voudrait charger son secrétaire de rédiger des rapports délicats sur des problèmes scientifiques, artistiques ou littéraires, mais Guy se dérobe. Sans se soucier de son avenir administratif, il refuse de faire du zèle et se cantonne dans l'expédition des affaires les plus banales. Ainsi du moins a-t-il l'esprit libre pour penser à ses propres écrits. Ses supérieurs le jugent « correct », « déférent », mais se plaignent de ses nombreuses absences.

Il a déménagé depuis peu et habite maintenant au 17 de la rue Clauzel[2], en plein quartier des amours vénales. Dans ce logement qui comporte deux pièces, avec entrée et cuisine, il a transporté ses meubles, ses livres, une tapisserie ancienne et, bien entendu, la main d'écorché. La maison est, disent ses amis, une « ruche garnie des abeilles de la rue de Bréda[3] ». Guy s'amuse d'être plongé dans ce phalanstère de prostituées. Il entretient avec elles les meilleures relations. Parfois, un client de ces dames, se trompant d'étage, vient sonner à sa porte. Cela lui rappelle les joyeusetés de *La Feuille de Rose*. Mais, pour l'instant, un autre projet théâtral l'absorbe. Après avoir longtemps tergiversé, Ballande accepte de monter son petit acte en vers, *L'Histoire du vieux temps*, au Troisième Théâtre français. Guy a dédié son œuvrette à Caroline Commanville pour faire plaisir à Flaubert. Le soir de la première, le public réagit favorablement. « Ma pièce a bien réussi, écrit Guy à Flaubert; mieux même que je n'aurais espéré.

1. Lettre du 24 avril 1879.
2. Curieusement, c'est sur l'immeuble du 19 de la rue Clauzel qu'on a apposé, en 1930, une plaque commémorative.
3. La rue de Bréda se trouvait à l'emplacement des actuelles rues Frochot et Henri-Monnier.

Lapommeraye, Banville, Claretie ont été charmants : *Le Petit Journal* très bon, *Le Gaulois* aimable, Daudet perfide... Zola n'a rien dit... Du reste *sa bande* me lâche, ne me trouvant pas assez naturaliste; aucun d'eux n'est venu me serrer la main après le succès. Zola et sa femme ont applaudi beaucoup et m'ont vivement félicité plus tard[1]. »

Dans l'ensemble, les rapports de Guy avec le ménage Zola sont des plus cordiaux. Il se rend souvent à Médan, fait honneur à la table de ses hôtes, boit sec, raconte des anecdotes raides, que la brune et sévère Mme Zola écoute en se pinçant les lèvres, discute littérature sans réticence, et presque d'égal à égal, avec le maître de maison. Ce dernier ayant décidé d'acheter une barque, Guy se charge de lui en dénicher une. « Le bateau le plus usité et le meilleur pour les promenades en famille, c'est la *norvégienne légère*, lui écrit-il. J'en ai vu quatre fort jolies, mais construites par des constructeurs connus, qui en demandent de 260 à 450 francs... A Argenteuil, on m'a proposé d'en faire une pour 200 francs; mais il faudrait attendre au moins trois semaines... Maintenant, j'ai trouvé un bateau dit chasse-canard, de 5 mètres de long sur 1,35 m de large, dont je puis répondre comme solidité. Le bois ne contient aucun aubier; il est fort léger à manier et gentil à l'œil... Le prix est de 170 francs, je crois qu'on trouverait toujours à le revendre sans aucune perte... Si vous vous décidiez pour le chasse-canard, le constructeur lui donnerait, avant de vous l'envoyer, un coup de peinture[2]. »

Zola opte pour le chasse-canard à cent soixante-

1. Lettre du 26 février 1879.
2. Lettre du 5 juillet 1878.

dix francs et Guy conduit lui-même l'embarcation jusqu'à Médan. On décide de la baptiser *Nana*, du nom de la nouvelle héroïne de Zola, parce que, dit Guy, « tout le monde grimpera dessus ». Evoquant ces réunions amicales, Maupassant écrira, avec une verve teintée de nostalgie : « Pendant les longues digestions des longs repas (car nous sommes tous gourmands et gourmets et Zola mange à lui seul comme trois romanciers ordinaires), nous causions... Quelquefois, il prenait son fusil, qu'il manœuvrait en myope, et, tout en parlant, tirait sur des touffes d'herbes que nous lui affirmions être des oiseaux, s'étonnant considérablement de ne trouver aucun cadavre. Certains jours, on pêchait à la ligne... Moi, je restais dans la barque, la *Nana*, ou bien je me baignais pendant des heures. » Cependant, malgré son admiration cent fois proclamée pour son illustre confrère, Guy commence à se méfier du naturalisme. Il y voit une contrainte systématique, et par conséquent dangereuse, imposée à l'inspiration du romancier. « Que dites-vous de Zola? écrit-il à Flaubert. Moi, je le trouve absolument fou. Avez-vous lu son article sur Hugo? Son article sur les poètes contemporains et sa brochure : *La République et la Littérature*? " La République sera naturaliste ou elle ne sera pas. " " Je ne suis qu'un savant. " (Rien que cela. Quelle modestie!) " L'enquête sociale. " Le document humain. La série des formules. On verra bientôt sur le dos des livres : " Grand roman selon la formule naturaliste "... Cela est pyramidal... Et on ne rit pas[1]. »

Mais voici que la princesse Mathilde, grande amie de Flaubert, s'intéresse à la piécette de Guy et souhaite la faire jouer dans ses salons par

1. Lettre du 24 avril 1879.

l'actrice Marie-Angèle Pasca, en présence de l'auteur. Or, la quadragénaire Pasca vit en ce moment un désespoir d'amour qui la rend indisponible. « Nom de Dieu, que les femmes sont bêtes! » grogne Guy. Heureusement, vers le mois de mai 1879, le chagrin de l'interprète idéale semble s'être atténué. On peut de nouveau compter sur elle. La princesse Mathilde envoie au jeune auteur une lettre charmante pour lui préciser son intention. Intimidé, Guy, qui fait volontiers le fier-à-bras devant les femmes du peuple, s'adresse à Flaubert en le priant de l'éclairer sur les manières du grand monde : « Que dois-je faire? Ecrire ou faire une visite? Dans les deux cas, quelques renseignements, s'il vous plaît, sur les usages? Quand on lui écrit, quelle est la formule? Madame, ou Madame la Princesse, ou Altesse?... Quand on parle, dit-on "Votre Altesse"? La troisième personne paraît bien "genre larbin". Mais quoi alors? "Altesse" n'est pas euphonique et a l'air familier comme un tutoiement de prince. Est-ce Madame la Princesse? J'attends un mot de vous immédiatement[1]. » Flaubert donne, de loin, son avis; Guy est reçu dans les salons de la princesse qui le traite avec bonhomie; la pièce est jouée devant une assemblée restreinte et remporte un succès mondain.

Il n'en faut pas plus pour que Guy se sente désormais bien vu par la droite comme par la gauche. A gauche il y a Zola, à droite Juliette Adam. Poussant à la roue, Flaubert présente à Juliette Adam, directrice de *La Nouvelle Revue,* le dernier poème de son disciple, « La Vénus rustique » : « Je lui crois un grand avenir littéraire, écrit-il. Il est connu dans le monde des Parnassiens[2]. » Mal-

1. Lettre du 15 mai 1879.
2. Lettre du 25 novembre 1879.

gré cette recommandation, le poème est refusé et Juliette Adam conseille au jeune auteur de s'inspirer de Theuriet. Tant de sottise indigne Flaubert qui écrit à Guy : « Voilà bien les journaux! Oh! mon Dieu! mon Dieu! Theuriet donné pour modèle! La vie est lourde et ce n'est pas aujourd'hui que je m'en aperçois[1]. »

Les coups portés à son protégé ébranlent Flaubert comme s'il était personnellement visé à travers lui. Ces derniers mois ont été très pénibles pour l'ermite de Croisset. A bout de ressources, il a dû, sur l'insistance de ses amis, avec Guy à leur tête, accepter un poste de conservateur hors cadre à la bibliothèque Mazarine. Cette fonction, purement honorifique, ne l'obligera ni à travailler ni même à résider dans la capitale et lui rapportera trois mille francs par an. « C'est fait! J'ai cédé! écrit-il. Mon intraitable orgueil avait résisté jusqu'ici. Mais, hélas! je suis à la veille de crever de faim, ou à peu près[2]. » Guy lui ayant rendu visite dans sa retraite, il le prie de l'aider à brûler quelques vieilles lettres. C'est le soir. Les flammes dansent dans la cheminée, éclairant le lourd visage au front chauve et aux yeux brouillés de larmes. Des monceaux de papier noircissent en se recroquevillant entre les chenets. L'étrange cérémonie continue pendant des heures, entrecoupée de soupirs et de paroles de regret. Devant cet homme usé, brisé, qui trie ses souvenirs et regarde son passé partir en fumée, Guy mesure l'inanité de la gloire terrestre. Fasciné, il a l'impression de vivre par avance la mort de l'être qui lui est le plus cher au monde après sa mère. Soudain, dans le fatras des pages manuscrites, Flaubert tombe sur un

1. Lettre du 3 décembre 1879.
2. Lettre du début juin 1879.

paquet noué par un ruban. Il le déplie et découvre un petit soulier de bal avec, à l'intérieur, un mouchoir de femme bordé de dentelle et une rose fanée. « Il baisa ces trois reliques avec des gémissements de peine, écrit Maupassant, puis il les brûla et s'essuya les yeux. »

C'est le cœur plein d'appréhension que Guy quitte son vieux maître pour regagner Paris. Une curieuse nouvelle l'y attend. Il est nommé officier d'académie. Ennemi de toutes les distinctions honorifiques, il n'en accueille pas moins celle-ci avec une certaine satisfaction. Mais voici que le ciel s'assombrit de nouveau au-dessus de sa tête. La *Revue moderne et naturaliste* vient de publier un de ses poèmes, signé Guy de Valmont et intitulé « Une fille ». Il ne s'agit pas d'un inédit, ces vers ayant déjà paru trois ans auparavant, sous le titre « Au bord de l'eau », dans *La République des lettres* de Catulle Mendès. Néanmoins, le sous-préfet d'Etampes, ville où est imprimée la *Revue moderne et naturaliste,* estime qu'il y a là matière à scandale et alerte les autorités judiciaires. Une instruction est ouverte. Affolé, Guy se demande si l'éclat qui se prépare ne va pas lui coûter sa place au ministère. De plus, il redoute qu'on n'interdise la publication de son recueil : *Des vers,* qui contient la pièce incriminée. Ce recueil, Flaubert l'a chaudement recommandé à la femme de l'éditeur Charpentier, lui écrivant : « J'insiste. Ledit Maupassant a beaucoup, mais beaucoup de talent! C'est moi qui vous l'affirme et je crois m'y connaître. Bref, *c'est mon disciple* et je l'aime comme mon fils. Si votre légitime ne cède pas à toutes ces raisons-là, je lui en garderai rancune, cela est certain[1]. »

1. Lettre du 13 janvier 1880.

Devant la catastrophe qui s'annonce, Guy, par un mouvement spontané, se tourne vers Flaubert. Certes, il est confus de faire appel à son vieux maître, qui a déjà tant de soucis personnels. Mais nul mieux que l'auteur de *Madame Bovary*, poursuivi vingt-quatre ans plus tôt pour le même crime, ne pourrait, pense-t-il, lui venir en aide[1].

Le 14 février 1880, Guy se rend à Etampes, où le juge d'instruction lui signifie son inculpation. Il est officiellement accusé d'« outrage à la moralité publique et religieuse et aux bonnes mœurs ». Entre-temps, la *Revue moderne et naturaliste* a publié une autre poésie de lui, intitulée « Le mur ». Cette circonstance ne va-t-elle pas aggraver son cas aux yeux de la justice? Rentré chez lui, il écrit à Flaubert : « Je suis décidément poursuivi pour outrages aux mœurs et à la morale publique. Et cela à cause de « Au bord de l'eau ». J'arrive d'Etampes où j'ai subi un long interrogatoire du juge d'instruction. Ce magistrat a été du reste fort poli, et moi je ne crois pas avoir été maladroit. Je suis accusé, mais je crois qu'on hésite à pousser l'affaire, parce qu'on voit que je me défendrai comme un enragé. Non à cause de moi (je me fous de mes droits civils), mais à cause de mon poème, nom de Dieu! Je le défendrai coûte que coûte, jusqu'au bout, et ne consentirai jamais à renoncer à la publication. Maintenant mon ministère m'inquiète et j'emploie tous les moyens imaginables pour obtenir une ordonnance de non-lieu. »

Parvenu à ce point, Guy hésite à formuler sa requête. Il connaît la répugnance de Flaubert pour les prises de position publiques, les campagnes dans les journaux, le tapage. Mais son avenir est en

1. Baudelaire, lui aussi, avait été traduit en justice pour les mêmes motifs, lors de la publication, en 1857, des *Fleurs du mal*.

jeu. Tant pis pour les scrupules du Vieux. Il fonce, tête baissée : « Je viens vous demander un grand service en vous priant de me pardonner de vous prendre votre temps et votre travail pour une si stupide affaire. J'aurais besoin d'une lettre de vous à moi, longue, réconfortante, paternelle et philosophique, avec des idées hautes sur la valeur morale des procès littéraires, qui vous assimilent aux Germiny[1] quand on est condamné, ou vous font parfois décorer quand on est acquitté. Il y faudrait votre opinion sur ma pièce « Au bord de l'eau » au point de vue littéraire et au point de vue moral (la moralité artistique n'est que le Beau) et des tendresses. Mon avocat, un ami, m'a donné ce conseil, que je crois excellent. Voici pourquoi : cette lettre serait publiée par *Le Gaulois* dans un article sur mon procès. Elle deviendrait en même temps une pièce pour appuyer la défense et un argument sur lequel serait basée toute la plaidoirie de mon défenseur. Votre situation exceptionnelle, unique, d'homme de génie poursuivi pour un chef-d'œuvre, acquitté péniblement, puis glorifié, et définitivement classé comme un maître irréprochable, accepté comme tel par toutes les écoles, m'apporterait un tel secours que mon avocat pense que l'affaire serait immédiatement étouffée après la seule publication de votre lettre. Il faudrait que ce morceau parût tout de suite, pour bien sembler une consolation immédiate envoyée par le Maître au Disciple. Maintenant, si cela vous déplaisait le moins du monde, pour n'importe quelle raison, n'en parlons plus... Je suis seul pour me défendre, menacé dans mes moyens d'existence, sans appui

1. Le comte de Germiny, poursuivi en 1876 pour attentat à la pudeur.

dans ma famille ni dans mes relations et sans la possibilité de couvrir d'or un grand avocat... »

Et, craignant que Flaubert ne l'ait pas bien compris, il précise : « Quand je vous demande une longue lettre, je veux dire deux ou trois pages de votre papier à lettres : seulement pour intéresser la presse en ma faveur et la faire repartir là-dessus. Je vais intriguer auprès de tous les journaux où j'ai des amis. Je vous embrasse bien tendrement, mon cher Maître, et je vous demande encore pardon. A vous filialement. – Guy de M. » Au moment de cacheter la missive, pris de remords, il ajoute en post-scriptum : « Si cela vous embêtait que votre prose allât dans un journal, ne m'envoyez rien[1]. »

En recevant cet appel au secours, Flaubert n'hésite pas une seconde. Tout en pestant contre l'obligation de confier sa pensée à des feuilles de chou, il médite un plan de bataille. « Mon chéri, annonce-t-il à Guy, je vais immédiatement écrire la lettre que tu me demandes, mais ça va me prendre toute la journée, et peut-être la soirée. Car avant tout il faut y réfléchir... Elle pourra grandement fâcher messieurs les juges qui s'en vengeront sur toi... Je vais tâcher de la faire la plus dogmatique possible[2]. » D'abord, il dresse, à l'intention de son élève, une liste des personnages officiels qu'il devrait aller voir pour les intéresser à sa cause. Il écrit lui-même à ceux dont il pense qu'ils sont les plus influents. Parmi tous ces protecteurs possibles, Raoul-Duval, conseiller municipal de Rouen, lui semble particulièrement bien placé. « Grâce à Raoul-Duval, affirme-t-il encore à Guy, le procureur général arrêtera les choses et tu ne perdras

1. Lettre de février 1880.
2. Lettre du 15 février 1880.

pas ta place[1]. » Et, pour lui remonter le moral, il invoque sa propre expérience de la justice : « Procès qui m'a fait une réclame gigantesque et à laquelle je dois les trois quarts de mon succès[2]. » En dépit des exhortations du Vieux, Guy est de moins en moins rassuré : « Je crois que je vais perdre ma place et me trouver sur le pavé, c'est raide, se lamente-t-il. On m'a dit de différents côtés et par des canaux autorisés que j'allais être condamné certainement. Donc, il y a des dessous. On m'affirme que cela vient du salon de Mme Adam (entre nous) et que je suis une victime désignée pour frapper ensuite Zola[3]. »

Enfin, le 21 février 1880, *Le Gaulois* publie la lettre de Flaubert à son disciple : « A quoi sommes-nous forcés maintenant ? Que faut-il écrire ? Comment publier ? Dans quelle Béotie vivons-nous ? La poésie comme le soleil met l'or sur le fumier. Tant pis pour ceux qui ne le voient pas. » Flaubert n'est pas satisfait de cette épître vengeresse car, dit-il, elle est écrite « dans un style de cheval de fiacre ». Mais le retentissement est immédiat. Une semaine plus tard, les poursuites sont abandonnées et le juge d'instruction signe une ordonnance de non-lieu. Bouleversé de reconnaissance, Guy attribue au seul Flaubert le mérite d'avoir fait reculer les magistrats : « Merci encore, mon bien cher patron, de votre éloquente lettre qui m'a sauvé et de votre vive intervention... Ce sont des misérables et des lâches. Leur retraite à mon sujet est bien belle. Enfin, c'est fini[4]. »

Alors qu'il voudrait être tout entier à la joie, il doit se préoccuper de sa santé. Il souffre, dit-il à

1. Lettre du 17 février 1880.
2. Lettre du 19 février 1880.
3. Lettre de février 1880.
4. Lettre du début mars 1880.

Flaubert, d'une paralysie de l'accommodation de l'œil droit. Selon les médecins qu'il a consultés, il s'agit de la même maladie que sa mère, « une légère irritation de la partie supérieure de la moelle ». « Donc, troubles du cœur, chute des poils ou accidents de l'œil auraient la même cause... Dans tous les cas, c'est bougrement emmerdant. » Incontestablement, l'athlète aux muscles d'acier a les nerfs fragiles. Il perd ses cheveux, il est irascible, il a même parfois des hallucinations. Malgré ces défaillances physiques, il se prépare, avec fougue, à de nouveaux combats. Le tumulte fait autour de son procès avorté a amplement servi sa renommée. Son volume de poésies, *Des vers*, est en préparation chez Charpentier, et un recueil de nouvelles, *Les Soirées de Médan*, parmi lesquelles figure un de ses contes, *Boule de Suif*, est sur le point de paraître chez le même éditeur. C'est au cours d'un dîner autour de Zola qu'est née l'idée de ce travail collectif. Réunis chez l'auteur comblé de L'*Assommoir* et de *Nana*, les jeunes du groupe des cinq, Maupassant, Huysmans, Céard, Alexis et Hennique, évoquent la guerre de 70. Chacun a, sur cette époque pitoyable, des souvenirs qu'il souhaiterait livrer au public. Soudain, Hennique suggère de composer sur ce thème un volume de six nouvelles. On applaudit et, aussitôt, on cherche un titre. Huysmans en avance un dont l'audace fait frémir l'assistance : *L'Invasion comique.* Mais n'est-ce pas trop provocateur? Céard propose *Les Soirées de Médan*, en hommage à la maisonnette de Zola où ses jeunes admirateurs aiment à se retrouver. Cette appellation paisible est adoptée à l'unanimité. Dans une exaltation joyeuse, il est décidé que le livre sera placé sous le patronage de leur hôte, Zola. Son nom, déjà si célèbre, servira d'introduction et de caution aux cinq débutants rangés derrière lui. On fera ainsi une entrée en force dans le monde des lettres. En réalité, Zola songe à insérer dans le recueil une nouvelle qu'il a déjà publiée en Russie, puis en France, *L'Attaque du moulin,* Huysmans a en vue un de ses récits, *Sac au dos,* qui est paru récemment à Bruxelles, et Céard a envoyé à un périodique russe dont il est le correspondant un tableau violent du siège de Paris, *La Saignée.* Il ne reste plus aux trois autres auteurs, Maupassant, Hennique et Alexis, qu'à se mettre à l'ouvrage. Cette collaboration aura l'avantage, précise Guy, que le nom de Zola « fera vendre ». Il compte sur cent à deux cents francs par « tête de pipe ». Et il écrit à Flaubert pour justifier une entreprise dont le Vieux pourrait prendre ombrage : « Nous n'avons eu, en faisant ce livre, aucune intention antipatriotique ni aucune intention quelconque; nous avons voulu seulement tâcher de donner à nos récits une note juste sur la guerre, de les dépouiller du chauvinisme à la Déroulède, de l'enthousiasme faux jugé jusqu'ici nécessaire dans toute narration où se trouvent une culotte rouge et un fusil. Les généraux, au lieu d'être tous des puits de mathématiques où bouillonnent les plus nobles sentiments, les grands élans généreux, sont simplement des êtres médiocres comme les autres, mais portant en plus des képis galonnés et faisant tuer des hommes sans aucune mauvaise intention, par simple stupidité. Cette bonne foi de notre part dans l'appréciation des faits militaires donne au volume entier une drôle de gueule, et notre désintéressement voulu dans ces questions où chacun apporte inconsciemment de la passion exaspérera mille fois plus les bourgeois que des attaques à fond de train. Ce ne sera pas antipatriotique, mais simplement vrai : ce que je dis des Rouennais est encore beaucoup au-dessous de la vérité[1]. »

Ce conte insolent, intitulé *Boule de Suif*, il a hâte de le soumettre au jugement du maître. Dès qu'il reçoit les premiers placards de l'imprimerie, il les expédie à Croisset. Flaubert se jette dessus avec voracité et éclate d'enthousiasme. Il a eu raison de miser sur l'avenir de Guy. Le gaillard a tellement bien profité de ses leçons qu'il vient, d'un seul coup, de s'égaler aux plus grands. Encore tout remué par cette découverte, Flaubert écrit à sa nièce Caroline : « *Boule de Suif*, le conte de mon disciple, dont j'ai lu ce matin les épreuves, est un *chef-d'œuvre*; je maintiens le mot, un chef-d'œuvre de composition, de comique et d'observation[2]. » Le même jour, il confirme son opinion à l'auteur : « Il me tarde de vous dire que je considère *Boule de Suif* comme un *chef-d'œuvre*. Oui, jeune homme! Ni plus, ni moins, cela est d'un maître. C'est bien original de conception, entièrement bien compris et d'un excellent style. Le paysage et les personnages se voient et la psychologie est forte. Bref, je suis ravi; deux ou trois fois, j'ai ri tout haut... Je vous ai mis, sur un petit morceau de papier, mes remarques de pion. Tenez-en compte, je les crois bonnes. Ce petit conte *restera*, soyez-en sûr. Quelles belles binettes que celles de vos bourgeois! Pas un n'est raté!... J'ai envie de te bécoter pendant un quart d'heure! Non, vraiment, je suis content! Je me suis amusé et j'admire... Rebravo! nom de Dieu[3]. »

Jamais Flaubert ne s'était montré aussi exultant devant un texte de son élève. Guy en est d'autant

1. Lettre du 5 janvier 1880.
2. Lettre du 1er février 1880.
3. Lettre du 1er février 1880.

plus heureux que, quelques jours auparavant, ses camarades eux-mêmes l'ont couvert de louanges. Réunis chez lui, rue Clauzel, pour lire chacun sa nouvelle, ils ont écouté *Boule de Suif* dans un silence religieux, puis, d'un même élan, tous se sont levés et l'ont acclamé comme un maître. Lui, cependant, est sans indulgence pour l'apport des cinq autres auteurs des *Soirées de Médan.* « Zola : bien, mais ce sujet aurait pu être traité de la même façon et aussi bien par Mme Sand ou Daudet, écrira-t-il à Flaubert. Huysmans : pas fameux; pas de sujet, pas de composition, peu de style. Céard : lourd, très lourd, pas vraisemblable, des tics de style, mais des choses fines et curieuses; Hennique : bien, bonne patte d'écrivain, quelque confusion par places. Alexis : ressemble à Barbey d'Aurevilly, mais comme Sarcey veut ressembler à Voltaire[1]. »

Et, de fait, *Boule de Suif* domine les autres nouvelles du volume par la justesse de l'observation, l'aisance de l'écriture, la précision des images, jamais forcées, et l'humour féroce qui se dégage d'un récit en apparence linéaire. Dans la France occupée par les Prussiens, cette diligence, avec son lot de passagers peureux, infatués et égoïstes, est un symbole de la médiocrité humaine. C'est toute la nation humiliée par la défaite qui est enfermée là-dedans. Lorsqu'un officier allemand interdit le départ de la patache tant qu'une des voyageuses, la prostituée Boule de Suif, n'aura pas couché avec lui, les bourgeois, qui la méprisaient jusque-là, estiment qu'elle doit se sacrifier dans l'intérêt commun. « Puisque c'est son métier, à cette gueuse, de faire ça avec tous les hommes, je trouve qu'elle n'a pas le droit de refuser l'un plutôt

1. Lettre de la fin avril 1880.

que l'autre », déclare Mme Loiseau. De son côté, le comte de Bréville entreprend de convaincre la fille avec douceur et diplomatie : « Donc vous préférez nous laisser ici, exposés comme vous-même à toutes les violences, plutôt que de consentir à une de ces complaisances que vous avez eues si souvent dans votre vie. » A la table d'hôte, on cite le cas de Judith et d'Holopherne. Une vieille religieuse affirme même qu'une action n'est jamais blâmable quand l'intention est bonne. D'abord révoltée à l'idée de livrer son corps à un ennemi de la patrie, Boule de Suif, circonvenue par tant de gens honorables, finit par céder. L'acte étant consommé, l'officier allemand tient parole et la diligence peut repartir. Les bourgeois, soulagés d'un grand poids, reviennent à leur vraie nature et se détournent de nouveau de la malheureuse. Dédaignée de tous, elle pleure sur sa honte. « Personne ne la regardait, ne songeait à elle, écrit Maupassant. Elle se sentait noyée dans le mépris de ces gredins honnêtes qui l'avaient sacrifiée d'abord, rejetée ensuite comme une chose malpropre et inutile. »

Ce qui a frappé surtout l'auditoire, ce qui a charmé Flaubert, c'est l'allure juteuse de la phrase, les cent détails vrais dans la peinture des personnages et la morale amère qui se dégage de l'ensemble. La vie jaillit de partout dans ce conte haut en couleur qui a la vigueur d'un pamphlet contre la société bien-pensante. Et, contrairement à ce que Flaubert aurait pu craindre, son élève ne l'a pas singé. Tout en profitant de l'enseignement du maître, il a su créer une œuvre d'une originalité évidente. Son écriture est plus libre, plus spontanée que celle du solitaire de Croisset. A l'âge de trente ans, Guy de Maupassant existe enfin par lui-même.

Cette explosion de son talent à la face du monde est d'autant plus stupéfiante qu'il a composé *Boule de Suif* au milieu des pires ennuis. Pendant qu'il écrivait, il lui fallait encore se préoccuper des intrigues administratives, des menaces de procès qui pouvaient lui faire perdre sa place au ministère, de sa santé enfin. Alors qu'il est sommé de répondre à l'interrogatoire du juge d'instruction d'Etampes, il souffre tellement de son œil droit qu'il peut à peine tracer une ligne sur le papier et qu'il doit se laisser poser cinq sangsues derrière l'oreille. D'autre part, ses migraines sont si violentes que, pour les combattre, il a recours à l'éther. Cette drogue endort sa douleur et aiguise son esprit. Il en célébrera les vertus dans la nouvelle *Rêves* : « Bientôt l'étrange et charmante sensation de vide que j'avais dans la poitrine s'étendit, gagna les membres qui devinrent à leur tour légers, légers comme si la chair et les os se fussent fondus et que la peau seule fût restée, la peau nécessaire pour me faire percevoir la douceur de vivre, d'être couché dans ce bien-être. Je m'aperçus alors que je ne souffrais plus... Ma tête était devenue le champ de lutte des idées. J'étais un être supérieur, armé d'une intelligence invincible, et je goûtais une jouissance prodigieuse à la constatation de ma puissance. »

Cependant, il n'y a pas trace dans *Boule de Suif* de cette euphorie délirante. Le récit est d'un réalisme parfait. Pour l'écrire, Maupassant s'est inspiré d'une femme de petite vertu, dont son oncle, Charles Cordhomme, lui a conté l'histoire. Elle se nommait Adrienne Legay et ses formes rondelettes lui avaient valu le surnom de « Boule de Suif ». Quant à l'aventure, il est probable que l'auteur l'a un peu corsée pour les besoins de la cause. Bien des années plus tard, il apercevra Adrienne Legay, seule, dans une loge du théâtre Lafayette, à Rouen. Après le spectacle, il l'invitera à souper, en tête à tête, à l'hôtel du Mans. Ce sera son discret hommage à celle qui lui a fourni le prétexte de son premier succès.

Un premier succès dont il n'est pas sûr, du reste, tant que le livre n'a pas affronté le jugement du public. Il se demande même si son volume, *Des vers,* qui doit paraître, lui aussi, dans les prochains jours, n'a pas plus d'importance que *Les Soirées de Médan.* Dans l'expectative, il se rend auprès de Flaubert et, le 28 mars 1880, jour de Pâques, accueille à Croisset les invités du maître : Goncourt, Zola, Daudet et Charpentier. Goncourt est émerveillé par le spectacle de la Seine où glissent des bateaux fantômes, par la longue terrasse plantée de tilleuls, par le bureau de l'écrivain et par la qualité de la cuisine. « On boit beaucoup de vins de toutes sortes, écrit-il, et toute la soirée se passe à conter de grasses histoires qui font éclater Flaubert en ces rires qui ont le *pouffant* des rires de l'enfance[1]. » Parmi ses aînés, Maupassant fait encore figure de coquebin de la littérature. Si Flaubert a imaginé cette rencontre au sommet, c'est pour mieux préparer le lancement de son poulain.

Le 17 avril 1880, *Les Soirées de Médan* sortent enfin en librairie. Ayant reçu son exemplaire, enrichi de la dédicace affectueuse des six auteurs, Flaubert décrète : « *Boule de Suif* écrase le volume, dont le titre est stupide[2]. » Peu après, Guy lui envoie son recueil de vers. L'ouvrage est dédié « à Gustave Flaubert, à l'illustre et paternel ami que j'aime de toute ma tendresse, à l'irréprochable

1. Goncourt : *Journal,* le 28 mars 1880.
2. Lettre de la fin avril 1880.

maître que j'admire avant tous ». Emu, Flaubert répond à son disciple : « Mon jeune homme, tu as raison de m'aimer, car ton vieux te chérit. Ta dédicace a remué en moi tout un monde de souvenirs... Le bonhomme a eu, pendant quelques temps, le cœur gros et une larme aux paupières[1]. » Mais, alors même qu'il écrit cela, il sait d'instinct que ces poésies sont un aimable divertissement dont il ne restera rien, tandis que *Boule de Suif* connaîtra une brillante carrière. *Les Soirées de Médan* portent une courte préface en forme de défi : « Nous nous attendons à toutes les attaques, à la mauvaise foi et à l'ignorance dont la critique courante nous a déjà donné tant de preuves. Notre seul souci est d'affirmer publiquement nos véritables amitiés et, en même temps, nos tendances littéraires. »

La réaction de la presse est cinglante. Dès le 19 avril, Albert Wolff écrit dans *Le Figaro* : « Cette petite bande de jeunes gens présomptueux, dans une préface d'une rare insolence, jette le gant à la critique. Cette rouerie est cousue de fil blanc; le fond de leur pensée est : tâchons de nous faire éreinter, cela fera vendre le volume. *Les Soirées de Médan* ne valent pas une ligne de critique. Sauf la nouvelle de Zola, qui ouvre le volume, c'est de la dernière médiocrité. » Le même jour, Léon Chaperon renchérit dans *L'Evénement* : « MM. les naturalistes sont naturellement enfiévrés de vanité. Ils viennent de publier un volume, *Les Soirées de Médan*. Une vingtaine de lignes s'étalent en manière de préface. Cette préface est purement et simplement une grossièreté. » Un certain Le Reboullet, critique du *Temps*, est du même avis : « En dépit du panache dont il est coiffé, le livre est

1. Lettre du 25 avril 1880.

des plus ordinaires. Les jeunes gens qui se réclament de M. Zola ont hérité de sa suffisance, mais non de son talent. »

Cependant, çà et là, des voix s'élèvent pour saluer la performance de Maupassant. Camille Lemonnier loue, dans *L'Europe politique, économique et financière,* ce récit « preste et coupé de courtes descriptions ». Frédéric Plessis, tout en appréciant, dans *La Presse,* « le style serré, retenu, concentré » et « l'esprit d'observation incontestable » de l'auteur, ajoute avec un rien de perfidie : « Cela est du Flaubert tout pur, et quel talent ne faut-il pas pour pasticher cet excellent prosateur ! » En lisant cette presse mitigée, Flaubert bougonne. Ces imbéciles n'ont rien compris. Le pompon revient à Albert Wolff avec sa charge à fond contre « les jeunes gens présomptueux » et leur préface : « L'article de Wolff m'a comblé de joie, écrit Flaubert à Guy. Ô eunuques ! » Et il ajoute : « J'ai relu *Boule de Suif* et je maintiens que c'est un chef-d'œuvre. Tâche d'en faire une douzaine comme ça et tu seras un homme[1] ! »

Le 27 avril 1880, quelques amis, rassemblés à Rouen chez les Lapierre, fêtent Flaubert, à l'occasion de la Saint-Polycarpe, qu'il a choisi par dérision comme patron mystique, sous prétexte que l'évêque de Smyrne avait coutume de répéter : « Dans quel siècle vivons-nous, mon Dieu ! » Retenu à Paris, Maupassant ne peut prendre part au festin, mais il envoie à son maître des lettres comiques, l'une signée du « monstre de Grenelle », assassin sadique d'une fillette, une autre de félicitations au nom de Pinard, le procureur qui a requis jadis contre *Madame Bovary,* une troisième émanant du « cochon de Saint-Antoine ». « Véritable-

1. Lettre du 20 ou 21 avril 1880.

ment, j'ai été touché de tout le mal qu'on avait pris pour me divertir, écrit Flaubert à sa nièce Caroline. Je soupçonne mon disciple d'avoir fortement coopéré à ces farces aimables[1]. »

Ainsi Maupassant s'évertue, même de loin, à amuser son vieux maître dont la mélancolie l'inquiète. La tendresse qui les unit est connue de tout le milieu littéraire. Certains chuchotent même que l'auteur de *Madame Bovary* pourrait bien être le père naturel de l'auteur de *Boule de Suif*. Laure Le Poittevin et Gustave Flaubert n'étaient-ils pas amis d'enfance ? De là à imaginer entre eux des relations amoureuses, il n'y a qu'un pas. Indéniablement, Flaubert et Guy se ressemblent. Même aspect physique de solidité, même aversion pour le mariage, même goût pour les filles de maisons closes, même propension à la blague « hénaurme », même haine du bourgeois, même dévotion à l'art... Mais Guy présente aussi de nombreuses affinités avec son père légal, Gustave de Maupassant. Comme lui, il est volage, dépensier, ennemi des responsabilités, incapable de supporter la moindre contrainte et sujet à des colères d'enfant capricieux. D'ailleurs, Guy n'a connu Flaubert que très tard, en 1867. A supposer qu'il fût son fils, Laure, toujours férue de littérature, aurait-elle attendu si longtemps pour les réunir ? Tout porte donc à croire qu'il ne s'agit pas entre eux d'une filiation secrète, mais de la pudique et profonde amitié entre un grand aîné et celui qu'il considère comme son héritier spirituel. Malgré cette évidence, la rumeur fait son chemin. Flaubert en est-il informé ? Non, sans doute, car il exploserait de fureur. Pour l'instant, harassé de soucis, obnubilé par l'idée de terminer *Bouvard et Pécuchet* avant que la mort

1. Lettre du 28 avril 1880.

ne le prenne, il trouve sa meilleure consolation dans la jeune réussite de Guy. Le livre marche bien. En dépit d'une presse médiocre, le public est subjugué par ce nouveau venu, Maupassant, qui écrit avec force, avec vérité, et ose transformer en héroïne une simple fille du peuple faisant commerce de ses charmes. « La semaine prochaine, écrit Flaubert à Maupassant, apporte-moi la liste des idiots qui font des comptes rendus, soi-disant littéraires, dans les feuilles. Alors nous dresserons nos batteries... Huit éditions des *Soirées de Médan*? Les *Trois Contes* en ont eu quatre. Je vais être jaloux[1]. »

1. Lettre du 3 mai 1880.

IX

LA MORT DU VIEUX

Le samedi 8 mai 1880, à trois heures et demie de l'après-midi, Guy reçoit une dépêche de Caroline Commanville : « Flaubert frappé d'apoplexie. Sans espoir. Partons à six heures. Venez si possible. » Deux autres télégrammes de Rouen confirment la nouvelle. Assommé par l'événement, Guy reprend la joyeuse lettre de Flaubert datée du 3 mai, dans laquelle le Vieux lui promet de « dresser ses batteries » pour confondre les détracteurs des *Soirées de Médan*. Cinq jours à peine se sont écoulés depuis, et c'est le drame. Guy se précipite à la gare Saint-Lazare, rencontre sur le quai le couple Commanville et monte avec eux dans le train. Le trajet, jusqu'à Rouen, lui paraît interminable. Malade de chagrin, il a de la difficulté à parler. A Croisset, il découvre le cadavre étendu sur son divan, le cou gonflé d'un sang noir par l'apoplexie, terrifiant et calme, « comme un colosse foudroyé ». Il demande des détails sur les derniers instants du maître. A entendre les familiers de la maison, tout s'est passé très vite et d'une manière inattendue. En se réveillant ce matin, Flaubert était en excellente santé et se réjouissait à l'idée de partir le lendemain, 9 mai, pour Paris.

Mais, au sortir d'un bain très chaud, il a eu un malaise. Inquiet, il a demandé à sa servante d'aller chercher son médecin habituel, le docteur Fortin, à Croisset. Puis il a débouché une bouteille d'eau de Cologne, s'en est frotté les tempes et s'est allongé sur le divan. Le docteur Fortin étant absent, c'est le docteur Tourneux, de Rouen, qui s'est présenté au chevet du malade. Trop tard. Flaubert ne respirait plus. Sans doute n'a-t-il pas souffert. Guy veut le croire de toutes ses forces. Dominant son désarroi, il lave de ses mains le cadavre et l'asperge d'eau de Cologne. « Je l'ai habillé d'une chemise, d'un caleçon et de chaussettes en soie blanche, dira-t-il. Des gants de peau, son pantalon à la hussarde; son gilet et son veston; sa cravate passée sous le col de sa chemise formait un fort papillon. Ensuite, je lui ai fermé ses beaux yeux, brossé sa moustache et sa belle et forte chevelure[1]. » Un sculpteur prend un moulage de la figure du défunt.

Après une nuit hallucinante passée à veiller le corps, Guy écrit à Zola : « Notre pauvre Flaubert est mort hier d'une attaque d'apoplexie foudroyante. On l'enterre mardi à midi. Je n'ai pas besoin de vous dire combien tous ceux qui l'ont aimé seraient heureux de vous voir à son inhumation. En partant à huit heures du matin, vous arriveriez à temps. Il y aura à la gare des voitures qui vous conduiront directement à Canteleu, où se fera la cérémonie. Je vous serre la main bien tristement[2]. » Il écrit aussi à Edmond de Goncourt : « Pourrez-vous vous joindre à nous pour cette dernière visite au pauvre grand ami ? » Bien-

1. François Tassart : *Nouveaux Souvenirs intimes sur Guy de Maupassant.*
2. Lettre du 9 mai 1880.

tôt, tous les compagnons de route de Flaubert sont ainsi avertis de sa disparition. Edmond de Goncourt note dans son *Journal* : « Ç'a été, pendant quelque temps, un trouble de mon individu, dans lequel je ne savais plus ce que je faisais et dans quelle ville je roulais en voiture. J'ai senti qu'un lien, parfois desserré, mais inextricablement noué, nous attachait secrètement l'un à l'autre[1]. »

C'est Guy qui a réglé les détails des obsèques et qui reçoit les visiteurs dans la maison de Croisset aux volets clos. Le 11 mai, au début de l'après-midi, le convoi funèbre se met en marche. Au premier rang, Guy de Maupassant et Ernest Commanville s'avancent, tête basse. Derrière eux, les fidèles de Flaubert gravissent péniblement la côte poussiéreuse qui mène à l'église de Canteleu. Ni Hugo, ni Taine, ni Renan, ni Dumas fils, ni Maxime Du Camp, ni Augier, ni Vacquerie ne se sont dérangés. Mais Zola, Daudet, Goncourt, José Maria de Heredia participent à ce dernier hommage. Il y a là un représentant du préfet, le maire de Rouen, des conseillers municipaux, des étudiants et des journalistes, « avec de petits papiers dans le creux de la main » pour prendre des notes. Après le service religieux, le corbillard, suivi de la foule essoufflée et suante, gagne le cimetière monumental de Rouen. « Dans la cohue insouciante et qui trouve l'enterrement long, commence à sourire l'idée d'une petite fête, écrit Edmond de Goncourt. On parle des barbues à la normande et des canetons à l'orange... et Burty[2] prononce le mot de *bordel* avec des clignements d'yeux de matou amoureux. On arrive au cimetière, un cimetière tout plein de senteurs d'aubépine et dominant

1. Goncourt : *Journal*, le 8 mai 1880.
2. Critique d'art.

la ville ensevelie dans une ombre violette, qui la fait ressembler à une ville d'ardoise[1]. »

Une dernière épreuve attend Guy : au moment de confier la dépouille à la terre, on s'aperçoit que les fossoyeurs n'ont pas tenu compte des dimensions du cercueil. Le trou qu'ils ont creusé est trop petit pour la caisse de bois et ils ont beau la manipuler avec leurs cordes, jurer, pester, elle reste coincée de biais, la tête en bas. Caroline gémit avec des accents de théâtre. Zola crie : « Assez ! Assez ! » Un prêtre asperge la bière, hâtivement, avec de l'eau bénite. La foule se disperse. On agrandira le trou en l'absence de la famille. Sans doute Flaubert aurait-il aimé faire figurer cette scène grotesque dans son *Bouvard et Pécuchet*. Guy est gorgé de dégoût et de colère. Il regarde avec rancune ces gens dont la plupart auront vite oublié le maître disparu. « Tout ce monde assoiffé dévale vers la ville avec des figures allumées et gaudriolantes, note encore Edmond de Goncourt. Daudet, Zola et moi nous repartons, refusant de nous mêler à la ripaille qui se prépare pour ce soir. »

Caroline, elle, continue à montrer un désespoir édifiant. Guy se méfie de cette étrange petite personne pour laquelle Flaubert s'est ruiné et qui est aujourd'hui sa légataire universelle. Elle fait de la peinture et donne dans la piété. Mais sa nature est à la fois calculatrice et minaudière. Deux ans plus tôt, Guy, parlant d'elle, écrivait à sa mère : « Mme Brainne, avec qui j'ai longuement causé hier, m'a fait un portrait de Mme Commanville dont la conclusion m'a beaucoup frappé. Elle est, dit-elle, incompréhensible, suit des cours de physiologie et de métaphysique, est dévote et républi-

1. Goncourt : *Journal*, le 11 mai 1880.

caine, froide comme du marbre, inaccessible à la plupart des souffrances et des passions, passe des heures avec le père Didon et des heures en tête à tête avec ses modèles nus, elle est intolérante, infaillible, d'une raison suprême. C'est ainsi que devait être absolument Mme de Maintenon. Cette comparaison est absolument juste. C'est Mme de Maintenon[1]. »

Edmond de Goncourt, qui a observé le ménage Commanville le jour de l'enterrement, écrit de son côté : « Le gendre-neveu, qui a ruiné Flaubert, n'est pas seulement un malhonnête homme commercialement parlant, mais un escroc... Et la nièce, les *petits boyaux* de Flaubert, Maupassant dit qu'il ne peut se prononcer sur elle. Elle a été, est et sera un instrument inconscient entre les mains de sa canaille de mari, qui a sur elle la puissance que les coquins ont sur les honnêtes femmes... Commanville parle tout le temps de l'argent qu'on peut tirer des œuvres du défunt, a des revenez-y si étranges aux correspondances amoureuses du pauvre ami, qu'il donne l'idée qu'il serait capable de faire chanter les amoureuses survivantes. Et force caresses à Maupassant, mêlées d'espionnage, d'une surveillance de véritable agent de police. »

Le soir, au cours du dîner, Ernest Commanville s'empiffre de jambon et, après le repas, emmène Guy dans le petit pavillon du jardin. Là, lui tenant les deux mains, il l'accable pendant une heure de compliments et de protestations de tendresse. En le regardant, Guy devine la fausseté du personnage et s'en attriste. Pendant ce temps, Caroline tente de circonvenir José Maria de Heredia par ses mines éplorées. Edmond de Goncourt s'amuse du

1. Lettre du 15 février 1878.

manège et écrit : « Cette femme que Maupassant n'avait pas vue pleurer une seule fois se mettait à fondre en larmes dans un tendre abandon qui rapprochait si étrangement sa tête de la poitrine de Heredia, qu'il disait avoir eu la pensée que si, dans le moment, il avait fait un mouvement, elle se serait jetée dans ses bras. » Pour Edmond de Goncourt, la manigance est claire : il s'agit d'une « comédie amoureuse imposée par le mari à sa femme pour avoir à merci une âme honnête et jeune, que la perspective troublante de la possession pourrait amener à tremper dans le filoutage contre l'autre branche héritière ». Et il conclut : « Ah! mon pauvre Flaubert! Voilà autour de ton cadavre des machines et des documents humains, dont tu aurais pu faire un beau roman provincial[1]. »

Telle est bien également la pensée de Guy. Mais à la répugnance que lui inspire la médiocrité humaine se mêlent une mélancolie grise, un découragement infini devant le vide soudain de son existence. Sans Flaubert, il se sent perdu comme dans un bois dont il ne connaîtrait pas les sentiers. Qui le conseillera désormais? Qui l'épaulera? Qui le protégera contre les intrigues de ses confrères? Aura-t-il encore le courage et le goût d'écrire? Dans sa détresse, il se confie à Caroline dont pourtant il soupçonne la duplicité : « Plus la mort du pauvre Flaubert s'éloigne, plus son souvenir me hante, plus je me sens le cœur endolori et l'esprit isolé. Son image est sans cesse devant moi, je le vois debout, dans sa grande robe de chambre brune qui s'élargissait quand il levait les bras en parlant. Tous ses gestes me reviennent, toutes ses intonations me poursuivent, et des phrases qu'il

1. Goncourt : *Journal*, le 14 mai 1880.

avait coutume de dire sont dans mon oreille comme s'il les prononçait encore... Je sens en ce moment d'une façon aiguë l'inutilité de vivre, la stérilité de tout effort, la hideuse monotonie des événements et des choses et cet isolement moral dans lequel nous vivons tous, mais dont je souffrais moins quand je pouvais causer avec lui[1]. » Même plainte à Ivan Tourgueniev : « La chère grande figure me suit partout. Sa voix me hante, des phrases me reviennent, son affection disparue me semble avoir vidé le monde autour de moi[2]. » Zola, lui aussi, reçoit la confidence de ce chagrin filial, et presque dans les mêmes termes : « Je ne saurais vous dire combien je pense à Flaubert, il me hante et me poursuit. Sa pensée me revient sans cesse, j'entends sa voix, je retrouve ses gestes, je le vois à tout moment debout devant moi avec sa grande robe brune, et ses bras levés en parlant[3]. »

Mais déjà la vie quotidienne reprend ses droits, les préoccupations professionnelles de l'écrivain reparaissent au milieu d'un deuil sincère et, *dans la même lettre,* Guy sollicite l'intervention amicale de Zola auprès de la presse : « Je viens vous demander un service que vous m'avez, du reste, promis le premier, c'est-à-dire quelques mots de mon volume de vers dans votre feuilleton du *Voltaire.* J'ai eu un article au *Globe,* un au *National,* de Banville, deux citations fort élogieuses au *Temps,* un article excellent au *Sémaphore de Marseille,* un autre dans la *Revue politique et littéraire,* des citations aimables dans *Le Petit Journal, Le XIX*e *siècle,* etc., et, hier soir, une conférence de Sarcey. La vente va bien du reste, et la première

1. Lettre du 24 mai 1880.
2. Lettre du 25 mai 1880.
3. Lettre de mai 1880.

édition est presque épuisée, mais j'aurais besoin d'un bon coup d'épaule pour enlever les deux cents exemplaires qui restent. » Zola donne le « bon coup d'épaule » et consacre, le 25 mai, un article chaleureux au protégé de Flaubert. Le même mois, Arthur Meyer, directeur du journal *Le Gaulois,* annonce à ses lecteurs la collaboration régulière de Guy de Maupassant. Celui-ci rassemble en hâte des textes anciens, les remanie, les met au goût du jour et les livre, semaine après semaine, sous le titre général des *Dimanches d'un bourgeois de Paris.* Dans cette série de contes, il s'inspire du Flaubert de *Bouvard et Pécuchet* et, comme lui, raille la bêtise humaine, le culte des idées reçues et les habitudes étriquées des gratte-papier.

Le voici sacré journaliste. Il fréquente les salles de rédaction, serre les mains de quelques confrères dans les cafés à la mode, griffonne sur un coin de table des chroniques tantôt graves, tantôt insolentes, publie sa production dans *Le Gaulois,* puis dans *Gil Blas* et dans *Le Figaro,* et devient, en peu de mois, une figure parisienne connue, avec son teint vif, son épaisse moustache et son cou de taureau.

Au vrai, cette brusque notoriété ne lui monte pas à la tête. Malgré les propositions des gazettes et des éditeurs, il se cramponne à son poste au ministère. Les fonctionnaires sont la cible de ses persiflages, et pourtant il veut rester rond-de-cuir le plus longtemps possible. « Une ambition bien française, qui étonne chez ce rude garçon, frondeur d'allure et de langage, vantard à l'occasion quand il racontait ses prouesses physiques, bruyant à l'ordinaire », dira de lui son chef Henry Roujon. La vérité est que Guy a une peur panique de manquer de moyens financiers par suite d'un accroc dans sa carrière littéraire. Qu'une maladie ou un accident l'obligent à interrompre son activité d'écrivain, il sera bien heureux, pense-t-il, de retrouver son titre et son traitement au ministère. Il aime l'argent passionnément, mais non en avare, plutôt en jouisseur. Il en a besoin pour se payer tous les plaisirs de la vie. Et, s'il discute âprement les conditions de sa collaboration avec les journaux qui l'emploient, c'est qu'il ne veut pas perdre un sou des sommes qui lui sont dues. Pour l'instant, de ce côté-là, tout va bien. Même dans les bureaux de la rue de Grenelle, on a de la considération envers ce collègue pas comme les autres. Il en profite pour demander, après la mort de Flaubert, trois mois de congé avec traitement. On les lui accorde. Il renouvelle sa requête le 1er septembre, cette fois à mi-traitement. Une prolongation pour six mois, sans traitement, le conduira au début de l'année suivante. Dans l'intervalle, il a pris goût à la vie libre. L'idée de se replonger dans la paperasse administrative lui paraît tout à coup insoutenable. Risquant le tout pour le tout, il envisage de donner sa démission. Mais le nouveau ministre de l'Instruction publique, Paul Bert, le prend de vitesse et décide d'arrêter là les extravagances de ce commis fantôme, dont tout le monde parle dans son entourage et qu'on ne voit jamais à son poste[1]. Dans le dossier confidentiel de Guy de Maupassant, le ministre a pu lire une attestation du docteur Rendu : « Je soussigné, agrégé, médecin des hôpitaux, certifie que M. de Maupassant, que j'ai soigné déjà à plusieurs reprises pour une névralgie occipitale accompagnée de palpitations, est repris des mêmes accidents et qu'il lui serait préjudiciable de se soumettre à un travail intellectuel assidu. » Il

1. Ce n'est pourtant qu'en 1882 que Maupassant sera définitivement rayé des cadres du ministère.

ne s'agit pas à proprement parler d'un certificat de complaisance. Guy souffre réellement des yeux, est sujet à des migraines qui lui donnent l'impression que sa tête éclate et a, de temps à autre, des malaises cardiaques. Le docteur Landolt, ophtalmologiste en renom, consulté par lui lors de l'aggravation de ses troubles, analysera ainsi, dans ses notes, le cas de cet étrange malade à l'aspect florissant et à la tête fragile : « Dès le commencement de 1880, Guy de Maupassant avait une lésion soit d'un ganglion paraoculaire, soit plus vraisemblablement d'un noyau de cellules intracérébrales. La constatation de ce trouble peut fort bien correspondre à un diagnostic de syphilis du système nerveux dans 80% des cas, et de paralysie générale dans 40%. »

En dépit du supplice qu'il endure pendant ses crises, Guy ne ralentit pas son travail et trouve même la force de plaisanter. « T'épate pas si ce n'est pas mon écriture, dit-il dans une lettre à Robert Pinchon. J'ai un œil qui dit Zola à l'autre, de sorte que je suis obligé de les laisser aux cabinets tous les deux[1]. » Néanmoins, il estime qu'un voyage dans une contrée ensoleillée lui serait profitable. Justement sa mère, malade, se repose en Corse. Il décide de la rejoindre.

Dès que le train aborde la terre de Provence, il ouvre la fenêtre et goûte avec ivresse « la gaie sensation du Midi, la saveur du sol brûlé, de la patrie pierreuse et claire de l'olivier trapu au feuillage vert-de-gris[2]. » Puis c'est Marseille, avec ses rues sinueuses, sa cohue débraillée, ses voix à l'accent chantant et « le fumet de la cuisine à l'ail ». Le lendemain, il embarque pour la Corse.

1. Lettre du 7 août 1881.
2. *Les Sœurs Rondoli.*

Cette mer d'azur, si différente de la mer glauque d'Etretat, le fascine. Ne va-t-il pas trahir l'une pour l'autre? Il se sent déjà conquis, ensorcelé par la lumière, les parfums, le calme sauvage des bords de la Méditerranée. En Corse, il retrouve sa mère, qui s'est rétablie entre-temps, visite Ajaccio, Vico, Bastelica, Piana, fait des excursions en montagne, chasse, pêche, canote à la voile, s'émerveille d'un ciel immuablement bleu et écrit à Louis Le Poittevin : « Je me baigne deux fois par jour dans la mer tellement tiède qu'on n'éprouve en entrant aucune sensation de fraîcheur. Le thermomètre marque 32 à l'ombre toute la journée. Voilà un climat[1]. »

Pendant son séjour en Corse, il se lie d'amitié avec un jeune homme, étudiant en lettres, Léon Gistucci. Ils nagent ensemble et Léon Gistucci, examinant Guy à la dérobée, est frappé par « son air particulier d'allégresse et de force ». Mais un jour, en lui rendant visite dans sa chambre de l'hôtel de France, il le trouve couché de tout son long sur son lit, la face marbrée de plaques rouges, la tête enveloppée de linges et les yeux clos. « Ce n'est rien, murmure Guy. C'est la migraine. » Et, avec un sourire douloureux, il invite Léon Gistucci à s'asseoir. Sur sa table, s'étalent des feuilles de papier noircies. Un article qu'il vient d'écrire pour *Le Gaulois* et qui doit partir par le bateau, le soir même. « Mon regard, raconte Léon Gistucci, allait sans cesse, attristé, de la table où séchaient les feuilles manuscrites portant la vive pensée de l'auteur au banal lit d'hôtel où il semblait agoniser[2]. » Le lendemain, la crise est oubliée et, de nouveau, Guy dépense son énergie en balades et en baignades.

1. Lettre d'octobre 1880.
2. *Cf.* Georges Normandy : *La Fin de Maupassant.*

S'il rentre à Paris vers la fin du mois d'octobre, malgré les multiples séductions de la Corse, ce n'est pas pour retourner au ministère qu'il a pratiquement quitté, mais pour exploiter à fond ses succès dans le journalisme. En janvier 1881, il annonce gaiement à sa mère : « J'ai presque fini ma nouvelle sur les femmes de bordel à la première communion. Je crois que c'est au moins égal à *Boule de Suif*, sinon supérieur. » Ce récit, *La Maison Tellier*, lui a été probablement inspiré par Charles Lapierre, grand connaisseur des maisons closes rouennaises. A moins que ce ne soit par Hector Malot, qui, lui aussi, revendique la paternité de l'anecdote. Une phrase a suffi à déclencher l'excitation de Guy pour le sujet. Sur la porte d'un de ces établissements de tolérance, une affichette manuscrite : « Fermé pour cause de première communion. » Aussitôt, il imagine l'intrigue et se passionne pour les personnages. Avec jubilation, il évoque ce groupe de femelles vulgaires, entassées dans un wagon et se rendant, tout émues, à la première communion de la nièce de Madame. Conscientes de la solennité qui les attend, elles se sont mises sur leur trente et un : « Madame, tout en bleu, en soie bleue des pieds à la tête, portait là-dessus un châle de faux cachemire français, rouge, aveuglant, fulgurant. Fernande soufflait dans une robe écossaise, dont le corsage, lacé à toute force par ses compagnes, soulevait sa croulante poitrine en un double dôme toujours agité qui semblait liquide sous l'étoffe. Raphaële, avec une coiffure emplumée simulant un nid plein d'oiseaux, portait une toilette lilas, pailletée d'or, quelque chose d'oriental qui seyait à sa physionomie de Juive. Rosa la Rosse, en jupe rose à larges volants, avait l'air d'une enfant trop grasse, d'une naine obèse. » Le coup de pinceau est large, brutal, les couleurs sont éclatantes, un frémissement de rude santé anime le tableau. A l'église, les dévotes sont offusquées par le spectacle de ces dames « plus chamarrées que les chasubles des chantres », et les paysans dévorent des yeux les succulentes pécheresses venues de la ville. Pendant la messe, les filles publiques, l'une après l'autre, saisies par la douceur des réminiscences, se mettent à pleurer. Bientôt, gagnée par la contagion, toute l'assistance sanglote et, devant un tel élan religieux, le brave curé s'écrie, tourné vers les prostituées : « Merci à vous, mes chères sœurs, qui êtes venues de si loin, et dont la présence parmi nous, dont la foi visible, dont la piété si vive ont été pour nous un salutaire exemple. » De bout en bout, dans cette nouvelle dédiée à Ivan Tourgueniev, la verve de Maupassant se donne libre cours. Mais derrière la cocasserie des descriptions se dissimule, comme dans *Boule de Suif*, une révolte contre l'ordre établi. Une fois de plus, Guy fustige les gens bien-pensants qui condamnent en paroles ce qu'ils acceptent en actes. Certes, il n'est pas le premier à traiter le thème de la prostitution. Tour à tour, Huysmans dans *Marthe, histoire d'une fille,* Edmond de Goncourt dans *La Fille Elisa,* Emile Zola dans *Nana* ont choisi leurs héroïnes dans ce milieu. Mais, chez Guy, la hardiesse du ton, la précision rigoureuse des détails, l'humour ravageur du récit sont proprement inimitables. Il a affirmé jadis à sa mère qu'il détestait le bon goût. Parlant de lui, une amie de son père, Mme D., aurait dit, après quelques compliments : « Je voudrais qu'une belle dame à bas de soie, à talons coquets, à cheveux ambrés lui apprît tout ce que Flaubert et Zola ignorent en fait de cette perfection de goût qui rend la poésie et les poètes éternels, même pour cinquante petits vers, etc. Moi, vous savez que j'adore mon XVIIe siècle et *Le Gaulois* ne me plaît pas toujours. » Ayant cité l'opinion de Mme D., Guy ajoute : « Je trouve cette phrase une merveille parce qu'elle contient toute la séculaire bêtise des belles dames de la France. La littérature à talons coquets, je la connais et n'en ferai point; et je ne désire qu'une chose, c'est de n'avoir pas de goût parce que tous les grands hommes n'en ont pas, et en inventent un nouveau[1]. »

La Maison Tellier est une furieuse négation du « bon goût », ou plutôt des conventions bourgeoises. Quelques années plus tôt, l'auteur de cette nouvelle eût été sans doute poursuivi en justice. Mais la République de 1880 est devenue tolérante. L'« Ordre moral », cher à Mac-Mahon, est enterré. Le public a soif de nouveautés crues, de documents vécus, de plongées dans les milieux où une honnête femme ne s'aventurerait pas. Les lupanars sont à la mode. Les dames de la meilleure société se ruent au café-concert pour écouter des couplets grivois. Des danseuses de cancan lèvent la jambe et agitent leurs dessous froufroutants face à des messieurs congestionnés et hilares. *La Maison Tellier* tombe à pic. Avec elle, Maupassant consolide sa réputation d'écrivain d'avant-garde. L'argent afflue. Il loue à Sartrouville, sur le chemin de halage, une maisonnette blanche entourée de tilleuls. Pendant qu'on aménage son nouvel appartement de Paris, au 83 rue Dulong, il canote, le torse nu, sur la Seine. Mais il écrit aussi et cherche un éditeur pour son recueil de nouvelles, dont le titre général sera *La Maison Tellier*. Ces nouvelles, qu'il s'agisse du *Papa de Simon*, d'*En famille*, d'*Histoire d'une fille de ferme*, d'*Une partie de campagne*, de *Sur l'eau*, de *La Femme de Paul* ou d'*Au*

1. Lettre du 3 avril 1878.

printemps, témoignent toutes de la même netteté de composition, de la même verdeur de style et de la même pitié, froide et virile, pour la misérable condition humaine. Renonçant à traiter avec Charpentier, qu'il juge trop encombré de romans à gros tirages, tels ceux de Zola, de Daudet, de Goncourt et de Flaubert, Guy signe finalement un contrat avec un jeune éditeur intrépide, Victor Havard. Celui-ci lui donne son opinion sur le manuscrit : « Ainsi que vous me l'aviez fait pressentir, *La Maison Tellier* est raide et très audacieuse; c'est surtout un terrain brûlant qui soulèvera, je crois, bien des colères et de fausses indignations, mais en somme elle se sauve par la forme et le talent; tout est là et je serais bien trompé si vous n'aviez pas un fameux succès (je ne parle pas du succès littéraire qui est acquis d'avance, mais du succès de librairie)[1]. » Victor Havard a vu juste. Les lecteurs se précipitent sur le livre qu'il faut réimprimer en hâte. Les éditions se suivent à un rythme accéléré. En revanche, la critique, comme toujours, est partagée entre l'éloge et le dénigrement. Léon Chaperon, dans *L'Evénement*, traite *La Maison Tellier* d'« ordure » et de « répugnant bouquin ». Mais Zola, dans *Le Figaro*, clame son enthousiasme.

Fatigué de ce charivari, Guy accepte, au début de juillet, la proposition du *Gaulois* de partir, comme reporter, pour l'Afrique du Nord, où l'armée française poursuit, « avec fermeté et méthode », la pacification des tribus rebelles. Il trépigne d'impatience à l'idée de la grande aventure qui le guette sur ces terres où vit une humanité si différente de la nôtre. Embarqué à Marseille sur l'*Abd-el-Kader*, il se laisse de nouveau charmer

1. Lettre du 8 mars 1881.

par le mirage bleu et or de la Méditerranée. A Alger, il exulte en se promenant dans les rues aux maisons blanches et aux âpres odeurs. Son compagnon de voyage est Harry Alis. Jules Lemaitre, alors professeur de lettres à Alger, les pilote à travers les souks et les mosquées. Puis ils se joignent à un convoi militaire et descendent jusqu'à Oran. En août, parvenu à Saïda, Guy écrit à sa mère : « Je supporte admirablement la chaleur. Et je t'assure qu'elle était raide sur les hauts plateaux. Nous avons voyagé un jour entier avec le sirocco qui nous soufflait du feu dans la figure. On ne pouvait plus toucher aux canons de nos fusils qui nous brûlaient les mains. Sous toutes les pierres, on trouvait des scorpions. Nous avons rencontré des chacals et des chameaux morts que dépeçaient des vautours. » La lente progression de la colonne se poursuit à travers les sables vers l'oasis de Laghouat, puis vers les confins tunisiens à la recherche du terrible Bou-Amama, qui a soulevé les tribus du Sud oranais contre les colonisateurs français. En journaliste scrupuleux, Guy interroge les officiers et tente d'entrer en conversation avec quelques indigènes. « Nul comme [l'Arabe] n'est chicanier, querelleur, plaideur et vindicatif, écrit-il. Qui dit Arabe, dit voleur sans exception. » Mais il n'est pas plus tendre pour les colons et les militaires de haut rang : « L'indigène se révolte, dites-vous. Mais est-il vrai qu'on l'exproprie et qu'on lui paie ses terres au centième de ce qu'elles valent[1] ? » Son horreur de la guerre, qui date du désastre de 1870, se réveille brusquement sur ce sol qui n'est pas le sien. Alors qu'en France la grande majorité de la nation se passionne pour l'aventure africaine, il déplore l'injustice d'une colonisation à outrance.

1. Lettre d'Afrique, 20 août 1881.

Au milieu de tant d'absurdité, il se demande soudain si la chute de ces tribus divisées et incultes dans le giron français ne serait pas, malgré tout, souhaitable. « Il est certain, écrit-il, que la terre entre les mains [des colons] donnera ce qu'elle n'aurait jamais donné entre les mains des Arabes. Il est certain que la population primitive disparaîtra. » Mais son rôle n'est pas de juger. Il observe, il note, il dit la vérité, que cela plaise ou non à ses lecteurs. De ce voyage de deux mois, il rapportera onze chroniques qui lui vaudront quelques invectives de la part des champions de la conquête impérialiste et la considération de ceux qui désapprouvent ces « expéditions inutiles et lointaines ». C'est un homme blessé, écœuré qui, à présent, se prépare à rentrer en France. Bien entendu, les étapes de sa tournée africaine ont été marquées par des coucheries avec toutes sortes de prostituées. Ses besoins sexuels sont si pressants qu'il ne peut s'abstenir de forniquer au hasard des rencontres. Au début de septembre, il embarque, avec Harry Alis, sur le *Kléber*. Après un bref passage en Corse, il s'arrête à Marseille où il espère trouver une certaine Baïa, qui le changera, dit-il, des femmes arabes qu'il a connues « en nombre ».

Revenu à Paris, il apprend de Tourgueniev que sa renommée ne cesse de grandir en Russie. Dans l'intervalle, le « bon Moscove » a révisé le jugement qu'il portait autrefois sur son jeune confrère français. Depuis *Boule de Suif*, il voit en lui un écrivain de la meilleure race. Il affirme même que Tolstoï, ayant lu *La Maison Tellier*, en a été enchanté. Maupassant boit du petit lait. Cependant, malgré les louanges qui bourdonnent à ses oreilles, il est impatient de repartir. Succédant à la vie de plein air, de chevauchées et de dangers qu'il a connue en Afrique du Nord, l'atmosphère des salles de rédaction lui paraît tristement étouffante. Il regrette de ne pouvoir échanger ses impressions de voyage avec Flaubert qui, lui aussi, jadis, s'est laissé prendre à la magie de l'Orient. Or, voici justement que Maxime Du Camp, camarade de jeunesse du maître disparu, donne ses « Souvenirs littéraires » dans *La Revue des Deux Mondes*. En lisant ces pages, inspirées, dit l'auteur, par une amitié sincère, Guy passe de la stupéfaction à la fureur. Après des circonlocutions charitables, Du Camp déclare tout net que Flaubert était un épileptique et que ce terrible mal a « noué » ses facultés créatrices. Sans hésiter, Guy publie dans *Le Gaulois* une protestation indignée. Henry Céard fait de même dans *L'Express*. Mais l'information est lancée. Pour le grand public, l'auteur de *Madame Bovary* était un malade qui, entre deux phrases sublimes, se roulait par terre, la bave aux lèvres. Cette insulte à la mémoire du Vieux est plus grave pour Guy qu'une insulte personnelle. Caroline Commanville lui ayant demandé les lettres de Flaubert pour les éditer, il refuse. Il juge indécent de fouiller dans le passé d'un mort, d'exhumer ses papiers, de révéler ses faiblesses. Il faut que l'homme reste dans l'ombre. L'œuvre seule doit survivre. C'est dans cet esprit que Guy revoit le manuscrit de *Bouvard et Pécuchet* et, à l'instigation de Caroline Commanville, en assure la publication dans *La Nouvelle Revue*. En s'occupant de la gloire posthume de Flaubert, il a conscience d'accomplir un devoir filial. Après avoir troussé tant de contes et de chroniques, il voudrait, comme son grand patron, se lancer dans un vaste roman. Mais aura-t-il assez de souffle pour mener jusqu'au bout une telle entreprise ? Il a suffi au solitaire de Croisset d'écrire *Madame Bovary* pour être rangé parmi les plus illustres. Maupassant rêve de l'égaler. Cette canaille de Maxime Du Camp a cru démolir Flaubert en parlant de son mal secret. Cependant, il a apporté, à son insu, la preuve que le dérèglement de la santé est parfois nécessaire à l'éclosion des chefs-d'œuvre. Sans son épilepsie, Flaubert aurait-il eu autant de génie ? Et lui, Maupassant, dans une moindre mesure, ne doit-il pas à ses migraines, à ses élancements douloureux dans l'œil, à ses hallucinations, à l'usage de l'éther l'espèce de bonheur qu'il trouve dans l'écriture ? Il a déclaré jadis à Robert Pinchon : « J'ai la vérole..., et j'en suis fier[1] ! » Derrière cette bravade se dissimule certes la crainte des complications ultérieures. Mais aussi un immense orgueil. Il se sent différent des autres, marqué pour un destin exceptionnel de souffrance et de réussite. Peut-être sa vraie vie va-t-elle commencer après la disparition du Vieux ? Il dit à ses amis : « Je voudrais être mort si j'étais sûr que quelqu'un penserait à moi comme je pense à lui[2]. »

1. Lettre déjà citée de mars 1877.
2. Propos rapportés par Pol Neveux dans sa préface aux *Œuvres complètes de Maupassant.*

X

UNE VIE ET LA VIE

Le succès de *La Maison Tellier* encourage Maupassant à redoubler d'ardeur au travail. Chroniques et contes coulent intarissablement de sa plume sans que cette surprenante abondance nuise à la qualité des textes. Il inonde les journaux de sa production et empoche l'argent avec allégresse. Ses amis, qui l'ont vu autrefois peinant sur la page à écrire, ne le reconnaissent plus dans cet auteur prolifique, inspiré et gaillard. Il est vrai qu'il consacre moins de temps au canotage et à la natation. « Soudainement, note son confrère Henry Céard, l'activité jadis purement musculaire de M. de Maupassant se transforma en activité littéraire, et, ramenées à son encrier, toutes les forces autrefois dépensées en exercices corporels firent de l'écrivain pénible et embarrassé des heures du début un écrivain souple, facile et d'une fécondité que la comparaison avec le passé rendait incontestable. »

Le dynamisme de Maupassant est tel que, tout en fournissant de la copie au jour le jour à des gazettes, il poursuit la rédaction de son premier roman : *Une vie.* Cette œuvre-là doit, pense-t-il, assurer définitivement sa renommée et le hisser à la hauteur d'un Flaubert ou d'un Zola. En atten-

..., il remet à l'éditeur Kistemaeckers, à Bruxelles, une préface pour la publication d'un roman polisson du XVIIIe siècle, *Thémidore*, et un conte inédit : *Mademoiselle Fifi*. Ce dernier envoi est accompagné d'une photographie de l'auteur destinée à être gravée par Just pour orner le prochain volume de récits. Bien campé sur ses jambes, le nouveau Maupassant est décidé à tenir la dragée haute aux éditeurs. « Voici les conditions auxquelles je peux traiter avec vous, écrit-il à l'un d'eux. Un volume de dix à quinze nouvelles, soit 150 pages de votre texte illustré. Tirage de luxe à 500 exemplaires. 2 000 francs, dont 1 000 francs le jour où je vous remettrai le texte et 1 000 francs le jour de la mise en vente. Vous restez seul éditeur de ces nouvelles pendant cinq ans... Je vends un roman à un journal 8 000 francs. La traduction russe avant la publication en France me donne 2 000 francs. Toute proportion gardée, une nouvelle importante me donne, dans les mêmes conditions, au moins 1 500 francs. Si je compte encore 1 500 francs pour la part de cette même nouvelle dans un volume qui en contiendrait trois autres (j'ai 1 franc par volume de 3 francs 50 chez M. Havard) nous arrivons à 3 000 francs au minimum[1]. »

Jaloux du succès remporté par Maupassant chez d'autres éditeurs, Charpentier lui propose un traité avantageux mais qui le lierait à sa maison. Aussitôt, Maupassant se rebiffe : « Quelle drôle d'idée vous prend tout à coup de vouloir faire un traité avec moi alors que vous n'y avez jamais songé jusqu'ici ? Je vous ai offert mon livre[2]. Vous l'avez

1. Lettre du 4 décembre 1882 adressée, probablement, à l'éditeur Ed Monnier.
2. *Des vers.*

accepté sans me parler de traité; et tout d'un coup vous m'envoyez un papier timbré en double expédition. En principe, je suis résolu à ne jamais signer de traité définitif. Je n'ai d'ailleurs, avec M. Havard, que des conventions verbales. Mais, si je devais signer un traité avec vous, je ne le ferais que dans les conditions que j'ai trouvées ailleurs. Les voici. Jusqu'au troisième mille, je reçois 0,40 franc par exemplaire. A partir du troisième mille, 1 franc par exemplaire. La main de passe n'est que de 100. Au bout de six ans, je redeviens libre de disposer de mon œuvre comme je l'entends... » Et il conclut avec un cynisme cinglant : « N'étant liés l'un à l'autre par aucun écrit, je cherche mon plus grand avantage, comme auteur, de même que vous cherchez le vôtre, comme éditeur. Rien de plus naturel[1]. »

Le volume de nouvelles, intitulé *Mademoiselle Fifi*, paraît en librairie tandis que Maupassant se promène dans le Midi, entre Menton et Saint-Raphaël. Le récit qui donne son titre à l'ouvrage est inspiré, une fois de plus, par le souvenir de l'invasion prussienne. Comme dans *Boule de Suif*, l'héroïne, Rachel, est une prostituée. Mais alors que Boule de Suif se plie aux exigences de l'officier allemand, Rachel, révoltée par l'insolence et la grossièreté de l'occupant, le poignarde. En évoquant cet acte de patriotisme chez une simple fille publique, Maupassant sait qu'il flatte l'esprit de revanche dont toute la France est animée depuis la défaite. La critique est chaleureuse, la vente inespérée. L'auteur se frotte les mains. « J'ai entrevu Maupassant, écrit Paul Alexis. Il blague toujours et ne parle que d'argent. »

Cet argent, Maupassant le dépense aussi facile-

1. Lettre du 28 novembre 1882.

ment qu'il le gagne. Sa mère lui ayant cédé un terrain non loin d'Etretat, sur la route de Criquetot, vers le Grand Val[1], il y fait construire un chalet, formé d'un corps de logis et de deux ailes reliées par un balcon de bois sur toute la façade. Le mur est crépi de jaune crème et le toit couvert de tuiles rouges. A l'intérieur règne un ameublement hétéroclite où voisinent des faïences de Rouen, des antiquités plus ou moins authentiques, des saints de bois sculpté, un porte-parapluies en forme de botte, le tout d'un goût douteux. Dans le jardin, le nouveau propriétaire a planté des frênes, des hêtres, des peupliers, et creusé un bassin où nagent des poissons rouges. Plus loin, il a organisé une basse-cour, pour avoir des œufs frais, et un stand de tir, afin de pouvoir s'exercer au pistolet. Enfin, il a installé, dans un clos, au milieu des pommiers, un bateau de pêche retourné, la quille en l'air, une caloge, et le menuisier Dupéroux a aménagé l'embarcation en cabine de bains et en chambre de domestiques. Dès que les travaux sont terminés, Guy s'entoure de chiens de chasse, de chats familiers. Ses préférés seront, parmi les chiens, un épagneul, Paff, qu'il apprécie parce que c'est « un précieux auxiliaire » pour lever le gibier, et, plus tard, une chienne sloughi, Taya, qui malheureusement ne supportera pas la vie dans un appartement parisien et finira ses jours chez des amis, à la campagne. Parmi les chats, la reine incontestée est Piroli, à laquelle succédera sa fille, Pussy. Maupassant se plaît dans la compagnie de ces félins voluptueux et sauvages. Leur contact éveille en lui une sensualité cruelle qui, par moments, l'inquiète. « Je les aime et je les déteste, ces animaux charmants et perfides, écrira-t-il. J'ai plaisir à les tou-

1. Aujourd'hui 57 rue Guy-de-Maupassant, à Etretat.

cher, à faire glisser sous ma main leur poil soyeux qui craque, à sentir leur chaleur dans ce poil, dans cette fourrure fine, exquise. Rien n'est plus doux, rien ne donne à la peau une sensation plus délicate, plus raffinée, plus rare que la robe tiède et vibrante d'un chat. Mais elle me met aux doigts, cette robe vivante, un désir étrange et féroce d'étrangler la bête que je caresse[1]. » Guy adopte aussi un perroquet qui dit « Cocassant » pour « Maupassant » et salue les dames d'un triomphant : « Bonjour, petite cochonne! » En souvenir de Swinburne, il essaiera même d'apprivoiser un singe, mais l'animal se révélera si encombrant et si sale qu'il ne tardera pas à s'en séparer.

Cette maison d'Etretat, dont il raffole, il a voulu d'abord la baptiser, par plaisanterie, « La Maison Tellier ». Cependant les visiteuse qu'il y reçoit se sont récriées. L'une d'elles, Hermine Lecomte du Noüy, qui est sa voisine dans la région et dont il admire secrètement la blondeur fragile et la souriante distinction, lui suggère un autre nom : « La Guillette ». Cette appellation le séduit : « La Guillette », « la maison de Guy ». Il est décidé à y passer toutes ses journées de loisir pendant la belle saison. Comme dans sa jeunesse, il nage en pleine mer pour entretenir sa forme. Il lui arrive de doubler l'aiguille du Sud-Ouest, à marée haute, ce qui représente une course de six kilomètres aller et retour. Le 15 août, il tire un feu d'artifice sur la pelouse de son jardin. Dans le pays, on le préfère à sa mère, « la Dame des Verguies », qui, dit-on, pète plus haut que son derrière, dépense son argent pour des sottises et se montre regardante sur les prix quand elle va au marché.

Très sociable, le nouveau monsieur de « La

1. *Sur les chats,* 1886.

Guillette » aime à organiser des fêtes et des sorties avec les voisins. Souvent, une joyeuse compagnie d'estivants, conduite par lui, décide d'aller danser, la nuit, dans une des fermes des environs. « On partait en bande, avec un orgue de Barbarie, dont jouait d'ordinaire le peintre Le Poittevin, coiffé d'un bonnet de coton, écrit Maupassant. Deux hommes portaient des lanternes. Nous suivions en procession, riant et bavardant comme des folles. On réveillait le fermier, les servantes, les valets. On se faisait même faire de la soupe à l'oignon (horreur!) et l'on dansait sous les pommiers, au son de la boîte à musique. Les coqs réveillés chantaient dans la profondeur des bâtiments; les chevaux s'agitaient sur la litière des écuries. Le vent frais de la campagne nous caressait les joues, plein d'odeurs d'herbes et de moissons coupées[1]. »

Maupassant se rend aussi volontiers, avec ses amis d'Etretat, au cabaret de « La Belle Ernestine », sur la route de Saint-Jouin. Ernestine Aubourg, énergique et rieuse quadragénaire, accueille dans son auberge tous les notables de la côte. Sans doute Guy a-t-il trouvé plus d'une fois refuge dans son lit. Les murs de son restaurant sont couverts de tableaux et de dessins laissés par les artistes. Ernestine collectionne les autographes. Sollicité par elle, Maupassant écrit dans son livre d'or :

Quatre vers sans sortir d'ici?
Mais mon esprit bat la campagne!
Et je n'ai gardé de souci
Que pour les verres de champagne.

Avec l'arrivée du froid et de la pluie, il regagne Paris où le gentilhomme campagnard se trans-

1. *Correspondance.* Daté de 1882.

forme en écrivain boulevardier. On le voit partout, dans les salles de rédaction, au café, au théâtre, avec sa dégaine solide et son regard incisif de peintre aux aguets. Malgré le souvenir un peu méprisant qu'il a gardé des anciens communards, il renoue des relations cordiales avec Jules Vallès, revenu d'exil[1], à qui il reconnaît « un superbe talent d'écrivain ». Et il défend, face à cet anarchiste invétéré, la position de ceux qui, comme Goncourt, comme Daudet, comme Flaubert, comme lui-même, placent l'art au-dessus de la politique et se sentent plus proches de l'élite intellectuelle qui lit leurs livres que du peuple qui les ignore.

Il y a quelque temps, il s'est blessé à la main en nettoyant son revolver. « La balle a suivi un doigt dans toute sa longueur et est sortie par le bout », écrit-il à Zola. Mais à Edmond de Goncourt il affirme qu'il s'agit d'un coup de feu tiré par un mari trompé. « Zola me disait de lui qu'il était horriblement menteur[2] », note Edmond de Goncourt. Pourtant Zola aime bien ce jeune confrère violent, hâbleur et sûr de lui. Pressenti pour écrire une étude sur l'auteur de *L'Assommoir*, Maupassant répond à l'éditeur Quantin : « Je me chargerai très volontiers de ce travail[3]. » Et il rédige rapidement un texte lucide, alerte et élogieux sur le champion incontesté du naturalisme, qu'il considère, dit-il, comme un maître et un ami. « Il est de taille moyenne, écrit-il, un peu gros, d'aspect bonhomme, mais obstiné... Toute sa personne ronde et forte donne l'idée d'un boulet de canon. »

En revanche, Guy prend la mouche lorsqu'il

1. Une loi d'amnistie avait été votée, en juillet 1880, pour les condamnés de la Commune.
2. Goncourt : *Journal*, 21 janvier 1882.
3. Lettre de 1883.

constate que la revue humoristique *Le Chat noir* le fait figurer en nom comme « administrateur général » sur la couverture de ses publications. Il s'agit d'une de ces blagues dont la direction du périodique a l'habitude. Mais le bruit court, dans le petit monde des lettres, que Maupassant a vendu son nom au *Chat noir* pour quarante francs. C'en est trop! Aveuglé de colère, Guy écrit à Edmond Deschaumes, secrétaire de rédaction : « Cette plaisanterie devient du plus mauvais goût et, grossière à mon égard, me ferait vite regretter des relations si absolument privées de courtoisie de votre part. Je vous préviens donc que cette lettre a été écrite et déposée à la poste devant témoins et que j'ai pris les mesures nécessaires pour avoir à rire le dernier du procédé qu'on emploie envers moi[1]. » L'affaire se règle très vite à l'amiable et Maupassant prie Edmond Deschaumes d'excuser sa « lettre nerveuse ».

Il est, à cette époque, dans un grand état d'inquiétude et de susceptibilité. C'est avec angoisse qu'il attend la publication par Havard de son premier roman : *Une vie*. Il songeait à cette histoire depuis 1877 et en avait parlé à Flaubert qui s'était écrié : « Ah! oui, c'est excellent! Voilà un vrai roman, une vraie idée! » Malgré l'approbation du maître, l'accouchement s'est révélé difficile. Guy a travaillé péniblement, pendant des années, sur cette œuvre de longue haleine, la lâchant, la reprenant, l'abandonnant de nouveau. Il l'a nourrie de ses souvenirs et de ses obsessions. Tous les thèmes qui lui sont chers y sont exploités avec force : l'impossibilité d'un accord profond entre l'homme et la femme dans le mariage, une répugnance quasi physique pour la maternité, l'amour

1. Lettre du 16 février 1883.

viscéral de la Normandie, la fascination de l'eau, le problème de la bâtardise, le pessimisme dont doit se prévaloir tout esprit éclairé... Au bouillonnement et à l'incohérence souvent mélodramatique des péripéties répond la splendeur sauvage du pays de Caux. Jamais les descriptions de Maupassant n'ont été plus « en situation », plus engagées dans le mouvement du récit, plus nécessaires à la psychologie des personnages. Ces personnages ont tous un relief très accusé. Julien est un mari brutal, âpre au gain et doublement adultère. A côté de lui, sa femme, Jeanne, dépérit après avoir constaté la faillite de ses illusions. Elle a tout espéré, l'amour charnel, l'amour maternel, l'amour filial. Et, quelle que soit la direction dans laquelle se jette cette passionnée, elle aboutit à un échec. Ses parents, inconsistants et conventionnels, fuient leurs responsabilités. Elle ne peut compter que sur le dévouement de sa servante Rosalie. Quant à l'abbé Tolbiac, prêtre fanatique, il manifeste une horreur morbide pour les exigences de la nature. Le drame jaillit de la confrontation de ces caractères extrêmes. Les événements se bousculent dans un vertige de cataracte. La nuit de noces ratée de Jeanne, la découverte de son infortune conjugale, l'accouchement de Rosalie, fille mère, l'écrasement à coups de talon d'une chienne en gésine par l'abbé Tolbiac, la mort atroce du couple réfugié dans une cabane roulante et qu'un mari jaloux précipite dans le vide, sur les rochers, où « elle crève comme un œuf », chacun de ces épisodes se grave dans l'esprit du lecteur avec une précision hallucinante. Pour ce qui est de la philosophie du livre, elle est résumée en ces quelques mots très simples que Rosalie prononce, à la fin, pour apaiser sa maîtresse : « La vie, voyez-vous, ça n'est jamais si bon ni si mauvais qu'on croit. » Cette phrase reproduit presque textuellement ce que Flaubert écrivait à Guy le 18 décembre 1878 : « Les choses ne sont jamais aussi mauvaises ni aussi bonnes qu'on croit. » D'ailleurs, tout le roman est dominé par l'ombre du maître. On y retrouve, sous des couleurs plus violentes et un style plus spontané, la magie de *Madame Bovary*, de *L'Education sentimentale* et d'*Un cœur simple.*

En publiant *Une vie,* Maupassant sait qu'il va effaroucher nombre de consciences bourgeoises. Mais il n'en a cure. Il se réjouit même du tumulte qui se prépare. Or, les réactions de la presse sont d'emblée favorables. Paul Alexis proclame, dans *Le Réveil* : « Toutes les femmes croiront plus ou moins avoir été Jeanne, retrouveront leurs propres émotions, et seront particulièrement attendries... Exubérance de santé, style chaud, phrase musclée et d'aplomb, attaches solides d'athlète, j'ai retrouvé tout Guy de Maupassant. » Néanmoins certains critiques reprochent à l'auteur son pessimisme et son « esthétique naturaliste ». Le chroniqueur du *Temps* écrit : « Quelque qualité qu'il y ait dans *Une vie,* M. de Maupassant est supérieur à cette œuvre. Pourquoi son tableau est-il si violemment poussé au noir? C'est ce pessimisme qui a empêché Flaubert de se renouveler, c'est lui qui frappe M. Zola d'incapacité psychologique. » A cette remarque désobligeante, Philippe Gilles répond dans *Le Figaro* : « Je ne sais jusqu'où l'opinion publique va porter le succès de ce roman, succès qui ne peut être douteux, mais ce que je tiens à dire..., c'est que son auteur vient de faire un grand pas et s'est placé sur un terrain assez élevé pour que sa personnalité s'y puisse détacher nettement. M. Guy de Maupassant, qui a commencé comme élève de Zola, vient de sortir de l'école. »

Déjà les clients se pressent dans les librairies pour se procurer ce nouveau « brûlot », signé Maupassant. Vingt-cinq mille exemplaires sont écoulés en un temps record. Cependant, la direction de la librairie Hachette, dont dépendent toutes les bibliothèques des gares, interdit la vente dans ses établissements d'un ouvrage aussi malséant. « Le particulier chargé de veiller à la morale des livres dans les salles d'attente a jugé mon bouquin obscène, écrit Maupassant à Zola. Est-ce idiot? » Immédiatement, *La Jeune France* publie des vers humoristiques sur ce « scandale ferroviaire » :

Cet effronté de Maupassant
Révolte la pudeur des gares...
Le danger pour les voyageurs,
Ce n'est pas que le train dévie.
Quel est, demandez-vous, songeurs,
Le danger pour les voyageurs?
C'est qu'il leur monte des rougeurs
Au front en lisant Une vie.

Dans les milieux littéraires, on se gausse de cet accès de pudibonderie. Le gouvernement est interpellé par M. de Janzé sur l'affaire Maupassant. Consciente d'être allée trop loin, la direction de la librairie Hachette revient sur sa décision. *Une vie* reparaît à la devanture des bibliothèques dépendant de cette austère maison. Et Laurent Tailhade, qui s'en amuse, peut écrire :

Bourget, Maupassant et Loti
Se trouvent dans toutes les gares,
On les offre avec le rôti.

Quelques semaines après la sortie fracassante d'*Une vie*, Maupassant, décidément inépuisable, publie *Les Contes de la bécasse.* Malgré la diversité des sujets qu'il traite dans son recueil, le parfum qui domine, c'est celui du terroir normand. Pour caractériser cette œuvre, il rédige lui-même la notice qui doit servir de réclame auprès des libraires. « Ce qui distingue particulièrement ce dernier ouvrage de l'auteur de *La Maison Tellier* et d'*Une vie,* c'est la gaieté, l'ironie amusante, écrit-il. Le premier récit du livre, *Ce cochon de Morin,* ne peut manquer de prendre place à côté de *Boule de Suif.* Et les nouvelles qui suivent donnent toutes des échantillons très divers de la bonne humeur railleuse de l'écrivain. Deux ou trois seulement apportent une note dramatique dans l'ensemble. » Ce « prière d'insérer » est adressé à ses éditeurs Rouveyre et Blond. Le triomphe, une fois de plus, est immédiat. Mais déjà Maupassant enchaîne sur d'autres contes et d'autres chroniques. Il en publiera près de soixante-dix dans l'année. Parmi ces textes, une préface pour *Celles qui osent* de René Maizeroy, une autre pour *Fille à fille* de Jules Guérin, une autre encore pour *Tireurs au pistolet* du baron de Vaux et des articles nécrologiques sur Ivan Tourgueniev qui vient de s'éteindre à Bougival[1]. « Il était invraisemblablement naïf, ce romancier de génie qui avait parcouru le monde, connu tous les grands hommes de son siècle, lu tout ce qu'un être humain peut lire, et qui parlait aussi bien que la sienne toutes les langues de l'Europe, écrira-t-il. Il était simple, bon et droit avec excès, obligeant comme personne et fidèle aux amis morts ou vivants[2]. » Cette disparition, survenant après celle de Flaubert, affecte d'autant plus Maupassant que « le bon Moscove » s'était fait le

1. Ivan Tourgueniev est mort le 3 septembre 1883.
2. Chronique du *Gaulois,* 5 septembre 1883.

propagandiste dévoué de son œuvre en Russie. Une affinité mystérieuse lie l'auteur de *Boule de Suif* à cet écrivain étranger qui, lui aussi, s'est illustré dans la nouvelle. Tous deux ont le goût du récit bref, du détail révélateur et, parfois, de l'infiltration du fantastique dans la description de l'existence quotidienne.

En fait, Guy est un peu étonné du succès que ses livres, spécifiquement français, rencontrent dans la patrie de Tourgueniev et de Tolstoï. L'explication de ce phénomène se trouve, semble-t-il, dans le génie particulier de l'auteur. Les lecteurs russes apprécient par-dessus tout, chez un conteur d'histoires, la spontanéité, la vérité, la chaleur vivante du texte. Ils se méfient des ouvrages trop alambiqués, trop sophistiqués, qui satisfont l'esprit mais ne touchent pas le cœur. Ils demandent à être émus plus qu'à être chatouillés intellectuellement. Or Maupassant, le moins cérébral des romanciers français, leur parle un langage simple et dru. Ils sont de plain-pied avec lui. En le lisant, ils ne réfléchissent pas, ils subissent; ils ne s'élèvent pas à des considérations philosophiques, ils sentent la magie de la terre, de la chair, et cette communion profonde emporte leur sympathie et leur admiration.

Les ventes à l'étranger renforcent en Maupassant l'idée que son œuvre a une portée internationale. L'argent coule vers lui de plusieurs sources à la fois. Il profite de cette aisance pour aider largement sa mère qui, véritable panier percé, ne peut se contenter des cinq mille francs de revenu dont elle dispose, son frère Hervé, lequel, indécis et veule, cherche en vain un emploi selon son goût, des camarades enfin qui, moins heureux que lui, tirent le diable par la queue. Mais il a le désir aussi d'améliorer son propre train de vie et décide de s'offrir un valet de chambre. Le 1er novembre 1883, il reçoit un candidat à ce poste de confiance, un Belge, François Tassart, qui lui est recommandé par son tailleur. L'homme est jeune, de belle prestance, avec un visage ouvert, des favoris en côtelettes et beaucoup de dignité dans le maintien. Quand Maupassant lui annonce qu'il devra porter la livrée, il refuse. Du coup, Guy, qui tient à une excellente présentation, hésite à l'engager. Or, voici que François Tassart évoque incidemment un jour où, quelques années plus tôt, employé dans une famille de la rue Murillo, il eut l'honneur de servir Flaubert à table. Il précise même que la maîtresse de maison faisait passer les plats à cet hôte illustre avant les dames. Emu par ce détail, Maupassant oublie son exigence sur la livrée et embauche le Belge, séance tenante. Il n'aura pas à le regretter. A dater de ce jour, François Tassart se dévoue à lui sans retenue. Il le soigne, le dorlote, retient ses moindres paroles et, béant d'admiration devant son maître, n'en revient pas d'être le confident occasionnel d'un si grand écrivain[1]. Pourtant il a un mouvement de recul lorsque Maupassant lui montre, à « La Guillette », le bateau de pêche renversé qui devra lui servir de chambre. « Une odeur âcre, une odeur de sapin et de goudron, monte à la gorge, écrira-t-il. Ma chambre me fait l'effet d'un énorme cercueil retapé à neuf pour le grand voyage. Je me couchai, mais je ne pus dormir... Le lendemain, mon maître me demanda si j'étais bien dans ma caloge. Je le remerciai. Il me

1. François Tassart restera au service de Maupassant jusqu'à la mort de celui-ci et rédigera, avec l'aide d'un journaliste, deux volumes de souvenirs sur son maître. Le premier, intitulé *Souvenirs sur Guy de Maupassant par François, son valet de chambre,* paraîtra en 1911; le second, *Nouveaux Souvenirs,* en 1962. Lui-même mourra en janvier 1949, à Roubaix, dans sa quatre-vingt-treizième année.

dit les difficultés qu'on avait pour en obtenir, toutes les villas du pays en voulant pour leurs chambres d'amis. »

Dès les premiers froids, Maupassant et François Tassart retournent à Paris. Guy retrouve en ville ses habitudes de travail et de sorties. Sans doute voit-il encore, de loin en loin, son père, mais il n'éprouve plus envers lui qu'un sentiment de vague tendresse et de dédaigneuse commisération. Le sémillant Gustave gagne bien sa vie à la charge Stolz. A ses moments de loisir, il fait de la peinture. Des paysages de préférence. Il expose même, de temps à autre, au Salon des artistes français. Néanmoins, il se plaint de son état et juge que son fils aîné le délaisse. « Hélas ! mon pauvre Guy n'avait pas la bosse de la famille, dira-t-il. En dehors de sa mère qui avait une influence extrême sur lui, la famille était peu de chose. » De même Guy se désintéresse de son frère Hervé, qui est, à son avis, un fruit sec. Ses vrais plaisirs, le jeune romancier en vogue les cherche hors du cercle de ses proches. L'atmosphère artificielle des salons devient pour lui une drogue détestable et indispensable. Les femmes du monde, dont il apprécie les compliments, l'attirent et l'agacent. « Elles ont de l'esprit, c'est vrai, dit-il, mais de l'esprit fait au moule, comme un gâteau de riz assaisonné d'une crème. Leur esprit vient de leur instruction au Sacré-Cœur. Toujours les mêmes phrases faites des mêmes mots, c'est le riz ! Puis, toutes les banalités qu'elles ont recueillies dans la société depuis, c'est la crème[1]. »

Devant ces « poupées parlantes », Guy se montre, la plupart du temps, taciturne, lourd et méfiant. Il manque d'esprit de repartie. A tout

1. Cité par François Tassart.

moment, il craint qu'on ne se moque de lui. « En le regardant de près, je trouve qu'il ressemble à ses paysans, note Georges de Porto-Riche. Comme eux, il me paraît à la fois misanthrope et farceur, patient et madré, rêveur malgré lui et libertin. » Et aussi : « La préoccupation constante de Guy de Maupassant est de ne pas être dupe... Il marche revolver au poing... Les femmes le recherchent, elles l'adulent... Pourtant M. Guy de Maupassant n'aura pas de peines de cœur. Certaines émotions ne sont pas en son pouvoir : c'est un impuissant moral. » Taine surnomme Guy « le taureau triste ». Et Goncourt voit en lui « l'image et le type du jeune maquignon normand ». Déçu par les femmes du monde, il l'est aussi par ses confrères. Les gueuletons d'écrivains ne l'amusent plus. Il bâille chez Zola, chez Goncourt, au restaurant, au café. Son travail même, parfois, lui semble dérisoire. « Je passe les deux tiers de mon temps à m'ennuyer profondément, affirme-t-il. J'occupe le troisième tiers à écrire des lignes que je vends le plus cher possible en me désolant de faire ce métier abominable[1]. » Il dira aussi, avec une vanité mêlée d'amertume : « Je suis un industriel des lettres. »

Pour se changer les idées, il décide de déménager et de s'installer 10 rue Montchanin, au rez-de-chaussée de l'hôtel que s'est fait construire son cousin, le peintre Louis Le Poittevin. Mais les travaux d'aménagement traînent en longueur. Alors le voici sur la Côte d'Azur. Nulle part il ne trouve le repos de l'esprit. Ayant accepté de préfacer la correspondance de Flaubert et de George Sand, il se demande s'il a eu raison de patronner cette publication indiscrète. En revanche, c'est avec piété qu'il prépare l'édition des œuvres com-

1. Lettre à Marie Bashkirtseff d'avril 1884.

plètes de Flaubert, chez Quantin. Penché sur le volumineux paquet de notes destinées à *Bouvard et Pécuchet*, il les épluche mot à mot sans se permettre la moindre critique. « Il y avait de tout là-dedans, racontera Henry Roujon. Des ana, des boutades, des lueurs, des fadaises, des drôleries, même des pensées... C'était imposant et puéril. Maupassant s'attendrissait à la vue d'une mention telle que celle-ci : " Aneries d'hommes d'Etat ", qu'accompagnait un dossier compact. Il riait à gorge déployée devant une feuille de papier à lettres, du papier bleu quadrillé de paysan, sur laquelle Flaubert, de sa droite et fine écriture, avait noté cette observation : " Choses qui m'ont embêté : les plumes de fer, les water-proofs, Abd-el-Kader. " Maupassant attachait un prix inestimable à cet autographe[1]. »

Pendant son séjour à Cannes, il met accidentellement le feu à sa chambre. Un exemplaire de son recueil *Des vers*, portant des corrections importantes en vue d'une réédition du livre, est détruit par les flammes. N'est-ce pas un signe du destin ? La poésie, pour lui, c'est du passé. Plus de rimes, décide-t-il. Seule compte la prose. Il est né pour chanter la vie de tous les jours, *la vérité crue*, le désespoir viril. D'ailleurs, il a déjà un autre roman tout prêt dans ses bagages. « Vous me demandez de mes nouvelles, écrit-il à l'éditeur Havard. Elles ne sont pas fameuses. J'ai les yeux de plus en plus malades. Cela tient, je crois, à ce qu'ils sont extrêmement fatigués par le travail... J'ai fini *Bel-Ami*. Je n'ai plus qu'à relire et retoucher les deux derniers chapitres. Avec six jours de travail, ce sera complètement terminé[2]. »

1. A. Lumbroso : *Souvenirs sur Maupassant.*
2. Lettre du 21 février 1885.

[illegible] de France [illegible] sur le [illegible] par [illegible] de [illegible] [illegible]

[illegible]

XI

BEL-AMI

A Cannes, Maupassant savoure la douceur du climat et juge avec une ironie ravageuse la haute société qui l'entoure. Dans toutes ces figures élégantes et infatuées, il voit de possibles héros de roman. En effet, depuis quelque temps, il a résolu de renouveler son inspiration, jusque-là rustique ou bourgeoise, en prospectant l'univers des privilégiés de la naissance et de la fortune. Où pourrait-il mieux les observer que dans cette station balnéaire à la mode qui attire la crème de l'aristocratie et de la finance? « Guy de Maupassant m'avoue que Cannes est une fourmilière de renseignements pour lui, note Edmond de Goncourt. Là hivernent les de Luynes, la princesse de Sagan, les d'Orléans; et là l'intimité est beaucoup plus aisée, les gens s'y déboutonnent plus vite et plus facilement qu'à Paris. Et il me laisse entendre très justement et très intelligemment que, pour les romans qu'il veut faire sur le monde, sur la société parisienne et ses amours, il trouve ses types d'hommes et de femmes là[1]. »

Maupassant s'introduit donc en espion dans ce milieu de frivolité, d'oisiveté et de suffisance. Il fait

1. Goncourt : *Journal*, le 24 décembre 1884.

la roue devant les grandes dames, qui le traitent avec condescendance, et jure in petto de se venger d'elles dans un livre terrible. Il voudrait les mettre toutes dans son lit pour les humilier et, en même temps, il est ridiculement flatté quand l'une d'elles lui fait la grâce d'un compliment. Habitué aux filles du peuple et aux putains, il éprouve parfois l'envie de choquer par quelque farce grossière ces parangons de la distinction. Ainsi la comtesse Potocka lui ayant fait porter, par plaisanterie, six poupées parfumées, il les lui renvoie, le ventre bourré de chiffons, suggérant qu'il les a engrossées en un temps record. Un billet de sa main accompagne le paquet : « Toutes en une seule nuit. » Puis il s'inquiète d'avoir passé la mesure. Mais il en faut plus pour troubler la pétulante comtesse. Rassuré, il lui écrit : « Merci de ne m'en avoir pas voulu pour l'histoire des poupées, dont j'ai été désolé. » Dans la même lettre, il se plaint de la société qu'il fréquente à Cannes : « Peu d'esprit dans le monde qu'on appelle élégant, et peu d'intelligence, peu de tout. Un nom qui sonne et de l'argent ne suffisent pas. Ces gens me font l'effet de peintures détestables en des cadres reluisants... Quand on voit de près le suffrage universel et les gens qu'il nous donne, on a envie de mitrailler le peuple et de guillotiner ses représentants. Mais, quand on voit de près les princes qui pourraient nous gouverner, on devient tout simplement anarchiste... Oh ! je ne serai jamais courtisan. Savez-vous quelle sensation étrange me donnent les Grands ? Une sensation d'orgueil excessif que je ne connaissais pas. Il me semble que je suis le Prince et que je cause avec de tout petits enfants à qui on n'a encore appris que l'Histoire Sainte. »

Ayant ainsi fustigé la noblesse, Guy adresse une

déclaration d'amour, à peine déguisée, à sa correspondante qui, elle aussi pourtant, a du sang bleu dans les veines : « Mais je pense à d'autres personnes avec qui j'aime causer. En connaissez-vous une, de celles-là? Elle n'a point le respect obligatoire pour les *Maîtres du monde* (quel style!) et elle est franche dans sa pensée (du moins je le crois), dans ses opinions et dans ses inimitiés. Et voilà sans doute pourquoi je songe si souvent à elle. Son esprit me donne l'impression d'une franchise brusque, familière et séduisante. Il est à surprises, plein d'imprévu et de charme étrange. » Plus loin, il lui parle de cet « inexprimable accord des esprits qui met un plaisir subtil, mental et physique jusque dans la poignée de main », et il termine par ces mots : « Je vous envoie, Madame, tout ce qui peut vous être agréable en moi[1]. »

Destinataire de ces lignes galantes, la comtesse Emmanuela Potocka, née princesse Pignatelli di Cergharia, est l'épouse du comte Nicolas Potocki, attaché à l'ambassade d'Autriche-Hongrie. Le couple est d'ailleurs notoirement désuni, Nicolas entretenant Emilienne d'Alençon et ne se souciant guère des fréquentations de sa femme. Emmanuela tient un salon très parisien dans son superbe hôtel du 27 de l'avenue de Friedland, reçoit pêle-mêle peintres, musiciens, hommes de lettres, médecins, aristocrates, réfugiés polonais et émerveille sa cour d'admirateurs par sa beauté, ses caprices et sa liberté de manières. Tempétueuse, désaxée, droguée et brillante, elle subjugue Maupassant qui la courtise avec l'impression d'être tantôt le chat et tantôt la souris. Il lui offre un éventail agrémenté d'un envoi en vers :

1. Lettre du 13 mars 1884.

Où sont mes goûts de naguère?
On me disait libertin!
Aujourd'hui je n'ai plus guère
Que des soifs de sacristain...
J'ai cru... N'ai-je point rêvé?
Oui, j'ai cru... Dieu me pardonne!
En bredouillant mes « Ave »
Que c'était vous la Madone.

Elle a institué chez elle un dîner scandaleux, le « dîner des Macchabées ». Chaque convive doit y jouer le rôle d'un homme mort d'épuisement après l'exercice de l'amour et reçoit en récompense une breloque ornée de saphirs et d'une couronne comtale aux initiales de l'enchanteresse; au revers, on lit, en lettres d'émail bleu : « A la vie, à la mort. » Les chevaliers servants de la comtesse se retrouvent à sa table tous les vendredis. Ils se jalousent et rivalisent de drôlerie pour la divertir. Au-dessus de leurs têtes, la marquise de Belbœuf[1], le corps moulé dans un maillot d'acrobate, fait du trapèze. Dans la salle d'escrime, à côté, des hommes, torse nu, se livrent à des duels comiques avec des pinceaux. Les laquais, imperturbables, passent les plats. On mange une cuisine délectable dans un service en vermeil. Parfois, le banquet se termine en orgie. Le mari complaisant ne dédaigne pas d'y prendre part. Cependant, Emmanuela garde la tête froide. Elle goûte un plaisir pervers à allumer les mâles, mais ne leur ouvre pas sa chambre aux balustres dorés. Toujours vêtue d'une simarre, une cravate de gaze nouée sous le menton, un rang de perles pendant sur la poitrine, elle s'enveloppe

1. Sophie-Mathilde-Adélaïde-Denise de Morny, fille du duc, mariée en 1881 au marquis de Belbœuf.

d'un parfum capiteux, spécialement créé pour elle, dit-on, par Guerlain. Son visage a une pâleur de porcelaine, sans fard, sans poudre, ses cheveux sont peignés en bandeaux lisses, « à la vierge », et son regard est à la fois insolent et prometteur. Maupassant apprécie, chez cette sirène, le mélange de la basse rouerie femelle, de l'intelligence raffinée et des origines aristocratiques[1].

Alors même qu'il subit le charme équivoque de la comtesse Potocka, il est troublé en recevant, à Cannes, une lettre d'une inconnue : « Monsieur, je vous lis presque avec bonheur. Vous adorez les vérités de la nature et vous y trouvez une poésie vraiment grande, tout en nous remuant par des détails de sentiments si profondément humains que nous nous y reconnaissons et vous aimons d'un amour égoïste... Vous êtes assez remarquable pour qu'on rêve très romanesquement de devenir la confidente de votre belle âme, si toutefois votre âme est belle... Voilà un an que je suis sur le point de vous écrire mais... plusieurs fois j'ai cru que je vous exagérais et que cela ne valait pas la peine. Lorsque tout à coup, il y a deux jours, je lis dans *Le Gaulois* que quelqu'un vous a honoré d'une épître gracieuse et que vous demandez l'adresse de cette bonne personne pour lui répondre. Je suis devenue tout de suite jalouse... et me voici. Maintenant écoutez-moi bien : je resterai toujours inconnue, et pour tout de bon, et je ne veux même pas vous voir de loin, votre tête pourrait me déplaire... Je sais seulement que vous êtes jeune et que vous n'êtes pas marié, deux points essentiels, même dans le bleu des nuages. Mais je vous avertis

1. La comtesse Potocka divorcera en 1901, s'installera au 41 avenue Théophile-Gautier et mourra en 1943, dans la solitude et la misère. On découvrira son cadavre rongé par les rats.

que je suis charmante : cette douce pensée vous encouragera à me répondre. »

Intrigué, Maupassant court à la signature et à l'adresse : « Madame R.G.D. Poste restante. Bureau de la Madeleine. Paris. » Il pourrait mettre la lettre au panier. Mais ce mystère féminin l'excite. Qui sait s'il ne s'ensuivra pas une affriolante aventure ? En tout cas, il faut être prudent avec ce genre de bas-bleu qui se jette à votre tête parce que vous avez publié quelques livres. « Ma lettre, assurément, ne sera pas celle que vous attendez, répond-il, poste restante. Nous allons causer, en gens raisonnables. Vous me demandez d'être ma confidente ? A quel titre ? Je ne vous connais point. Pourquoi dirais-je à vous, une inconnue, dont l'esprit, les tendances et le reste peuvent ne point convenir à mon tempérament intellectuel, ce que je peux dire, de vive voix, dans l'intimité, aux femmes qui sont mes amies ?... Comment écrire des choses intimes, le fond de soi, à un être dont on ignore la forme physique, la couleur des cheveux, le sourire, le regard ?... Je reviens aux lettres d'inconnues. J'en ai reçu depuis deux ans cinquante à soixante environ. Comment choisir entre ces femmes la confidente de mon âme, comme vous dites[1] ? »

Il croit avoir cloué le bec à sa correspondante, mais elle riposte, avec brio et insolence : « Votre lettre, Monsieur, ne me surprend pas... Pour ce qui est du charme que peut ajouter le mystère, tout dépend des goûts. Que ça ne vous amuse pas, bien ! mais moi, ça m'amuse follement, je le confesse en toute sincérité, de même que la joie enfantine causée par votre lettre, telle quelle. Du reste, si ça ne vous amuse pas, c'est que pas une

1. Lettre d'avril 1884.

de vos correspondantes n'a su vous intéresser, voilà tout, et si moi non plus je n'ai pas su frapper la note juste, je suis trop raisonnable pour vous en vouloir. Rien que soixante [lettres d'inconnues]. Je vous aurais cru plus obsédé. Avez-vous répondu à toutes?... A mon très vif regret en resterons-nous donc là? A moins qu'il ne me prenne envie quelque jour de vous prouver que je ne méritais pas le numéro 61... Pourtant s'il ne vous fallait qu'un signalement pour m'attirer les beautés de votre vieille âme sans flair, on pourrait dire par exemple : cheveux blonds, taille moyenne. Née entre l'an 1812 et l'an 1863. Et au moral... Non, j'aurais l'air de me vanter et vous apprendriez du coup que je suis de Marseille. »

Guy a la sensation d'être engagé dans un assaut d'escrime, à fleurets mouchetés, avec une jeune femme dont un masque dissimule le visage. Ce jeu l'amuse et il saute à nouveau sur sa plume : « Oui, Madame, une seconde lettre! Cela m'étonne. J'éprouve peut-être le désir vague de vous dire des impertinences. Cela m'est permis puisque je ne vous connais point. Eh bien! non, je vous écris parce que je m'ennuie abominablement... »

Dans sa précédente lettre, elle lui a fait des critiques sur sa nouvelle, *La Mère Sauvage*, publiée dans *Le Gaulois* : « Quelle rengaine, a-t-elle osé lui écrire, que l'histoire de la vieille mère qui se venge des Prussiens! » Aussitôt, il se justifie avec un mélange de colère et de désabusement : « Vous me reprochez d'avoir fait une rengaine avec la vieille femme aux Prussiens, mais tout est rengaine. Je ne fais que cela; je n'entends que cela. Toutes les idées, toutes les phrases, toutes les discussions, toutes les croyances sont des rengaines. N'en est-ce pas une, et une forte, et une puérile, d'écrire à une inconnue? »

Ce qui l'agace, c'est qu'elle sait pas mal de choses sur lui, qui est un personnage public, et qu'il ne sait rien d'elle. La partie n'est pas égale. « Vous pouvez être, il est vrai, une femme jeune et charmante dont je serai heureux, un jour, de baiser les mains, poursuit-il. Mais vous pouvez être aussi une vieille concierge nourrie des romans d'Eugène Sue. Vous pouvez être une demoiselle de compagnie lettrée et mûre et sèche comme un balai. Au fait, êtes-vous maigre? Pas trop, n'est-ce pas? Je serais désolé d'avoir une correspondante maigre... Etes-vous mondaine? Une sentimentale, ou simplement une romanesque, ou encore une femme qui s'ennuie et qui se distrait? » Et soudain, avec humeur, il se découvre comme pour la décourager : « Moi, voyez-vous, je ne suis nullement l'homme que vous cherchez. Je n'ai pas pour un sou de poésie. Je prends tout avec indifférence... Voilà des confidences, qu'en dites-vous, Madame? Vous devez me trouver très sans-gêne, pardonnez-moi. Il me semble en vous écrivant que je marche dans un souterrain noir avec la crainte des trous devant mes pieds. Et je donne des coups de canne au hasard pour sonder le sol. Quel est votre parfum? Etes-vous gourmande? Comment est votre oreille physique? Et la couleur de vos yeux? Musicienne? Je ne vous demande pas si vous êtes mariée. Si vous l'êtes, vous me répondrez non. Si vous ne l'êtes pas, vous me répondrez oui. Je vous baise les mains, Madame. »

La réplique ne se fait pas attendre. Elle est d'une encre acide : « Alors, comme ça, vous vous ennuyez et vous prenez tout avec indifférence et vous n'avez pas pour un sou de poésie!... Si vous croyez me faire peur! Je vous vois d'ici : vous devez avoir un assez gros ventre, un gilet trop court en étoffe indécise et le dernier bouton défait.

Eh bien, vous m'intéressez quand même. Je ne comprends pas seulement comment vous pouvez vous ennuyer; moi, je suis quelquefois triste, découragée ou enragée, mais m'ennuyer... jamais... Vous n'êtes pas l'homme que je cherche... Je ne cherche personne, Monsieur, et j'estime que les hommes ne doivent être que des accessoires pour les femmes fortes. Enfin je vais répondre à vos questions et avec une grande sincérité, car je n'aime pas me jouer de la naïveté d'un homme de génie qui s'assoupit après dîner en fumant son cigare. Maigre? Oh! non, mais pas grasse non plus... Mon parfum? Celui de la vertu... Oui, gourmande ou plutôt difficile. L'oreille est petite, peu régulière, mais jolie. Les yeux gris. Oui, musicienne... Si je n'étais pas mariée, pourrais-je lire vos abominables livres? Etes-vous satisfait de ma docilité? Si oui, défaites encore un bouton, et pensez à moi pendant que le crépuscule tombe. Sinon... tant pis... Oserais-je vous demander quels sont vos musiciens et vos peintres? Et si j'étais homme? »

A cette lettre est joint un croquis représentant un gros monsieur, assoupi dans un fauteuil, sous un palmier, au bord de la mer. Devant lui, une table, un bock, un cigare. L'inconnue taquine son écrivain préféré. Il riposte avec une pesanteur de garçon d'écurie : « Oh! maintenant je vous connais, beau masque, vous êtes un professeur de sixième au lycée Louis-le-Grand. Je vous avouerai que je m'en doutais un peu, votre papier ayant une vague odeur de tabac à priser. Donc, je vais cesser d'être galant (l'étais-je?) et je vais vous traiter en universitaire, c'est-à-dire en ennemi. Ah! vieux madré, vieux pion, vieux rongeur de latin, vous avez voulu vous faire passer pour une jolie femme!... »

Après avoir pataugé dans la diatribe, Maupassant se ressaisit. Au fond, ce qui le blesse le plus, c'est l'image bedonnante et somnolente qu'elle se fait de lui, alors qu'il est si fier de son ventre plat et de ses pectoraux saillants. Il rectifie ce portrait avec une naïve satisfaction : « 1° Moins de ventre. 2° Je ne fume pas. 3° Je ne bois ni bière, ni vin, ni alcools, rien que l'eau. Donc, la béatitude devant le bock n'est pas ma pose de prédilection. Je suis le plus souvent accroupi à l'orientale sur un divan. Vous me demandez quel est mon peintre parmi les modernes? Millet. Mon musicien? J'ai horreur de la musique. Je préfère, en réalité, une jolie femme à tous les arts. Je mets un bon dîner, un vrai dîner, le dîner rare, presque sur le même rang qu'une jolie femme... Voulez-vous encore un détail? J'ai soutenu de gros paris comme rameur, comme nageur et comme marcheur. Maintenant que je vous ai fait toutes ces confidences, monsieur le pion, parlez-moi de vous, de votre femme, puisque vous êtes marié, de vos enfants. Avez-vous une fille? Si oui, pensez à moi, je vous prie. » Et, pour inciter sa correspondante à lui répondre, il note en post-scriptum : « Je rentre à Paris dans quelques jours, 83 rue Dulong[1]. »

En vérité, l'inconnue, « le pion », est une jeune fille russe de vingt-quatre ans, phtisique au dernier degré, qui se sait perdue, a un réel talent de peintre et tient un journal en espérant que ses notes confidentielles lui permettront de survivre dans la mémoire des générations futures. Elle est gâtée, courageuse, capricieuse, minaudière et tragique. Elle se nomme Marie Bashkirtseff (Moussia pour les intimes). Les médecins ne lui donnent plus

1. Lettre du 3 avril 1884. A cette date-là, Maupassant n'a pas encore emménagé au 10 rue Montchanin, aujourd'hui rue Jacques-Bingen.

que quelques mois à vivre. Avec une légèreté funèbre, elle emploie ses derniers jours à cette coquetterie épistolaire qui irrite et amuse Maupassant. Ayant reçu la troisième lettre de l'écrivain, elle note dans son journal, à la date du 15 avril 1884 : « Je reste à la maison pour répondre à l'inconnu [Guy de Maupassant], c'est-à-dire que c'est moi qui suis une inconnue pour lui. Il m'a déjà répondu trois fois. Ce n'est pas un Balzac qu'on adore complètement. Maintenant je regrette de ne pas m'être adressée à Zola mais à son lieutenant, qui a du talent et beaucoup. C'est, parmi les jeunes, celui qui m'a plu. Je me suis réveillée, un beau matin, avec le désir de faire apprécier par un connaisseur les jolies choses que je sais dire; j'ai cherché et choisi celui-là. »

Pour sa quatrième lettre à Maupassant, elle accepte le jeu et entre, en se trémoussant de joie, dans la peau d'un pion érudit, baptisé Joseph Savantin. « J'ai profité, Monsieur, des loisirs de la semaine sainte pour relire vos œuvres complètes, écrit-elle à Guy. Vous êtes un gaillard, c'est incontestable. Je ne vous avais jamais lu en bloc et d'un trait, l'impression est donc presque fraîche. Il y a de quoi mettre tous mes lycéens à l'envers et troubler tous les couvents de la chrétienté. Quant à moi, qui ne suis pas pudique du tout, je suis confondu, oui, Monsieur, confondu par cette tension de votre esprit vers le sentiment que M. Alexandre Dumas fils nomme l'Amour. Cela deviendra une monomanie et ce serait regrettable, car vous êtes richement doué et vos récits paysans sont bien tapés. Je sais bien que vous avez fait *Une vie* et que ce livre est empreint d'un grand sentiment de dégoût, de tristesse, de découragement. Ce sentiment, qui fait pardonner autre chose, apparaît de temps en temps dans vos écrits et fait croire que vous êtes un être supérieur qui souffre de la vie. C'est ça qui m'a fendu le cœur. Mais ce geint [geignement] n'est, je pense, qu'un reflet de Flaubert. »

Cette allusion à l'influence de Flaubert témoigne de la perspicacité de l'inconnue et heurte Maupassant comme un empiétement sur son jardin secret. La suite de la lettre est franchement ironique : « Vous abhorrez la musique, est-ce possible?... La table, les femmes! mais, jeune ami, prenez garde, cela tourne à la gaudriole et ma qualité de pion devrait m'interdire de vous suivre sur ce terrain brûlant... C'est sérieusement que vous prétendez préférer les jolies femmes à tous les arts? Vous vous fichez de moi. Pardonnez l'incohérence de ce fragment et ne me laissez pas longtemps sans lettre. Là-dessus, immense mangeur de femmes, je vous souhaite... et me dis, avec une sainte terreur, votre dévoué serviteur. – Savantin, Joseph. »

Emoustillé et exaspéré tout ensemble, Maupassant choisit, pour répondre, le ton rude des joyeux canotiers de « La Grenouillère ». « Mon cher Joseph, au point où nous en sommes nous pouvons bien nous tutoyer, n'est-ce pas? écrit-il à Marie Bashkirtseff. Donc, je te tutoie, et si tu n'es pas content, zut!... Sais-tu que pour un maître d'étude à qui sont confiés de jeunes innocents tu me dis des choses pas mal roides. Quoi, tu n'es pas pudique du tout? Ni dans tes lectures, ni dans tes écrits, ni dans tes paroles, ni dans tes actions, hein? Je m'en doutais. Et tu crois que quelque chose m'amuse! Et que je me moque du public? Mon pauvre Joseph, il n'y a pas sous le soleil d'homme qui s'embête plus que moi. Rien ne me paraît valoir la peine d'un effort ou la fatigue d'un mouvement. Je m'embête sans relâche, sans repos et sans espoir, parce que je ne désire rien, je n'attends rien... Aussi, puisque nous sommes francs l'un vis-à-vis de l'autre, je te préviens que voici ma dernière lettre parce que je commence à en avoir assez... Je n'ai pas envie de te connaître. Je suis sûr que tu es laid, et puis je trouve que je t'ai envoyé assez d'autographes comme ça. Sais-tu que ça vaut de dix à vingt sous pièce, suivant le contenu?... Et puis, je crois que je vais encore quitter Paris, je m'y ennuie décidément plus encore qu'ailleurs. Je vais aller à Etretat, pour changer, en profitant du moment où je vais m'y trouver seul. J'aime immodérément être seul. De cette façon au moins, je m'embête sans parler. Tu me demandes mon âge au juste. Etant né le 5 août 1850, je n'ai pas encore trente-quatre ans. Es-tu content? Vas-tu me demander ma photographie maintenant? Je te préviens que je ne te l'enverrai pas. Oui, j'aime les jolies femmes, mais il y a des jours où j'en suis rudement dégoûté. Adieu, mon vieux Joseph... Que veux-tu? Il vaut peut-être mieux que nous ignorions nos binettes. »

Marie reçoit cette épître comme un seau d'eau sale en pleine figure. Suffoquée, elle note dans son journal, à la date du 18 avril 1884 : « Comme je le prévoyais, tout est rompu entre mon écrivain et moi. Sa quatrième lettre est grossière et sotte. » Mais elle ne peut s'empêcher de répliquer au mufle qui, en échange de ses coups d'épingle, lui assène des bourrades de charretier : « Ainsi, c'est là tout ce que vous avez trouvé pour répondre à une femme, coupable tout au plus d'imprudence? Joli!... Vous auriez pu, il me semble, l'humilier avec plus d'esprit... Pourquoi vous ai-je écrit? On se réveille un beau matin et l'on trouve qu'on est un être rare entouré d'imbéciles. On se lamente sur tant de perles devant tant de cochons. Si j'écrivais à un homme célèbre, à un homme digne de me comprendre? Ce serait charmant, romanesque, et, qui sait? au bout d'une quantité de lettres, ce serait peut-être un ami, conquis dans des circonstances peu ordinaires. Alors on se demande qui? Et on vous choisit... Au point où nous en sommes, comme vous dites, je puis bien avouer que votre infâme lettre m'a fait passer une très mauvaise journée. Je suis froissée comme si l'offense était réelle. C'est absurde. Adieu avec plaisir. Si vous les avez encore, renvoyez-moi mes autographes; quant aux vôtres, je les ai déjà vendus en Amérique, un prix fou. »

Guy devrait se réjouir d'être enfin débarrassé d'une folle sans visage et sans nom qui tantôt le provoque avec coquetterie et tantôt le couvre d'injures. Or, au moment de ranger cette correspondance dans un tiroir, il est effleuré d'un brusque remords. Peu à peu, il a pris goût à ce batifolage littéraire. D'Etretat où il s'est réfugié, il écrit encore : « Madame, je vous ai donc vivement blessée? Ne le niez pas. J'en suis ravi. Et je vous demande pardon bien humblement... Vous savez le moyen indiqué pour reconnaître les femmes du monde au bal de l'Opéra? On les chatouille. Les filles sont habituées à cela et disent simplement : finissez. Les autres se fâchent. Je vous ai pincée d'une façon fort inconvenante, je l'avoue; et vous êtes fâchée... Maintenant je vous demande pardon... Croyez, Madame, que je ne suis ni aussi brutal, ni aussi sceptique, ni aussi inconvenant que je l'ai paru avec vous. Mais j'ai, malgré moi, une grande méfiance de tout mystère, de l'inconnu et des inconnues... Je me masque avec les gens masqués. C'est de bonne guerre. Je viens de voir cependant un petit coin de votre nature par ruse. Encore pardon. Je baise la main inconnue qui m'écrit. Vos lettres, Madame, sont à votre disposition, mais je ne les remettrai qu'en vos mains. Ah! je ferais pour cela le voyage à Paris. »

Du coup, Marie Bashkirtseff se gonfle de tendresse et de vanité. « Rosalie m'apporte de la poste restante une lettre de Guy de Maupassant, note-t-elle, le 23 avril, dans son journal. La cinquième est la mieux. Nous ne sommes donc plus fâchés. Et puis il a fait, dans *Le Gaulois,* une chronique ravissante. Je me sens radoucie. C'est amusant! cet homme que je ne connais pas occupe toutes mes pensées. Pense-t-il à moi? Pourquoi m'écrit-il? » Résolue à ne plus donner signe de vie, elle cède pourtant, une fois de plus, à la tentation : « Je veux pardonner, si vous y tenez, parce que je suis malade, et, comme cela ne m'arrive jamais, j'en suis tout attendrie sur moi, sur tout le monde, sur vous qui avez trouvé le moyen de m'être si profondément désagréable. Comment vous prouver que je ne suis ni un farceur ni un ennemi?... Impossible non plus de vous jurer que nous sommes faits pour nous comprendre. Vous ne me valez pas. Je le regrette. Rien ne me serait plus agréable que de vous reconnaître toutes les supériorités, à vous ou à un autre... Allons, j'allais oublier que c'était fini entre nous deux. »

Maupassant lui adresse encore une lettre de galanterie ironique et de pessimisme décadent : « Tout m'est à peu près égal dans la vie, hommes, femmes et événements... Tout se divise en ennui, farce et misère... Je vous baise les mains, Madame. » Ce billet reste sans réponse. L'orgueilleuse Marie Bashkirtseff a décidé d'arrêter le jeu. Elle ne se doute pas que Maupassant a percé (par quelle manœuvre?) son anonymat ni qu'il est soulagé de ne plus avoir à correspondre avec elle. Sept ans plus tard, il écrira à une autre jeune fille russe, Mlle Bogdanoff, qui habite Nice et le bombarde de lettres enflammées : « J'ai répondu à Mademoiselle Bashkirtseff en effet, mais je n'ai jamais voulu la voir... Elle est morte depuis sans que je l'aie connue. Sa mère a encore une dizaine de lettres d'elle à moi qu'elle ne m'a pas envoyées. Je n'ai jamais voulu en prendre connaissance, malgré les sollicitations dont j'ai été poursuivi[1]. »

Que Maupassant ait ou non rencontré Marie Bashkirtseff, il est certain qu'il a été flatté par cet engouement d'une jeune fille pour son œuvre et pour sa personne. A Etretat, il partage son temps entre le sport, l'écriture et les amours faciles. Levé à huit heures, il néglige de prendre un petit déjeuner et travaille jusqu'à midi. Après quoi, il s'asperge d'eau froide dans un tub, ce qui remet ses idées d'aplomb, et déjeune copieusement. L'après-midi, il tire au pistolet, quarante ou cinquante balles, devant son valet de chambre François Tassart qui s'émerveille de ses cartons. Puis il va voir la mer. Parfois il nage jusqu'à l'épuisement. Mais tous les matins il doit baigner ses yeux qui le font souffrir. Il est sujet aussi à de violentes migraines et dit à François Tassart : « Je vais me faire une friction de vaseline et si, à onze heures, cela ne va pas mieux, je respirerai un peu d'éther. » Malgré ses malaises, il tient à honorer les nombreuses jeunes femmes qui défilent à « La Guillette ». Dans le voisinage, on le soupçonne d'organiser des parties fines. Il passe, en province comme à Paris, pour un mâle insatiable. Lui, cependant, continue à mener de front coucheries sans amour et travaux d'écriture. En quelques mois, il publie un volume de nouvelles, *Miss Harriet*, chez Havard, un autre, *Les Sœurs Rondoli*, chez Ollendorff, une réédition

1. Lettre du 10 novembre 1891. Marie Bashkirtseff est morte en 1884.

de *Clair de Lune* et donne au *Figaro* un long récit, *Yvette.* Parlant de cette dernière œuvre, il écrit à Havard : « Je ne veux pas publier cette nouvelle seule dans un volume. J'aurais l'air de lui donner ainsi une importance qu'elle n'a pas. J'ai voulu faire et j'ai fait, comme procédé littéraire, une espèce de pastiche, à la manière élégante de Feuillet et Cie. C'est une bluette, mais ce n'est point une étude. C'est adroit, mais ce n'est pas fort[1]. »

Or, cette nouvelle, à laquelle il attache si peu de valeur, est une de ses œuvres les plus achevées. Elle comporte notamment le portrait subtil, sobre, émouvant d'une jeune fille, Yvette, dont la mère est une courtisane et qui s'épanouit avec naïveté dans cette atmosphère louche. Un homme à la mode, Jean de Servigny, qui, comme Maupassant, affectionne « le gymnase, l'escrime, les douches et l'étuve », tombe amoureux d'elle, sous l'effet d'une simple pulsion physique. « Ses désirs, fatigués par la vie qu'il menait, par toutes les femmes obtenues, par toutes les amours explorées, se réveillaient devant cette enfant singulière, si fraîche, irritante et inexplicable », écrit Maupassant. Mais Jean de Servigny sait déjà qu'Yvette, dont il apprécie la pureté, la droiture, n'échappera pas à la loi de son milieu et que « de jeune fille elle deviendra fille, tout simplement ». Quant à Yvette, après un moment d'illusion, elle découvre, en voyant sa mère dans les bras d'un amant, la condition infamante de la femme entretenue. Horrifiée, elle tente de se suicider au chloroforme. Mais veut-elle réellement mourir? N'espère-t-elle pas, en secret, survivre après un choc nécessaire? L'instinct de conservation est plus fort que le désespoir et la honte. En reprenant ses esprits, Yvette capitule et

1. Lettre du 2 octobre 1884.

accepte d'entrer dans cette « prostitution dorée » qui assure la subsistance au détriment de la dignité. Dans cette histoire douce-amère, l'auteur a jeté les souvenirs colorés de ses parties de canotage sur la Seine et ses observations sur les mœurs du demi-monde et du monde. D'ailleurs, tout en corrigeant le manuscrit d'*Yvette,* il travaille à un grand roman, *Bel-Ami,* qui est comme une amplification des thèmes esquissés dans la nouvelle. Le 26 octobre 1884, à « La Guillette », il sort de son bureau, se dirige vers François Tassart qui donne à manger au coq et s'écrie gaiement : « J'ai fini *Bel-Ami*! J'espère qu'il satisfera ceux qui me demandent quelque chose de long... Quant aux journalistes, ils en prendront ce que bon leur semblera : je les attends! »

Cette allusion à la réaction probable des journalistes est d'autant plus justifiée que le roman se déroule dans les milieux de la presse, dont Maupassant a scruté et noté tous les travers. Le héros, Georges Duroy, est un jeune et vigoureux aventurier sans le sou. Avec sa moustache, sa belle prestance, son ascendance normande, son athéisme, son pouvoir de captation et son mépris de l'amour, il apparaît comme une caricature de l'auteur. Du reste, Guy se fait volontiers appeler Bel-Ami et signera même de ce surnom plusieurs dédicaces de son livre. Cependant, contrairement à lui, son personnage est un roué sans le moindre scrupule, qui fait écrire ses premiers articles par sa maîtresse. Par la suite, Duroy se servira cyniquement des femmes, passant de l'une à l'autre avec une froide résolution pour assurer sa carrière. Il y parviendra en moins de trois ans, cumulant les bonnes fortunes et les honneurs, sans oublier les rentrées d'argent. En cours de route, Maupassant évoque, avec une verve impitoyable, les affaires coloniales de l'époque, les manœuvres des requins de la haute finance, les sordides rivalités des plumitifs, le rôle capital des femmes dans une société qui prétend les tenir en lisière. C'est à la fois un tableau exact de la vie parisienne et une étude de l'arrivisme triomphant. L'argent et le sexe. L'amour physique au service de la corruption, du chantage et du trafic d'influence. On mange, on boit, on couche, on se promène en calèche, on court renifler les relents épicés des Folies-Bergère, on fait de l'escrime, on va s'aérer à la campagne et, au-dessus de cette agitation quotidienne, plane une seule obsession : réussir en écrasant les autres.

Autour de Duroy s'agitent quelques femmes échauffées par la puissance génésique qu'il incarne. La très intellectuelle et politicienne Mme Forestier, qui lui sert de « nègre » à ses débuts, la brunette Mme de Marelle, qui l'entretient, souffre de ses trahisons mais lui pardonne et goûte un plaisir pervers à s'encanailler avec lui, la larmoyante Mme Walter, « vieille maîtresse acharnée », prête à tout pour garder son jeune amant, Rachel, la fille des Folies-Bergère, et jusqu'à la petite Laurine, enfant sauvage et pure, qui tombe en extase devant le beau mâle que sa mère reçoit dans son salon. Bel-Ami règne sur ses victimes avec une science de la séduction qui tient de la magie. Ce qui plaît le plus à ces dames, c'est sa moustache dont le contact à la fois chatouillant et soyeux fait courir un frisson sur leur peau. « Une moustache retroussée, écrit Maupassant, une moustache qui semblait mousser sur sa lèvre. » Sans doute pense-t-il à sa propre moustache, si prisée de ses nombreuses partenaires. De l'univers grouillant qu'il décrit dans *Bel-Ami* monte un mélange singulier d'odeurs : pourriture et parfum d'alcôve. Qu'il parle des femmes, des journalistes, de la banque ou de la politique, il a conscience de n'avoir pas forcé le trait. Mais, comme il l'a laissé entendre à François Tassart, il craint la réaction du public et des critiques. Et cela plus encore que pour *Une vie.*

En attendant l'« épreuve de vérité », il s'est enfin décidé à emménager dans son nouvel appartement, au rez-de-chaussée du 10 rue Montchanin[1]. La décoration des lieux lui a demandé beaucoup de soins et d'argent. Il a voulu un cadre somptueux et original. Dans un vaisselier, les inévitables faïences de Rouen, par terre une peau d'ours, comme siège, pour écrire, un traîneau hollandais. Partout, des bouddhas dorés, des saints de bois polychrome. Une chasuble drape le piano droit. Le lit est Henri II, le buffet Renaissance. Sur la table de toilette s'alignent des boîtes de poudre de riz et des flacons de parfum destinés aux jolies visiteuses. Quelques plantes grasses s'épanouissent dans une serre avec verrière. Des rideaux en perles et joncs séparent les pièces et cliquettent à chaque passage. Georges de Porto-Riche trouve ce logis « encombré de bibelots de mauvais goût, très chaud, très clos, très parfumé ».

Quant à Edmond de Goncourt, ayant rendu visite à son opulent confrère, il est horrifié : « L'invraisemblable et l'étrange mobilier ! écrit-il dans son *Journal.* Cré mâtin, le bon mobilier de putain. C'est celui de Guy de Maupassant dont je parle. Non, non, je n'en ai point encore vu de ce calibre. Figurez-vous, chez un homme, des boiseries bleu de ciel avec des bandes marron, une glace de cheminée à demi voilée par un rideau de peluche, une garniture en porcelaine bleu tur-

1. Aujourd'hui rue Jacques-Bingen.

quoise de Sèvres, de ce Sèvres monté en cuivre, particulier aux magasins où l'on achète des mobiliers d'occasion, et des dessus de porte composés de têtes d'anges en bois colorié, d'une ancienne église d'Etretat, des têtes ailées s'envolant sur des flots d'étoffes algériennes! Vraiment ce n'est pas juste à Dieu d'avoir donné à un homme de talent un si exécrable goût[1]. »

Dans cet intérieur surchargé et embaumé, qui respire une sensualité de cocotte, Maupassant a l'impression d'avoir concrétisé sa réussite. Il ne s'attarde pas longtemps d'ailleurs dans ses meubles, filant tantôt à Etretat, tantôt à Cannes, pour visiter sa mère, encore malade et geignante. Au début d'avril 1885, il entreprend même un plus long voyage et se rend à Rome avec le peintre Gervex et le journaliste Georges Legrand. Le romancier et dramaturge Henri Amic doit les rejoindre à Naples.

Guy considère le dépaysement comme une médecine idéale après un dur labeur. Il est prêt à tout admirer en Italie. Mais Venise le déçoit et il déteste Rome. Ses goûts en peinture vont plutôt à Meissonier. « *Le Jugement dernier*, de Michel-Ange, a l'air d'une toile de foire, peinte pour une baraque de lutteurs par un charbonnier ignorant, écrit-il à sa mère. C'est l'avis de Gervex et celui des élèves de l'Ecole de Rome avec qui j'ai dîné hier. Ils ne comprennent pas la légende d'admiration qui entoure cette croûte. Les Loges de Raphaël sont fort belles, mais peu émouvantes. Saint-Pierre est assurément le plus grand monument de mauvais goût qu'on ait jamais construit. Dans les musées, rien qu'un admirable Vélasquez[2]. »

1. Goncourt : *Journal*, le 18 décembre 1884.
2. Lettre du 15 avril 1885.

De Rome, il gagne Naples et, là, il tombe amoureux de ces rues tortueuses, de ces mendiants pouilleux, de ces prostituées à l'œil de braise, de ces églises baroques qui sentent l'encens et la crasse, de ces pizzerias d'où s'échappe une haleine de pâte chaude et d'ail. Il visite Herculanum, monte au Vésuve par le funiculaire, puis s'embarque pour Capri et pour Ischia. Le 15 mai 1885, il est à Raguse et écrit à Hermine Lecomte du Noüy : « Je me lève à quatre ou cinq heures du matin et puis je roule en voiture et je marche sur mes jambes. Je vois des monuments, des montagnes, des villes, des ruines, des temples grecs étonnants en des paysages bizarres, et puis des volcans, de petits volcans qui crachent de la boue et de grands volcans qui crachent du feu. Je vais partir dans une heure pour faire l'ascension de l'Etna... Mon estomac ne va guère et mes yeux ne vont pas du tout. Quant à mon cœur, il marche avec une régularité d'horloge et je grimpe les montagnes sans le sentir une seconde. »

Au milieu de toutes ces excursions et de toutes ces découvertes, il trouve le temps de lire, ou plutôt de se faire lire (car il a toujours mal aux yeux), *Germinal* de Zola et de féliciter l'auteur pour son dernier roman : « Vous avez remué là-dedans une telle masse d'humanité attendrissante et bestiale, fouillé tant de misères et de bêtise pitoyable, fait grouiller une telle foule terrible et désolante au milieu d'un décor admirable, que jamais livre assurément n'a contenu tant de vie et de mouvement, une pareille somme de peuple[1]. » Lui-même maintenant a hâte de rentrer à Paris pour assister au lancement de *Bel-Ami*. Il repasse par Rome, où il est l'hôte, avec Paul Bourget, du

1. Lettre de mai 1885.

comte Primoli. A la demande de Maupassant, le comte conduit les deux écrivains dans un bordel à soldats. Paul Bourget reste assis dans le salon, mais Guy, pour qui toute chair est bonne à prendre, monte à l'étage avec une fille aux formes croulantes. Ayant satisfait aux exigences de sa rude nature, il redescend, tout fier de lui, se plante devant Paul Bourget qui affecte une mine compassée et déclare avec ironie : « A présent, mon cher, je comprends votre psychologie[1] ! » Quelques jours plus tard, visitant Palerme, il demande à voir l'appartement où Richard Wagner a écrit les dernières mesures de *Parsifal*. Il y respire des effluves d'essence de roses et admire le raffinement du compositeur allemand qui a tellement parfumé les lieux où il a vécu qu'aujourd'hui encore on les croit habités par le maître. Mais, ce qui frappe surtout son imagination, c'est, au musée de la ville, un superbe bélier de bronze, provenant des fouilles de Syracuse. Il est fasciné par la bestialité primitive de cette statue et se reconnaît frère, par l'instinct, et presque par la fonction, de l'animal puissamment membré qu'elle représente. Le sens de sa vie lui apparaît dans une illumination : jouir et écrire. Rien d'autre ne compte. Néanmoins, ayant entendu parler d'un souterrain plein de momies que les touristes visitent avec un tremblement d'horreur, il décide de s'y rendre. Un moine, le capuchon sur les yeux, le pilote à travers les sinistres galeries des catacombes. Ecœuré et amusé à la fois, Guy passe en revue ces centaines de cadavres décharnés, dont les vêtements tombent en poussière. Des visages de parchemin, aux orbites creuses, à la denture saillante, semblent ricaner devant le troupeau des curieux. Les squelettes de

1. Rapporté par A. Lumbroso : *Souvenirs sur Maupassant.*

femmes portent des bonnets de dentelle, des robes flottantes aux rubans coquets, des bas qui pendent sur l'os. A les voir, Maupassant mesure mieux encore l'importance du plaisir immédiat. La vie est si courte qu'il faut se dépêcher de céder à tous les appétits qui sollicitent notre chair périssable. Crever, oui, mais après avoir épuisé la coupe des délectations. Il sort des catacombes ivre de vigueur et d'impatience. Plus tard, à Syracuse, contemplant une statue antique de Vénus, il s'extasiera devant le geste de la déesse de marbre qui, la main délicatement posée sur son sexe, « cache et montre, voile et révèle, attire et dérobe ». Cela, dit-il, « semble définir toute l'attitude de la femme sur terre[1] ».

Au vrai, tout ce qu'il a vu en Italie le renforce dans sa conception ironique et sombre de la condition humaine. Il n'a pas beaucoup lu, n'estime pas nécessaire de se cultiver davantage, veut être un écrivain d'instinct, non de réflexion, et se contente, pour la philosophie, des noires théories de Schopenhauer. Il déclare volontiers que l'illustre Allemand est devenu son maître à penser et que Voltaire, auprès de ce génie, n'est qu'un nain aux sarcasmes puérils. « Schopenhauer, dit-il, a marqué l'humanité du sceau de son dédain et de son désenchantement. » Cependant, il a aussi une profonde admiration pour Herbert Spencer, lequel professe que toute connaissance a ses limites et que la science n'est que duperie. Ce double parrainage intellectuel se retrouve dans la plupart des œuvres de Maupassant. Mais il y a un autre point qui le séduit dans la pensée de Schopenhauer : c'est l'opinion du philosophe d'outre-Rhin sur la femme, créature inférieure, futile, fourbe, dissimu-

1. *La Vie errante.*

lée, qui se sert de sa faiblesse et de sa grâce pour tenter d'asservir les mâles. Pour Maupassant comme pour Shopenhauer, elle est l'ennemie inévitable et indispensable. Il faut l'utiliser et la dominer. Surtout ne pas se laisser aller à la tendresse qui conduit infailliblement à la fidélité, donc à l'esclavage. Tout homme, dans ses rapports avec une maîtresse ou une épouse, doit choisir entre la muflerie qui le sauvera et la compréhension qui le perdra. Telle est bien l'opinion de Bel-Ami.

A mesure que la date de la publication approche, Guy sent croître son angoisse à l'idée de l'accueil qui attend son peu sympathique héros. Quand son roman sort en librairie, il se trouve encore à Rome. C'est là qu'il prend connaissance des premiers échos suscités par son œuvre. Tous les journalistes sont indignés par cette peinture au vitriol de leur milieu. Conscient d'avoir dangereusement augmenté le nombre de ses ennemis, Guy écrit aussitôt pour se justifier au rédacteur en chef de *Gil Blas*, où *Bel-Ami* a paru d'abord en feuilleton : « On semble croire que j'ai voulu, dans le journal que j'ai inventé, *La Vie française*, faire la critique, ou plutôt le procès de toute la presse parisienne. Si j'avais choisi pour cadre un grand journal, un vrai journal, ceux qui se fâchent auraient absolument raison contre moi; mais j'ai eu soin, au contraire, de prendre une de ces feuilles interlopes, sorte d'agence d'une bande de tripoteurs politiques et d'écumeurs de bourses, comme il en existe quelques-uns, malheureusement... Voulant analyser une crapule, je l'ai développée dans un milieu digne d'elle, afin de donner plus de relief à ce personnage... Or, comment a-t-on pu supposer une seconde que j'aie eu la pensée de synthétiser tous les journaux de Paris en un seul? » Et, pour mieux désarmer ses détracteurs, il ajoute : « Devenu journaliste par hasard, Bel-Ami s'est servi de la presse comme un voleur se sert d'une échelle... On semble croire que j'ai voulu faire le procès de toute la presse parisienne... Cela est tellement ridicule que je ne comprends vraiment pas quelle mouche a piqué mes confrères. »

Malgré ces protestations d'innocence, publiées par *Gil Blas* le 7 juin 1885, les lecteurs cherchent des clefs au roman. Certaines ressemblances s'imposent d'emblée. Ainsi Walter, le directeur du journal *La Vie française* dans lequel travaille Bel-Ami, est-il une copie exacte d'Arthur Meyer, le directeur du *Gaulois*. Et les journalistes qui l'entourent sont, eux aussi, croqués sur le vif. Collaborateurs de *Gil Blas,* du *Charivari* ou du *Grelot,* Maupassant les a rencontrés cent fois dans les salles de rédaction et dans les cafés. Il y a parmi eux de vrais écrivains et des fripouilles à l'affût du moindre ragot. Tous tirent à la ligne pour gagner leur croûte. C'est une foire d'empoigne dominée par la jalousie professionnelle et le culte de l'argent. Mais malheur à qui dénonce ces zélés serviteurs de l'actualité! Il est grand temps, pense Maupassant, de rentrer à Paris pour surveiller la vente du livre.

Heureusement, les critiques, dans l'ensemble, sont bonnes. On loue la vérité cruelle du récit et le caractère puissant du héros, type achevé de la canaillerie au service d'un froid arrivisme. En revanche, certains aristarques persistent à trouver que l'auteur a inutilement caricaturé le monde de la presse. Ces réserves ne troublent plus Maupassant. Il a voulu frapper fort. Et, cette fois encore, il a fait mouche. Une seule chose le chiffonne : Victor Hugo vient de mourir, et cette disparition a plongé le pays dans la stupeur. Les funérailles nationales qui doivent honorer le gigantesque vieillard détournent le public des autres événements littéraires. Dans les salons et dans la rue, il n'y a plus d'intérêt que pour ce défunt admirable, qui a voulu être porté au cimetière dans le corbillard des pauvres. « Rien de nouveau pour *Bel-Ami*, écrit Maupassant à sa mère. Je me remue beaucoup pour activer la vente, mais sans grand succès. La mort de Victor Hugo lui a porté un coup terrible. Nous sommes à la vingt-septième édition, soit treize mille vendus. Comme je te le disais, nous irons à vingt mille ou vingt-deux mille. C'est fort honorable, et voilà tout[1]. »

Pourtant, peu à peu, la vente s'accélère et Maupassant retrouve le sourire. Sa satisfaction serait complète s'il n'avait des douleurs fulgurantes dans l'œil droit et dans la tête. En outre, il est sujet, de plus en plus souvent, à un étrange dédoublement qui le jette hors de lui-même. « Je l'ai vu plus d'une fois s'arrêter au milieu d'une phrase, les yeux fixés dans le vide, le front plissé, comme s'il écoutait quelque bruit mystérieux, écrira François Tassart. Cet état ne durait que quelques secondes, mais, en reprenant la parole, il parlait d'une voix plus faible et soigneusement espaçait ses mots. » Parfois aussi, en se regardant dans une glace, Maupassant perd soudain la notion de son identité et se demande, stupéfait, quel est cet étranger qui le dévisage avec une attention malveillante. Inquiet devant la recrudescence de ses troubles, il décide de faire une cure à Châtelguyon. Mais il est incapable de se reposer. A peine installé à l'hôtel, il songe à un nouveau roman, *Mont-Oriol*, dont l'action se situerait précisément dans une station thermale.

Là, tout en observant les curistes, tout en prenant des notes, tout en se promenant dans la

1. Lettre du 7 juillet 1885.

campagne environnante, il réfléchit gravement à son art et à sa carrière. A un correspondant qui l'interroge sur sa conception du roman, il répond avec une docte assurance : « Je crois que, pour *produire,* il ne faut pas trop raisonner. Mais il faut regarder beaucoup et songer à ce qu'on a vu. *Voir* : tout est là, et voir juste. J'entends par voir juste, voir avec ses propres yeux et non avec ceux des maîtres. L'originalité d'un artiste s'indique d'abord dans les petites choses et non dans les grandes. Des chefs-d'œuvre ont été faits sur d'insignifiants détails, sur des objets vulgaires. Il faut trouver aux choses une signification qui n'a pas encore été découverte et tâcher de l'exprimer d'une façon personnelle. Celui qui m'étonnera en me parlant d'un caillou, d'un tronc d'arbre, d'un rat, d'une vieille chaise, sera, certes, sur la voie de l'art et apte, plus tard, aux grands sujets... Et puis, je crois qu'il faut éviter les inspirations vagues. L'art est *mathématique,* les grands effets sont obtenus par des moyens simples et bien combinés. Je crois que le talent n'est qu'une longue réflexion, étant donné qu'on a l'intelligence... Mais surtout, surtout n'imitez pas, ne vous rappelez rien de ce que vous avez lu; oubliez tout, et (je vais vous dire une monstruosité que je crois absolument vraie), pour devenir bien personnel, *n'admirez personne*[1]. »

Ayant expédié cette lettre, Guy pense avec mélancolie à ses propres débuts d'écrivain. Son tour serait-il venu de pontifier devant les jeunes? Quel chemin parcouru depuis le temps où, incertain de son avenir, il sollicitait les conseils du cher grand Flaubert!

1. Lettre à Maurice Vaucaire, du 17 juillet 1885.

XII

L'AIR DES SALONS ET L'AIR DU LARGE

Porté par le succès, Maupassant étend le cercle de ses relations mondaines. Parmi toutes les femmes de la haute société qui l'honorent de leur admiration, celle dont il se déclare le plus proche est Hermine Lecomte du Noüy. Epouse d'un architecte français qui poursuit une brillante carrière en Roumanie, elle refuse de vivre avec son mari à Bucarest et se morfond dans un amour exacerbé par la séparation. Elle a eu de lui un fils, le petit Pierre[1], qu'elle entoure de soins mais qui ne suffit pas à meubler sa solitude. Maupassant est son voisin à Etretat où elle possède une villa, nommée « La Bicoque ». Elle est flattée de l'affection déférente qu'il lui témoigne. Il dit d'elle qu'elle a « le génie de l'amitié ». Nulle part il ne se sent aussi en confiance qu'auprès d'elle. Cette jolie blonde évaporée a, en réalité, du caractère, de l'audace et du goût pour les lettres. Elle fait la lecture à Guy quand il souffre des yeux. Etendu sur un canapé, dans la pénombre, il l'écoute avec délectation lire la correspondance de Diderot avec Mlle Volland, Mlle de Lespinasse et Mme d'Epinay. « Un jour,

1. Futur biologiste de grande renommée (1883-1947).

écrira Hermine Lecomte du Noüy, Maupassant s'amusa à composer sur le modèle d'une chanson de Mme du Deffand neuf couplets assez lestes, qui sont d'un comique excellent[1]. » De temps à autre, une plaisanterie scabreuse de Guy la choque. Mais elle ne déteste pas d'être ainsi attaquée dans sa pudeur. L'attachement qu'elle éprouve pour ce célèbre écrivain aux façons cavalières est d'abord purement platonique. Elle est trop amoureuse de son lointain mari pour s'ouvrir à une autre séduction. Puis, peu à peu, les relations entre elle et Guy se resserrent. Elle l'accueille avec une coquetterie et une gratitude croissantes. Il tient une telle place dans son existence que, bien plus tard, elle évoquera leur rencontre dans un roman publié anonymement, *Amitié amoureuse,* et dans un volume de souvenirs : *En regardant passer la vie.* Pour l'instant, elle se débat, face à Maupassant, entre la tentation de lui céder et le plaisir de lui résister. Il accepte le jeu, lui le trousseur de jupons, avec le sentiment vaniteux d'être enfin distingué par une femme réputée inaccessible. « Donnez-moi vos mains. Je vous baise aussi les pieds[2] », se permet-il de lui écrire. A-t-il osé aller plus loin? Rien ne permet de l'affirmer. Il semble même que cette idylle, si importante pour Hermine, n'ait été pour lui qu'une sorte de respiration entre deux aventures plus banales et plus substantielles.

A Etretat, ce qui l'occupe, outre le flirt avec sa voisine, c'est la chasse. Il raffole de ces expéditions à l'aube, dans le froid et la brume, le dos courbé, les mains dans les poches et le fusil sous le bras. « Nos chaussures, enveloppées de laine afin de pouvoir marcher sans glisser sur la rivière gelée, ne

1. Hermine Lecomte du Noüy : *En regardant passer la vie.*
2. Lettre de novembre 1886.

faisaient aucun bruit, écrira-t-il dans *Amour*. Et je regardais la fumée blanche que faisait l'haleine de nos chiens. » Analysant avec finesse les voluptés cynégétiques, il dira encore, dans le même conte : « Je suis né avec tous les instincts et les sens de l'homme primitif tempérés par des raisonnements et des émotions de civilisé. J'aime la chasse avec passion; et la bête saignante, le sang sur les plumes, le sang sur mes mains me crispent le cœur à le faire défaillir. » Oui, il y a en lui une cruauté essentielle, venue du fond des âges, aussi bien devant la femme à soumettre que devant la bête à tuer. Ce sadisme éclate dans un grand nombre de ses récits. Qu'il évoque le viol d'une fillette, la face couverte d'un mouchoir et les cuisses maculées de sang *(La Petite Roque)*, ou le massacre d'un âne par deux imbéciles *(L'Ane)*, ou le sacrifice d'un chardonneret à qui un magistrat détraqué coupe la gorge avec des ciseaux *(Un fou)*, ou le supplice d'une pieuvre brûlée vive par un mari jaloux, lequel a l'impression de se venger ainsi de son épouse infidèle symbolisée par le monstre marin *(Un soir)*, il y a dans ses descriptions une sorte de lyrisme barbare, d'exactitude perverse et jubilatoire. Et il ne s'agit pas là d'une simple attitude de conteur qui appuie sur les effets pour secouer l'apathie du public. Dans la vie comme dans l'écriture, il est capable tour à tour de pitié et de violence, de délicatesse et de grossièreté. Il le confirme dans ses lettres, avec une sincérité évidente : « J'aime tirer mon coup de fusil sur un oiseau qui passe, et que je tue, et que je regrette d'avoir tué en le voyant mourir, avouera-t-il à Mme Straus. Et je repars avec ce remords de la bête agonisante, dont les tressaillements me restent dans l'œil... Et je recommence... Il faut sentir, tout est là, il faut sentir comme une brute pleine de nerfs qui comprend qu'elle a senti et que chaque sensation secoue comme un tremblement de terre[1]. » Cette communion avec la nature, il l'éprouve d'ailleurs aussi bien à la campagne que sur la mer. Il a le culte de la glèbe, des arbres, des bêtes sauvages, de l'eau qui bouge. « Mes yeux ouverts, à la façon d'une bouche affamée, dévorent la terre et le ciel, écrit-il dans *La Vie d'un paysagiste*. Oui, j'ai la sensation nette et profonde de manger le monde avec mon regard et de digérer les couleurs, comme on digère les viandes et les fruits. »

Cependant, après des semaines de solitude, d'effort physique et de vagabondage, il ne lui déplaît pas de regagner Paris. Là, il se replonge, avec un écœurement délectable, dans les salons, les soirées théâtrales et les dîners littéraires. Il a découvert depuis peu l'attrait de la société intellectuelle juive qui règne sur la capitale. Dès le 25 novembre 1885, Edmond de Goncourt note dans son *Journal* : « Les femmes juives de la société sont, à l'heure qu'il est, de grandes liseuses, et seules, elles lisent – et osent l'avouer – les jeunes talents honnis par l'Académie. » En effet, quelques grandes familles israélites, enrichies sous le Second Empire, reçoivent, dans leurs somptueuses demeures, tout ce que la ville compte d'artistes, d'écrivains, de journalistes, d'avocats et d'antiquaires en renom. Attentif à ce phénomène, Guy s'en inspire pour peindre, dans le roman auquel il travaille, les agissements astucieux du financier juif William Andermatt. « La race juive, écrit-il, est arrivée à l'heure de la vengeance. Race opprimée comme le peuple français avant la Révolution et qui maintenant allait opprimer les autres par la puissance de

1. Lettre de 1888.

l'or[1]. » A l'instar d'un grand nombre de ses contemporains, il éprouve une aversion irraisonnée envers ces brasseurs d'argent qui, après avoir été longtemps écartés du pouvoir, affirment leur réussite dans les domaines de la finance, de la culture et de la politique. Pourtant, à l'inverse de l'antisémitisme global de Drumont qui écrit dans *La France juive* : « Tout vient du Juif; tout revient au Juif », l'antisémitisme de Guy est nuancé, timide, sélectif. On pourrait presque parler d'une estime inquiète. Sa méfiance va surtout aux hommes qui manient d'énormes capitaux et spéculent d'un pays à l'autre, les Pereire, les Rothschild, les Fould... S'il les condamne pour leur obsession du gain et leur soif d'hégémonie, il est ébloui par leurs femmes. Normand de souche, il savoure en secret le mystère des belles Juives qui lui paraissent venues d'une autre terre, d'une autre civilisation. Auprès d'elles, il a l'impression de voyager tout en restant en France. N'ont-elles pas du sang de sorcière dans les veines? Il est normal qu'elles soient les reines de cette IIIe République à ses débuts et qu'elles complotent pour la désignation d'un ministre ou l'élection d'un académicien.

La plus captivante de ces filles de Sion lui semble Marie Kann, d'origine petite-russienne[2]. Sœur de Mme Cahen d'Anvers, elle habite avec elle l'élégant hôtel du maréchal de Villars, 118 rue de Grenelle. Là on rencontre aussi bien Paul Bourget que le professeur Widal, Edmond de Goncourt que le peintre Bonnat, l'abbé Mugnier qu'Edmond Rostand. Brune de cheveux, blanche de peau, Marie Kann affecte une indolence rêveuse que Maupas-

1. *Mont-Oriol.*
2. Quelques années après son mariage avec M. Kann, celui-ci dut être interné à la clinique du docteur Blanche, où il mourut fou.

sant juge irrésistible. Il n'est pas le seul. Rentrant d'un de ses dîners, Edmond de Goncourt note, le 7 décembre 1885, dans son *Journal* : « Trois domestiques échelonnés sur l'escalier, la hauteur des portes à deux battants, l'immensité des appartements, la succession des salons aux murs de soie vous disent que vous êtes dans un logis de la banque israélite... Sur un canapé est nonchalamment assise Mme Kann, avec ses grands yeux cernés, tout pleins de la langueur des brunes, son teint de rose thé, son noir grain de beauté sur une pommette, sa bouche aux retroussis moqueurs, son décolletage à la blancheur d'une gorge de lymphatique, ses gestes paresseux, brisés et dans lesquels monte, par moments, comme une fièvre. Cette femme a un charme à la fois mourant et ironique tout à fait singulier et auquel se mêle la séduction particulière des Russes : la perversité intellectuelle des yeux et le gazouillement ingénu de la voix... Cependant, si j'étais encore jeune, encore en quête d'amours, je ne voudrais d'elle que sa coquetterie : il me semblerait que si elle se donnait à moi, je boirais sur ses lèvres un peu de mort. Par moments, elle a contre elle des resserrements de bras, qui me font penser à un corps ligoté dans un cercueil. » La conversation, ce soir-là, est résolument funèbre. On parle des noyés exposés à la morgue. Aussitôt Maupassant se lance dans une évocation réaliste des macchabées qu'il a repêchés dans la Seine. Il donne des détails horribles pour effaroucher les dames. Edmond de Goncourt, qui l'observe avec malveillance, devine son jeu et écrit : « Il [Maupassant] s'étend, il appuie sur la *bouillie*, le *papier mâché*, la dégoûtation de ces cadavres, avec la préméditation – c'est très sensible – d'agir sur la cervelle des jeunes femmes qui sont là et d'y caser sa personne de narrateur, qui fait peur, dans un coin de cauchemar. » Assise sur une chaise, « sourieuse et apeurée et adorablement crevarde », Marie Kann ne quitte pas des yeux cet invité aux épaules puissantes, qui parle crûment des choses les plus sacrées et dont on raconte qu'il n'a pas son pareil pour contenter une femme. Elle est engagée dans un flirt avec le délicat Paul Bourget. Ne devrait-elle pas lui préférer le vigoureux taureau d'Etretat ? Elle se pose la question mais préfère laisser au temps le soin de la résoudre. Guy, de son côté, est partagé entre la fascination qu'exerce sur lui la morbide Marie Kann et l'intérêt, plus intellectuel, qu'il porte à une autre jeune femme de la haute société juive, Geneviève Straus. Fille du compositeur Fromental Halévy, l'auteur de *La Juive,* veuve, en 1875, de Georges Bizet, elle a épousé, en secondes noces, l'avocat Emile Straus. Elle n'est pas belle selon le canon classique. Mais son regard direct, son esprit pétillant et l'étendue de sa culture font oublier l'irrégularité de ses traits. Edmond de Goncourt dit d'elle qu'elle a « le tempérament d'un homme » et qu'elle ne supporterait pas d'être « enchaînée ». Chez cette autre égérie, Maupassant rencontrera de nombreux jeunes gens qui se destinent aux lettres, parmi lesquels Daniel Halévy, Fernand Gregh, Robert de Flers, Louis de La Salle et un lycéen timide, nommé Marcel Proust. Celui-ci se souviendra de Geneviève Straus et de son mari pour peindre la duchesse et le duc de Guermantes, dans *A la recherche du temps perdu.*

Maupassant, lui, ne songe pour l'instant qu'à faire bonne figure dans ce salon si parisien et dont l'hôtesse a une telle influence auprès de la critique. Pour mieux la conquérir, il sollicite d'elle la grâce d'un tête-à-tête. « Je vais être très indiscret et très égoïste, lui écrit-il. Ne serait-il pas possible de vous rencontrer quelquefois chez vous hors des heures d'affluence mondaine? Si vous me trouvez raseur, dites-le. Je ne me froisse pas. Au fond, cette demande est très modeste et n'a que le tort de n'être point faite en vers. N'est-il pas naturel, en effet, de demander à voir plus souvent et à voir seules pour les bien goûter, pour bien savourer leur charme et leur grâce, les femmes dont on subit la séduction?... J'aime venir quand je me sens attendu, regardé seul, écouté seul, être seul à vous trouver belle et charmante, et je ne reste pas trop longtemps, je le promets... Vous penserez sans doute que vous me connaissez encore bien peu et que je vais vite à réclamer des privilèges d'intimité? A quoi me servirait d'attendre davantage? Et pourquoi? Je sais maintenant votre attrait et combien j'aime et combien me plaît et combien me plaira chaque jour davantage la nature de votre esprit. » Et, pour conclure, ce misogyne invétéré se fend d'une déclaration d'allégeance envers le sexe faible : « J'estime qu'une femme est une *souveraine* qui a le droit de faire uniquement ce qui lui plaît, d'obéir à tous ses caprices, d'imposer toutes ses fantaisies et de ne rien tolérer qui lui soit une gêne ou un ennui[1]. » Plus tard, il invitera même Geneviève Straus à dîner chez lui, rue Montchanin, avec des amis. « Je sais qu'il n'est guère admis qu'une femme aille dîner chez un garçon, lui dit-il, mais je ne comprends pas trop en quoi cela peut être choquant du moment que cette femme y rencontre d'autres femmes qu'elle connaît? Et puis, si je vous donnais la liste de toutes les personnes qui sont venues déjeuner ou dîner chez moi, soit à Cannes, soit à Etretat, soit ici, vous verriez qu'elle est longue et *pleine de noms distin-*

1. Lettre de l'été 1886.

gués. Enfin, Madame, vous me rendriez fort heureux en acceptant et je vous promets de ne pas envoyer au *Gil Blas* l'écho de ce dîner[1]. » Cette recherche des « noms distingués », cette promesse ironique de ne pas alerter les journalistes du *Gil Blas* attestent à elles seules le snobisme calculé de Maupassant. Avec méthode, il poursuit la conquête de la capitale à travers quelques femmes du monde. Hermine Lecomte du Noüy, Emmanuela Potocka, Marie Kann, Geneviève Straus forment derrière son dos un quatuor de charme. Plus ou moins amoureuses de lui, elles servent sa renommée, mais n'hésitent pas à lui jouer parfois un vilain tour. « Oisifs et oisives, écrit Léon Daudet, découvrirent avec plaisir cette nouvelle tête de Turc normand, passionné et congestif, féru de canotage et d'exhibitions musculaires, auquel on s'amusa à monter les pires bateaux. » Ainsi Mme Cahen d'Anvers, ayant invité Guy à un dîner, lui fait dire, par ses amis, qu'il devra se présenter en habit rouge. Quand il arrive, il découvre que les autres convives sont en noir. Autour de lui, on pouffe de rire. Toute sa soirée en sera gâchée.

Cependant, Geneviève Straus est de plus en plus sensible à la cour que lui fait cet écrivain rustaud, prétentieux et génial. Edmond de Goncourt est même persuadé que la jeune femme aurait « tout abandonné pour Maupassant », s'il en avait exprimé le vœu avec assez d'insistance. Et il donne, dans son *Journal*, un portrait lestement enlevé de cette petite personne énigmatique et délurée : « Elle est en robe de chambre de soie claire et molle et bouffante, et garnie de haut en bas de gros nœuds floches, paresseusement enfoncée dans un profond fauteuil, avec la mobilité

1. Lettre de 1887.

fiévreuse de ses doux yeux de velours noir, avec la coquetterie des poses maladives, et ayant sur ses genoux Vivette, une caniche noire, aux pattes montrant la ténuité d'une petite serre d'oiseau[1]. » Ce jour-là, elle parle de l'amour avec mélancolie, disant qu'après la possession « il est rare que deux amants s'aiment d'un amour égal ». Les messieurs l'écoutent avec un intérêt émoustillé. Sans doute Maupassant est-il du nombre. Edmond de Goncourt le déteste pour sa réussite d'homme à femmes et d'écrivain à gros tirage. « Et pourquoi aux yeux de certaines gens Edmond de Goncourt est-il un gentleman, un amateur, un aristocrate qui fait joujou avec la littérature et pourquoi Guy de Maupassant, lui, est-il un véritable homme de lettres? écrit-il avec rage. Pourquoi, je voudrais bien qu'on me le dise[2]? » Son animosité est telle que, tout au long de sa vie, il dénoncera la vulgarité, l'orgueil fou et le talent soufflé de son rival. Il affirmera que Maupassant est « le Paul de Kock des temps présents », que sa prose est « de la bonne copie appartenant à tout le monde », qu'il s'aplatit honteusement dans le « grand monde chic », qu'il reçoit ses visiteuses en exhibant son sexe sur lequel il a peint des chancres pour les effrayer et que, du reste, sa gloire a été orchestrée par ses amies juives[3]. « Le succès de Maupassant près des femmes *putes* de la société constate leur goût *canaille*, écrira-t-il encore [pour achever d'écraser celui qu'il considère comme un arriviste]. Je n'ai jamais vu chez un homme du monde un teint plus sanguin, des traits plus communs, une architecture de l'être plus peuple, et là-dessus,

1. Goncourt : *Journal*, le 28 mars 1887.
2. *Ibid.*, le 27 mars 1887.
3. *Ibid.*, les 9 janvier, 5 février, 6 juillet 1888 et 15 avril 1895.

des vêtements ayant l'air de venir de *La Belle Jardinière* et des chapeaux enfoncés jusqu'aux oreilles. Les femmes du monde aiment décidément les beaux *grossièrement beaux*[1]. » Et aussi : « La société juive a été funeste à Maupassant et à Bourget. Elle a fait de ces deux êtres intelligents des *gandins des lettres,* avec toutes les petitesses de la race[2]. »

Mais Maupassant ne se sent nullement compromis par ses fréquentations mondaines. Il lui semble même que, grâce à elles, sa carrière suit une ligne constamment ascendante. Selon Jacques-Emile Blanche, l'auteur d'*Une vie* chancelle sous le poids des invitations. « Quand un ami lui demande de venir dîner chez lui, écrit-il, M. Guy de Maupassant ouvre gravement, comme un docteur, un petit carnet aux coins dorés, et lui indique un jour très éloigné. »

Avec quelle aisance Guy s'est détaché de son milieu familial ! Son père et son frère, réfugiés dans leur grisaille, dans leur médiocrité, doivent, pense-t-il, envier sa réussite. Il les aime bien, mais n'éprouve pas le besoin de leur faire savoir ni de prendre régulièrement de leurs nouvelles. Sa mère le tient au courant de l'existence oisive et terne d'Hervé et il se contente de ces rares échos. Dans un réflexe de vanité, Laure a reporté toute sa tendresse, toute son admiration sur l'écrivain exceptionnel qui est sorti, par miracle, de ses flancs. Il est, estime-t-elle, la récompense suprême de sa vie de femme. Néanmoins, la santé de Guy l'afflige, car elle craint qu'il n'ait hérité d'elle un certain dérèglement nerveux. Le poète Tancrède Martel, qui rencontre Maupassant sur les boule-

1. Goncourt : *Journal,* le 9 juillet 1893.
2. *Ibid.,* le 22 juillet 1891.

vards, note qu'il paraît étrangement las et comme rongé de l'intérieur. « Son teint bruni, sa moustache écourtée, son pas lent, désœuvré, lui donnaient l'aspect d'un colonial fatigué par un long séjour au soleil ou abusant des stupéfiants, écrit-il. Son mépris pour les passants perçait dans ses regards. » Et le romancier Maurice Talmeyr renchérit : « La détresse vitreuse de ses yeux était toujours la même, mais plus sombre, plus désolée, plus vitreuse encore, et il me disait en m'attirant à part : " Voilà, mon cher ami, où j'en suis... Je suis fini ! " »

Par réaction contre cet abattement, qu'il attribue à la stupide existence citadine, Guy décide tout à coup de fuir Paris pour respirer l'air du large. Le voici à Antibes, où il a loué la villa « Le Bosquet », une belle maison provençale aux volets verts, appartenant à l'officier de marine Maurice Muterse. Sa mère habite avec lui. A la fois fragile et indestructible, Laure va cahin-caha, de migraine en migraine. Cependant son esprit est toujours aussi vif et son comportement de plus en plus autoritaire. Elle aime à se promener dans le jardin avec son fils, au pâle soleil de l'automne, et à l'entendre parler de ses projets, de ses travaux, de ses aventures. Les succès féminins de Guy l'amusent et la flattent. Sur toute chose, elle donne son avis avec assurance. Et il se dit, en l'écoutant, qu'après la disparition de Flaubert elle représente le seul point fixe, la seule référence immuable dans sa vie si dispersée.

Tous les matins, il est à sa table de travail et peine sur son roman, *Mont-Oriol.* Pourtant il dispose, depuis peu, d'un merveilleux moyen de diversion à ses besognes littéraires : un beau yacht de onze mètres de long, jaugeant neuf tonneaux. Il l'a acheté pour mille huit cents francs à un confrère, Paul Saunière, et l'a baptisé, bien entendu, *Bel-Ami.* Bas sur l'eau, la coque élancée, la voilure généreuse, le navire contient quatre couchettes pour les passagers, mais peut recevoir huit personnes à son bord. L'équipage se compose de deux marins expérimentés, Bernard et Raymond. « Bernard, le patron, est maigre, souple, remarquablement propre, soigneux et prudent, écrira Maupassant dans *Sur l'eau.* Barbu jusqu'aux yeux, il a le regard bon et la voix bonne... Mais tout l'inquiète en mer, la houle rencontrée soudain et qui annonce de la brise au large, le nuage allongé sur l'Esterel qui révèle du mistral dans l'ouest, et même le baromètre qui monte, car il peut indiquer une bourrasque de l'est. » Quant à Raymond, le second, c'est « un fort gars brun et moustachu, infatigable et hardi, aussi franc et dévoué que l'autre, mais moins mobile et nerveux, plus calme, plus résigné aux surprises et aux traîtrises de la mer ».

Chaque fois qu'il monte sur son bateau, Maupassant respire une bouffée d'orgueil. Il contemple le pont en lattes de teck, le gréement robuste, la barre de cuivre rouge massif et songe que tout cela il l'a payé avec ses droits d'auteur. De la quille à la pomme de mât, ce superbe jouet est le symbole de sa réussite. Avant l'aube, Bernard se rend à la villa et jette du sable dans la fenêtre de l'écrivain pour le réveiller. Aussitôt, Guy bâcle sa toilette et se rend sur le port. On appareille au petit matin. Les étoiles pâlissent. Au loin, les Alpes sortent de l'ombre et se colorent de rose. Le phare de Villefranche balaie encore la mer de son faisceau lumineux, puis s'éteint. Entre ciel et eau, Maupassant goûte l'ivresse de la solitude, de la liberté et de l'accord avec la vague et le vent. Ce glissement silencieux lui apporte une paix de l'âme si profonde, si élémentaire qu'il ne souhaite même pas découvrir de nouveaux rivages. Ses croisières se limitent aux ports de la côte : Villefranche, Nice, Cannes, Saint-Tropez, Marseille, parfois Portofino... Quand il revient à Antibes, il a l'impression de s'être purifié le cerveau avec un jet d'eau fraîche.

En décembre, il quitte la villa « Le Bosquet » pour s'installer dans le « Chalet des Alpes », au sommet du chemin de la Badine. De là, il a une large vue sur la chaîne des montagnes et, plus près, sur Antibes et les remparts de Vauban. Quand la brise est bonne, Bernard hisse le pavillon du propriétaire et on organise une sortie en mer. Par mauvais temps, Maupassant se console en faisant des armes. Il lui arrive aussi de rendre visite, en voisin, à son frère Hervé, qui s'est un peu assagi et a créé, grâce aux subsides de Guy, une entreprise d'horticulture à Antibes.

Le 19 janvier 1886, Hervé se range définitivement et épouse une jeune fille originaire des environs de Grasse, Marie-Thérèse Fanton d'Andon. Cette union laisse Maupassant perplexe. Ne devrait-il pas, lui aussi, se décider ? Il en parle, avec un soupir désabusé, à son valet de chambre. Mais ce n'est qu'une idée en l'air. La créature idéale est, se dit-il, une invention d'impuissant. Nulle femme ne mérite qu'on se lie à elle pour la vie. Aussi, incapable de se fixer, ne trouve-t-il de satisfaction que dans le changement de partenaire. S'il prend un certain plaisir aux galanteries mondaines, c'est à condition de pouvoir ensuite forniquer avec de vraies garces. Son priapisme inquiète Paul Bourget. Un jour, Maupassant l'invite à faire l'amour avec une de ses maîtresses qui sera masquée pour l'occasion. C'est, affirme-t-il, l'épouse d'un universitaire et elle ne veut pas être reconnue. Elle arrive en effet, un loup sur le visage, et se déshabille en un tournemain. Devant ce corps brusquement dénudé, Paul Bourget, frappé de stupeur, se dérobe. Alors la femme, déçue, crie à Maupassant : « A moi, mon faune! » et se jette sur lui, la bouche goulue. Tapi dans son coin, l'auteur du *Disciple* assiste, gêné, à une scène de fellation sauvage. Peu après, c'est Catulle Mendès qui vient chez Maupassant avec une amie pour une partie carrée. « Alors, racontera Paul Bourget à Edmond de Goncourt, entre eux quatre avait lieu une terrible orgie, au bout de laquelle la femme de l'universitaire, dans une crise hystérique, allait chercher dans la chambre voisine le revolver de Maupassant et en tirait des coups à Maupassant et à Mendès, et il arrivait que Maupassant se blessait à la main en la désarmant. Ce serait cette blessure que Maupassant, rencontré un soir par moi en chemin de fer, m'aurait donnée pour une blessure faite par un mari qu'il était en train de déshonorer[1]. »

Dans la plupart des cas, ces débordements sexuels se pratiquent pendant les séjours de Maupassant à Paris et à Etretat. A Antibes, tout au contraire, il mène une existence quasi monacale. « Que vous dirai-je d'ici? écrit-il à Hermine Lecomte du Noüy. Je navigue et je travaille surtout. Je fais une histoire de passion [*Mont-Oriol*] très exaltée, très alerte, et très poétique. Ça me change et m'embarrasse. Les chapitres de sentiments sont beaucoup plus raturés que les autres. Enfin, ça vient tout de même. On se plie à tout avec de la patience[2]. » Et un peu plus tard, toujours à Hermine Lecomte du Noüy : « Je vis dans une solitude absolue. Je travaille et je navi-

1. Goncourt : *Journal*, le 17 novembre 1892.
2. Lettre du 2 mars 1886.

gue, voilà toute ma vie. Je ne vois personne, personne, ni le jour, ni le soir. Je suis dans un bain de repos, de silence, dans un bain d'adieu. Je ne sais pas du tout quand je rentrerai à Paris[1]. »

Il lui arrive de garder la chambre, plusieurs jours d'affilée, les volets clos, pour reposer ses yeux. Puis il revient à son manuscrit avec une obstination farouche. Au cours de l'année écoulée, il a publié une trentaine de contes, de chroniques, et une préface à *Manon Lescaut*. Le 16 janvier 1886, sort en librairie son recueil de nouvelles intitulé *Toine*. Soucieux de changer d'éditeurs pour diviser les risques et régner avec plus d'autorité sur la profession, il s'est adressé, cette fois, à Marpon et Flammarion. Le mois suivant, un autre volume de nouvelles, *Monsieur Parent*, voit le jour chez Ollendorff. A la fin de mai, c'est Havard qui met en vente *La Petite Roque*. Guy en dédicace un exemplaire à la comtesse Potocka avec cette formule ambiguë : « Hommage d'un méconnu. »

Malgré l'avalanche des livres de Maupassant dans les librairies, le succès ne se dément pas. La critique loue l'émotion violente et le style vigoureux et sobre de l'auteur. Le public se plonge, avec un délicieux frisson, dans cette faune si diverse, où grouillent paysans et prostituées, femmes du monde et détraqués mentaux. De l'avis unanime, peu d'écrivains ont un pareil don de pénétration dans l'épaisseur de la nature et les détours de l'âme. Tout sonne vrai dans ces pages qui semblent écrites au courant de la plume. Conscient de l'emballement incroyable qu'il suscite parmi ses lecteurs, Maupassant soigne sa publicité, envoie des échos à la presse, tient un compte serré de ses ventes et houspille les éditeurs s'ils tardent à lui

1. Lettre de novembre 1886.

régler ses droits. Apre au gain, déterminé en affaires, il a toujours peur de se faire rouler par quelqu'un de plus malin que lui. Quand il a des doutes sur la régularité d'un contrat, il consulte un avocat, en l'espèce Me Emile Straus, le mari de la séduisante Geneviève.

Par ailleurs, il sait que sa notoriété littéraire et ses succès féminins lui valent de nombreux ennemis chez ses confrères. Il a beau participer aux réunions qu'Edmond de Goncourt a instituées dans son grenier d'Auteuil et à de fréquents dîners d'écrivains, partout, sous des visages avenants, il devine la jalousie, quelquefois même la haine. Au mois de mai 1886, alors qu'il vient de publier *La Petite Roque*, le jeune chroniqueur et romancier Jean Lorrain fait paraître un roman intitulé *Très russe*. Ce Jean Lorrain, de son vrai nom Paul Duval, était, dans son enfance, un compagnon de jeux d'Hervé, à Etretat. Plus d'une fois, Guy, leur aîné à tous deux, les avait effrayés en se déguisant, avec un drap, en fantôme. Or, aujourd'hui, c'est Jean Lorrain qui fait une farce à Maupassant. Homosexuel, désaxé, courant aussi bien les salons que les cabarets louches, le timide camarade d'Hervé est devenu un redoutable colporteur de ragots. En lisant son livre, Maupassant est comme foudroyé par un accès de colère. Il se reconnaît dans le personnage grotesque de l'écrivain Beaufrilan. Le héros du roman, Mauriat, est jaloux de ce bellâtre. « Jaloux, dit-il, de ses biceps travaillés aux haltères trois heures chaque matin pour épater les femmes, jaloux de ses chapeaux à coiffe de satin... Un véritable homme de lettres, lui, par lui-même estampillé pour Paris, la province et l'étranger. » Et Jean Lorrain, poussant plus loin la caricature, ajoute : « Il a un passé de vieilles hystériques, bas-bleus d'alcôve, éprises du beau mâle qu'il se glorifie d'être... C'est l'étalon modèle, littéraire et plastique, du grand haras Flaubert, Zola et Cie, vainqueur à toutes les courses de Cythère et primé jusqu'à Lesbos, couru et hors concours. » Vantard et obtus, Beaufrilan – alias Maupassant – se laisse berner par la femme dont Mauriat est amoureux, une aventurière russe, Mme Litvinoff. Croyant coucher avec elle, il passe la nuit avec une servante, tandis que Mauriat rit de l'affaire dans les bras de sa maîtresse. Persuadé que tout Paris l'identifiera avec le stupide Beaufrilan, Maupassant décide de provoquer Jean Lorrain en duel. Etant l'offensé, il choisit comme arme le pistolet. Il y est imbattable. Peu lui importe d'avoir condamné naguère les rencontres d'honneur, parce que, selon sa propre expression, elles passent « les limites de la niaiserie autorisée[1] ». Aujourd'hui, il ne rêve plus que de trouer la peau du pâle gredin qui a osé érafler son amour-propre. Des témoins sont choisis de part et d'autre. Mais, le jour même, Jean Lorrain, apeuré, se rétracte et déclare publiquement que Beaufrilan est « fabriqué d'après plusieurs individus » et que Maupassant n'a pas agi autrement en créant le personnage de Bel-Ami. A contrecœur, Maupassant accepte les excuses de ce pédéraste malveillant et couard. « Il a préféré m'écrire », dit-il d'un ton méprisant à Edmond de Goncourt lors d'un dîner chez la princesse Mathilde. Mais ne restera-t-il pas quelque trace de cette raillerie dans l'esprit des lecteurs et surtout des lectrices ? Peu importe, décrète soudain Maupassant. Pour continuer à épater le monde, il doit se montrer de plus en plus cynique, éclatant, provocant. « Un type physique du Second Empire, écrira Abel Hermant, épaules carrées, cou dans les

1. Préface au livre du baron de Vaux : *Les Tireurs au pistolet.*

épaules, des gestes de lutteur ou de manœuvre, une façon de porter la tête en avant qui annonce la décision et l'initiative. » Parfois, recevant, rue Montchanin, une fournée de femmes du monde, Guy leur fait la démonstration de sa force en saisissant une chaise de bois massif, la plus lourde de son lourd mobilier, et en la soulevant d'une seule main, à bout de bras. Quelques perruches s'extasient. Maupassant bombe le torse. Il se sent à la fois ridicule et irrésistible. Chez lui, il y a un mélange de bestialité et de compassion, de naïveté et d'astuce, de comédie et de sincérité, d'instinct puissant et de lourde sottise. Tel quel, il plaît aux femmes. Et il est vertigineusement attiré par elles, tout en les dénigrant. Au fond, il leur en veut de ne pouvoir se passer d'elles. Il confiera à Hermine Lecomte du Noüy : « Je ne les aime pas; mais elles m'amusent. Je trouve ça très farce de leur faire croire que je suis sous le charme... et comme elles se renouvellent pour m'y maintenir! L'une d'elles en arrive à ne plus manger, devant moi, que des pétales de roses[1]. »

Même en voyage, il recherche une aventure, brève de préférence. Invité en Angleterre par le baron Ferdinand de Rothschild, il s'y rend au mois d'août 1886, passe plusieurs jours chez son hôte, au château de Wadesden, dans le Hampshire, et, de là, part pour Oxford. Mais le temps est exécrable. Souffletés par le vent, transpercés par la pluie, les passagers de la diligence grelottent et meurent de faim. Le cocher ivre insulte ses clients. Quand Maupassant débarque dans la vieille ville universitaire, qui disparaît sous des trombes d'eau, il n'a qu'une envie, fuir ce pays inhospitalier. Aussi,

1. Hermine Lecomte du Noüy et Henri Amic : *En regardant passer la vie.*

arrivé à Londres, se contente-t-il de voir les personnages en cire du musée Tussaud et de passer une soirée au théâtre Savoy. Ce qui le désole le plus, c'est encore de n'avoir pu, au cours de sa randonnée, goûter l'amour dans les bras d'une authentique sujette de Sa Gracieuse Majesté britannique. Il s'en console, tant bien que mal, avec une Flamande originaire de Gand, à la gorge appétissante. En tout cas, il est excédé par l'Angleterre, son climat, ses musées, ses mœurs austères, et s'empresse de retourner en France, laissant à un de ses compagnons de route ce billet laconique : « J'ai trop froid, cette ville est trop froide. Je la quitte pour Paris; au revoir, mille remerciements. »

En septembre, il est à Etretat, reçoit des amis à « La Guillette » et s'adonne avec eux aux plaisirs de la chasse. Peu après, les brumes de l'automne le décident à partir pour le Midi. Là, le chasseur se transforme en marin. Le *Bel-Ami* l'attend, repeint à neuf, avec ses deux matelots fidèles. Le temps est si beau que Maupassant s'enhardit à entreprendre des promenades de plusieurs jours en mer. Il rend même visite à Marie Kann, qui séjourne à Saint-Raphaël. Mais bientôt il lui faut rentrer à Paris pour le lancement de son nouveau roman, *Mont-Oriol,* auquel il a travaillé, par intermittence, pendant un an et demi.

Dès la réception du manuscrit, Havard s'est montré enthousiaste. « Je l'ai lu l'autre nuit d'un trait, d'une seule étape, et j'en suis encore abasourdi, comme abruti, tellement il m'a remué et secoué l'âme, a-t-il écrit à l'auteur. Je déclare que ce livre est un chef-d'œuvre sublime et impérissable. C'est du Maupassant dans toute l'expansion et la plénitude de son génie et la pleine maturité de son merveilleux talent[1]. »

Pour conter cette histoire d'argent, d'intrigue et de passion, Maupassant s'est servi de tout ce qu'il a pu observer lors de ses cures à Châtelguyon. Aussi est-ce avec une précision et une ironie très efficaces qu'il évoque l'essor de la station thermale d'Enval, patronnée par l'habile banquier juif William Andermatt. Celui-ci, écrit-il, « éveillait l'idée d'une étrange machine humaine, construite uniquement pour calculer, agiter, manipuler mentalement de l'argent ». Symbole du capitalisme triomphant, Andermatt poursuit son dessein avec une obstination impitoyable, ne reculant devant aucune destruction, aucune expropriation. Tandis que la station thermale s'agrandit et s'organise, attirant de plus en plus de curistes, l'amour entre la blonde et fine Christiane Andermatt et Paul Brétigny, « l'homme à femmes », se dégrade selon une fatalité tragique. En apprenant que Christiane est enceinte, Brétigny, dans un réflexe de dégoût, s'éloigne d'elle. Ainsi, à la réussite de l'aventure financière répond l'échec de l'aventure sentimentale. Et cette double agitation des promoteurs avides de bénéfices et des couples avides d'absolu se déroule dans une atmosphère de ville d'eaux, avec ses rivalités de médecins, sa messe des baigneurs et son train-train fastidieux qui mène la foule abrutie de l'hôtel aux thermes et des thermes à l'hôtel. Enflammé par une verve féroce, Maupassant décrit les ridicules de tous ces fantoches préoccupés les uns de leur petite santé, les autres de leur compte en banque. Il fustige, il rit, il se venge des capitalistes juifs, des bourgeois ventrus,

1. Lettre du 10 décembre 1886.

des aristocrates à la dérive. Le meilleur de son roman est dans cette saine bastonnade. Si l'étude psychologique et les péripéties sentimentales de *Mont-Oriol* sont un peu pesantes, le reportage humoristique qui les entoure donne sa vie et son éclat à l'ensemble.

La critique ne s'y trompe pas. D'emblée, c'est un concert d'éloges. « Avec aisance, et surtout avec une clarté parfaite, quels que soient le nombre des personnages et la diversité des épisodes, M. de Maupassant, d'un mouvement rapide, nous entraîne vers le dénouement », écrit Brunetière dans *La Revue des Deux Mondes.* « Aucun de nos jeunes romanciers de valeur ne m'a donné – au même degré que Maupassant – la double sensation de la comédie et de la tragédie humaines, renchérit Albert Wolff dans *Le Figaro.* Il a ce double don, si rare chez un écrivain, d'attendrir le lecteur et de l'égayer, de le distraire et de le pousser à la méditation. »

Aiguillonné par la presse, le public achète de confiance le dernier roman de l'infatigable Maupassant. Même les jolies amies juives de l'auteur, qui auraient pu prendre ombrage de son livre, ne lui tiennent pas rigueur d'avoir caricaturé un de leurs coreligionnaires en la personne d'Andermatt. Seuls les Rothschild lui battent froid, au point qu'il évite, pendant quelques semaines, de se montrer dans leurs salons. Bientôt d'ailleurs ils lui pardonneront son incartade d'enfant gâté. Et, dans les librairies, les volumes continueront de s'envoler comme plumes au vent. Vingt-cinq éditions pour Paris, trente-huit pour la province s'épuisent en deux mois. Mais Havard, contre toute évidence, se plaint des lenteurs de la vente et Maupassant le tarabuste avec humeur : « Je n'ai pas encore reçu mon compte, que je dois avoir, d'après nos conventions, dans les premiers jours du mois... Vous me mettez de nouveau dans l'embarras[1]. » Le terme d'« embarras » est assurément excessif. Maupassant gagne largement sa vie. Ses droits d'auteur lui rapportent en moyenne jusqu'à soixante mille francs par an. Il a d'importantes provisions d'argent chez un agent de change parisien et y puise régulièrement selon ses besoins[2].

Au milieu de son triomphe littéraire et financier, une inquiétude le saisit. Edmond de Goncourt vient de faire paraître les trois premiers tomes de son *Journal.* En lisant cet ouvrage, Maupassant est indigné par la divulgation des confidences et des potins de salon qui en font tout le sel. Comme son maître Flaubert, il professe que la vie de l'écrivain doit rester secrète. Heureusement, le texte publié embrasse uniquement la période 1851-1870, durant laquelle Maupassant n'a eu aucune relation avec l'auteur. Mais n'y aura-t-il pas des révélations sur leurs rencontres dans les volumes suivants, des anecdotes piquantes, des jugements désobligeants? Malgré cette appréhension, Guy écrit à Edmond de Goncourt pour le féliciter de son livre qu'il a trouvé, dit-il, plein de « substance littéraire, d'idées nouvelles, inattendues, d'observations profondes et curieuses[3] ».

Edmond de Goncourt est le président du comité qui s'est constitué pour élever un monument à Flaubert dans sa ville natale. Mais, en cinq ans, la souscription n'a produit que neuf mille francs, alors que le sculpteur en demande douze mille.

1. Lettre du 29 avril 1887.
2. D'après le témoignage de M. de Maupassant père, cité par A. Lumbroso.
3. Lettre de 1887.

Surpris d'une telle désaffection, un chroniqueur du *Gil Blas*, qui signe Santillane, commente ironiquement l'avarice des amis de Flaubert et reproche à Edmond de Goncourt de n'avoir pas affecté à ce juste dessein la rente annuelle de six mille francs destinée à chaque membre de la future académie[1]. Dans un élan généreux, Maupassant écrit au *Gil Blas* pour approuver la suggestion de Santillane et annoncer qu'en ce qui le concerne il ajoute mille francs aux sommes qu'il a déjà versées. Or, ce geste spontané n'est pas du goût d'Edmond de Goncourt qui l'interprète comme une insulte à son égard. Séance tenante, il avertit Maupassant qu'il donne sa démission de président, heureux, dit-il, d'être débarrassé d'une affaire dans laquelle il a été trop souvent « l'instrument de volontés et de désirs qui n'étaient pas toujours les siens ». Devant la gravité de l'événement, Maupassant, qui se repose à Antibes, prend le train, débarque à Paris et se précipite chez l'irascible Edmond qui le reçoit avec froideur. Enfin, après de longues explications, des protestations d'amitié et des excuses de la part du coupable, le « président » reprend sa démission. Cependant il note dans son *Journal* que, s'il a capitulé, c'est « par veulerie, par lâcheté de ma personne et l'ennui d'occuper le public de cette affaire ». Le soir même, il revoit Maupassant chez la princesse Mathilde et conclut, rageur : « Je trouve la définition caractéristique de l'individu que je cherchais depuis longtemps : c'est l'image et le type du jeune maquignon normand[2]. »

1. Fondée à l'initiative d'Edmond de Goncourt par son testament rédigé en 1884, l'académie Goncourt n'a été constituée officiellement qu'en 1902 et n'a décerné son prix, pour la première fois, que l'année suivante.

2. Goncourt : *Journal*, le 2 février 1887.

Inconscient du mépris où le tient son confrère, Maupassant s'illumine. Il est tellement soulagé d'avoir, par son intervention, maintenu la cohésion du comité Flaubert qu'il serait prêt à reconnaître du talent et du cœur à tous ceux qui font partie de cette noble association. Les amis du Vieux ne peuvent être que les siens. Il le proclame hautement et, quelques jours plus tard, décide d'adhérer à une autre démarche collective. Non plus pour hâter l'érection d'un monument en l'honneur de son maître, mais pour protester contre l'érection de la tour Eiffel. Cette étrange colonne métallique, destinée à orner l'Exposition de 1889, n'en est encore qu'à son premier étage. Et déjà la plupart des Parisiens sont révoltés par l'implantation, dans le ciel de leur ville, d'une construction aussi résolument horrible. De nombreux artistes rédigent un manifeste que Maupassant signe dans un élan d'humeur. Son nom figure aux côtés de ceux de Meissonier, de Gounod, de Sardou, de Pailleron, de Coppée, de Sully Prudhomme, de Leconte de Lisle dans la lettre que *Le Temps* publie le 14 février 1887 : « Pendant vingt ans nous verrons s'allonger comme une tache d'encre l'ombre odieuse de l'odieuse colonne de tôle boulonnée... Le Paris de Jean Goujon, Germain Pilon, Puget est devenu le Paris de M. Eiffel. »

Mais les travaux de la tour se poursuivent et Maupassant, exaspéré, insulte une dernière fois « cette haute et maigre pyramide d'échelles de fer, squelette disgracieux et géant ». Il la considère comme le symbole d'une civilisation de l'industrie et du profit, dont le rêve, la fantaisie, la liberté même seront désormais exclus. Indigné par cette capitale qui change trop vite et par cette société de lucre et de compromission, il retourne à Antibes, à la mer, à l'espace, au bateau, et tente d'effacer, en naviguant, le souvenir de « la ferraille orgueilleuse ». Jamais il n'a été aussi déçu, en tant que Français, par ses contemporains, et jamais, en tant qu'écrivain, il n'a aussi instamment sollicité leurs suffrages.

XIII

LE HORLA

Contrairement à certains écrivains qui se déclarent incapables de travailler sur deux récits à la fois, Maupassant quitte volontiers un manuscrit pour se jeter sur un autre et revenir au premier selon les caprices de son inspiration. Ainsi, à la fin de l'année 1886, alors même qu'il peaufine son roman *Mont-Oriol,* il écrit, par intermittence, une longue nouvelle intitulée *Le Horla.* Il y analyse le cheminement de la folie chez un homme qui se sent peu à peu dépossédé de son identité, tandis qu'un être indéfinissable se glisse dans sa peau et dirige ses pensées. Il y a, à l'époque, un engouement mondain pour les cours du docteur Charcot, à la Salpêtrière, sur les névroses et l'hystérie. Maupassant connaît bien l'éminent psychiatre pour avoir dîné avec lui chez Edmond de Goncourt et lui avoir fait examiner sa mère. Sans doute a-t-il profité de ces rencontres pour l'interroger sur le dérèglement de ses malades. D'autre part, Georges de Porto-Riche raconte que l'idée du *Horla* serait née d'une conversation qu'il aurait eue avec Maupassant sur la signification extra-médicale de certains états pathologiques. Tourgueniev, lui aussi, a souvent évoqué devant son jeune ami les manifestations des forces mystérieuses qui détruisent l'homme en le terrorisant. Il lui a signalé, peut-être, le *Journal d'un fou* de Gogol, où éclate la négation du monde réel. En vérité, il y a longtemps que Maupassant est obsédé par l'idée du fantastique quotidien. Parlant précisément de Tourgueniev, il loue, dans son œuvre, « cette poignante sensation de la peur inexplicable qui passe, comme un souffle inconnu venu d'un autre monde[1] ». Lui-même a très souvent traité dans ses nouvelles les thèmes de l'angoisse, de l'hallucination, du dédoublement de la personnalité. Que ce soit dans *Lui?* ou dans *Fou?* ou dans *La Peur,* ou dans *La Chevelure,* une certitude apparaît, éblouissante, effrayante : nous sommes les jouets de puissances inconnues qui nous poussent à droite, à gauche et, au besoin, se substituent à nous. Pour chaque individu, il existe un « hors-soi » qui, tout à coup, peut prendre sa place. A plusieurs reprises, Maupassant s'est senti de la sorte évacué de lui-même. Il s'est même vu, assis dans un fauteuil et écrivant. Puis le mirage a disparu et le monde, autour de lui, est redevenu raisonnable, logique. Cette expérience personnelle lui a indiscutablement servi pour écrire *Le Horla.* Mais il l'a orchestrée et développée avec une maîtrise qui prouve la solidité de sa tête lorsqu'il prend la plume. Il y a eu une première version, très courte, de cette nouvelle, sous la forme du récit d'un aliéné; et une seconde, bien plus longue et plus nourrie, sous la forme définitive d'un journal. Ce dernier procédé permet de suivre, pas à pas, les progrès du mal dans l'esprit du narrateur, avec ses rémissions, ses digressions et ses précipitations morbides. Un moine du Mont-Saint-Michel lui a dit : « Est-ce que

1. « Le Fantastique », article du *Gaulois,* 7 octobre 1883.

nous voyons la cent millième partie de ce qui existe? » Et le voici qui s'interroge : « Un être nouveau! Pourquoi pas? Il devait venir assurément! Pourquoi serions-nous les derniers? » Cet être nouveau, c'est le Horla, surgi d'on ne sait où et chargé d'on ne sait quelle mission destructrice : « Qu'ai-je donc? C'est lui, le Horla, qui me hante, qui me fait penser ces folies! Il est en moi, il devient mon âme; je le tuerai. » Pour se débarrasser de cet hôte de l'au-delà, le narrateur met le feu à sa maison. Mais le Horla s'échappe, insaisissable, invulnérable, et l'homme de chair, vaincu, écrit ces derniers mots : « Il n'est pas mort... Alors, alors..., il va donc falloir que je me tue, moi! »

Avec cette nouvelle, une des plus profondes, des plus inquiétantes du lot, Maupassant affirme son nihilisme face à un univers incompréhensible. « J'ai envoyé aujourd'hui à Paris le manuscrit du *Horla,* dit-il à François Tassart. Avant huit jours, vous verrez que tous les journaux publieront que je suis fou. A leur aise, ma foi, car je suis sain d'esprit, et je savais très bien, en écrivant cette nouvelle, ce que je faisais. C'est une œuvre d'imagination qui frappera le lecteur et lui fera passer plus d'un frisson dans le dos, car c'est étrange. » Devant son ami Robert Pinchon, qui, après avoir lu *Le Horla,* lui dit que ce récit va « révolutionner bien des cervelles », il éclate d'un grand rire franc et déclare que, quant à lui, il n'a pas la « cervelle troublée ». Cependant, s'il est incontestable que *Le Horla* a été écrit en toute lucidité, il n'en est pas moins vrai que le héros de cette histoire est sujet aux craintes, aux prémonitions, aux tentations autodestructrices de l'auteur. Comme son personnage, Maupassant, en se regardant dans une glace, découvre parfois, au lieu de son reflet, le vide. Comme lui, il a, certains matins, au réveil, l'impression que quelqu'un a bu, la nuit, l'eau de sa carafe. Comme lui, il sent la présence à ses côtés d'un être invisible « qui peut toucher aux choses, les prendre et les changer de place, doué par conséquent d'une nature matérielle bien qu'imperceptible à nos sens ». Comme lui enfin, il voit dans le suicide la seule issue possible à la dégradation de l'individu. Et c'est parce qu'il a conscience de cette étrange parenté entre le fou de la nouvelle et l'homme sain qui l'a rédigée qu'il se défend, avec de larges rires, de s'être le moins du monde impliqué dans *Le Horla*. Certains soirs, au dire de son valet de chambre, il baisse la flamme de sa lampe et, dans la pénombre, avec un peigne très fin qu'il a rapporté d'Italie, attaque, à rebrousse-poil, la fourrure de sa chatte. Elle se crispe, se tord, miaule de plaisir et d'agacement, et Maupassant s'amuse à regarder les « lueurs phosphorescentes » qui jaillissent sous sa caresse. Il lui semble, à ces moments-là, qu'il entre en contact avec l'envers du monde, qu'il est lui-même un félin[1].

Publié le 17 mai 1887 dans un recueil de contes qui porte son titre, *Le Horla* est salué par la presse comme une œuvre de haute qualité, dominée par la notion des influences occultes. Si les lecteurs sont envoûtés par cette confession malsaine, Maupassant a la certitude, après l'avoir écrite, de s'être délivré, provisoirement, de ses propres idées fixes. Rendu à la vie mouvementée et joyeuse de tous les jours, il entreprend des travaux dans sa maison d'Etretat. La bâtisse s'agrandit d'une salle de douches et d'une salle de billard. Entre-temps, il reçoit des amis à « La Guillette », lit à Hermine Lecomte du Noüy le début d'un nouveau roman (oui, à peine a-t-il publié *Le Horla* qu'il est en train

1. *Cf.* François Tassart : *Souvenirs sur Guy de Maupassant.*

d'écrire *Pierre et Jean*) et intervient auprès des services du ministère de l'Instruction publique et des Beaux-Arts pour que Zola, qui rêve de la Légion d'honneur, obtienne enfin le ruban rouge tant convoité. Cette distinction qu'il sollicite pour un ami, il s'obstine à la refuser pour lui-même. Il n'a pas oublié la leçon de Flaubert, hostile à toute consécration officielle. « Quant à moi, écrit-il à Zola, j'ai brûlé mes vaisseaux de façon à supprimer toute chance de retour. J'ai refusé l'an dernier, en termes formels et définitifs, la croix qui m'était offerte par M. Spuller. Je viens de renouveler ce refus à M. Lockroy. Ce ne sont ni des raisonnements ni des principes qui m'ont conduit à cette détermination, car je ne vois pas pourquoi on dédaignerait la Légion d'honneur, mais une répugnance profonde, bête et invincible. Je me suis tâté et j'ai reconnu qu'il me serait très désagréable d'être décoré et que je regretterais, durant toute ma vie, d'avoir accepté. Il en est et il en sera de même pour l'Académie, ce qui est, je crois, encore plus niais de ma part[1]. »

Cependant, cette fière attitude devant les hochets de la gloire n'empêche pas Maupassant d'être de plus en plus assoiffé de réclame. Non content du bruit fait autour de ses livres, il décide, tout à coup, d'étonner le public par une ascension en ballon. Un certain capitaine Jovis, qu'il a rencontré à Nice, se charge de construire l'aérostat. Mais comment baptiser cet engin destiné à braver les lois de la pesanteur? Pas d'hésitation : il s'appellera le *Horla*. Cela fera de la publicité au livre. Le 8 juillet 1887, l'enveloppe sphérique, d'une capacité de mille six cents mètres cubes, est gon-

1. Lettre de 1887. Zola n'obtiendra la Légion d'honneur que l'année suivante.

flée à l'usine à gaz de La Villette. Trois cents personnes ont été convoquées pour assister à l'événement. Après avoir dîné à la cantine, le pilote, Maurice Mallet, invite Maupassant et quelques autres passagers à monter dans la nacelle. Dès que les cordages ont été tranchés, le ballon s'élève d'un puissant essor. La gorge nouée par l'émotion, Guy voit la terre qui s'éloigne de lui. N'est-ce pas pour toujours? On passe au-dessus de Paris, vaste fourmilière hérissée de tours, de clochetons, de dômes, avec, au milieu, le scintillement immobile de la Seine. Puis voici Saint-Gratien, où réside la princesse Mathilde, des villages semblables à des jeux de cubes, le monotone étalement des champs cultivés. Suspendu dans le vide, Maupassant retrouve la griserie de ses premières sorties en bateau. Délivré de la foule de ses semblables, il peut enfin rêver à l'éternité. Mais déjà, autour de lui, on s'agite. Les passagers affamés et surexcités mangent du poulet froid et boivent du champagne. Guy se joint à eux. Le pilote lâche du lest. Aussitôt, le ballon prend de l'altitude. Le soleil se couche. Dans un ciel gris-bleu s'allument de timides étoiles. « L'air qui nous porte a fait de nous des êtres muets, joyeux et fous », dira Maupassant. Des villes apparaissent en contrebas, avec leur semis de lumières, une cloche tinte, l'aube se lève, le *Horla* survole Lille, Bruges, la mer aux vagues crêtées d'écume et, de nouveau, la campagne. Il faut descendre. La soupape tirée, le gaz fuse en sifflant. La terre se rapproche à une vitesse effrayante. Le pilote jette l'ancre. La nacelle se pose rudement sur le sol. Des paysans accourent pour voir de près ces visiteurs tombés du ciel. Le *Horla* a conduit les passagers jusqu'à Heist-sur-Mer, en Belgique, à l'embouchure de l'Escaut. Maupassant est enchanté de cette randonnée aérienne. Il adresse des dépêches aux amis, aux journaux. Le télégramme destiné à Hermine Lecomte du Noüy est ainsi libellé : « Superbe descente aux bouches de l'Escaut. Admirable voyage. »

Toutes les gazettes relatent cet événement à la fois littéraire et sportif. Certains commentaires sont teintés d'ironie. Exploitant ce succès de curiosité, Guy envoie une chronique au *Figaro* pour raconter sa prouesse. Les petits camarades du monde des lettres se tapent sur les cuisses. Pour eux, Maupassant est lui-même une baudruche gonflée de vent. En montant dans la nacelle du ballon, il a voulu signifier qu'il s'élevait au-dessus de la foule de ses contemporains. Et, redescendu à leur niveau, il s'est précipité pour battre la grosse caisse. « Je vous avais bien dit que c'était un monte-en-l'air! » s'exclame le venimeux Jean Lorrain. Du coup, Guy se rend compte qu'il a peut-être forcé la dose. En recherchant l'éclat, il s'est déconsidéré. Inquiet, il écrit à son éditeur Ollendorff : « La pluie d'échos tombée sur les journaux au sujet de mon voyage en ballon m'a attiré beaucoup de railleries et quelques ennuis. Je vous en prie, arrêtez ce torrent. Ce n'est pas moi qui ai eu l'idée de donner à un ballon le nom de mon livre, et j'ai l'air maintenant pour tout le monde d'avoir fait un tambour de ce ballon[1]. »

Selon François Tassart, il renouvellera son exploit un an plus tard, mais en évitant d'alerter les journaux. Réfugié à Etretat, Guy s'est remis à la tâche sur son roman, *Pierre et Jean*. Il veut oublier le tintamarre suscité par sa démonstration aérostatique. Le 29 juillet 1887, tandis qu'il coule des heures paisibles à « La Guillette », une jeune femme, Joséphine Litzelmann, habitant 25 rue du

1. Lettre du 15 juillet 1887.

Midi, à Vincennes, met au monde une fillette, Marguerite. Elle a déjà eu deux enfants : un garçon, Lucien, né en 1883, et une première fille, Lucienne, née en 1884. Tous trois sont de père inconnu. Du moins officiellement. Mais, dans l'entourage de la mère, on chuchote qu'ils sont les enfants naturels de l'écrivain Maupassant. Il l'aurait connue et séduite alors qu'elle était donneuse d'eau à la source Marguerite, à Châtelguyon. Une aventure parmi cent autres. On s'ennuie tellement dans les stations thermales!

Sans doute Guy s'est-il souvenu de Joséphine lorsqu'il a évoqué, dans *Mont-Oriol*, une de ces jeunes femmes anonymes, postée dans un kiosque et tendant, sans un mot, un verre d'eau limpide à quelque curiste pressé de reprendre sa promenade. Il l'a revue les années suivantes. Elle a été sa maîtresse, de temps en temps, au milieu de beaucoup d'autres. Mais il a toujours tenu cette liaison cachée et n'a jamais eu l'intention de reconnaître ses enfants. Quant à épouser leur mère, il continue à repousser cette idée avec horreur. Son hostilité constante au mariage, son dégoût physique pour la maternité, la certitude enfin qu'une telle mésalliance révolterait Laure, tout l'incite à se tenir éloigné d'une famille qu'il n'a pas désirée. En effet, comment Laure, qui a voulu que ses fils naissent dans des châteaux, pourrait-elle accepter une bru roturière? Par vanité aristocratique et jalousie maternelle, elle encourage Guy dans un célibat égoïste et dur. Elle ne lui veut pas d'autre femme que toutes les femmes, d'autres enfants que ses livres. C'est en pensant à son propre cas qu'il décrit son héros Brétigny, dans *Mont-Oriol*, comme étant « de la race des amants et non de la race des pères ». A son exemple, Brétigny est frappé de répulsion devant la femme enceinte, parce qu'elle n'est plus « la créature d'exception adorée et rêvée, mais l'animal qui reproduit la race ». Néanmoins, il semble que Maupassant ait subvenu secrètement aux besoins matériels de Joséphine Litzelmann. Cette contribution en sous-main à la vie des trois bâtards lui donne bonne conscience. Il les voit même, dit-on, de loin en loin. Mais c'est tout[1]. Sa vraie vie se situe ailleurs. Dans l'univers des salons et parmi ses confrères écrivains.

Justement, en ce mois d'août 1887, les cercles littéraires bouillonnent. *Le Figaro* vient de publier le « Manifeste des Cinq », une violente attaque, signée Paul Bonnetain, J. H. Rosny, Lucien Descaves, Paul Margueritte et Gustave Guiches, contre *La Terre* de Zola, jugée ordurière : « Nous répudions ces bonshommes de rhétorique zoliste, ces silhouettes énormes, surhumaines et biscornues, dénuées de complications, jetées brutalement en masses lourdes dans les milieux aperçus au hasard des portières d'express. » Cette condamnation du naturalisme par quelques jeunes auteurs réjouit fort Edmond de Goncourt et Alphonse Daudet. Les deux camps échangent des perfidies par journaux interposés. Mais Maupassant se tient à l'écart de la querelle. Il affirme n'appartenir à aucune école. Et il félicite Zola pour avoir dépeint avec tant de force, dans son dernier roman, la bestialité du monde paysan : « Je suis content, mon cher ami, de vous écrire combien j'ai trouvé belle et haute cette nouvelle œuvre du grand artiste dont je serre bien cordialement les mains[2]. » Lui-même continue à travailler sur son roman *Pierre et Jean*, dont il

1. Joséphine Litzelmann mourra en 1920, à l'âge de soixante-trois ans, Lucien en 1947, Lucienne en 1954 et Marguerite en 1951. Cette dernière a laissé deux filles.
2. Lettre de janvier 1888.

trimbale le manuscrit dans tous ses déplacements. Il se rend sur la Côte d'Azur pour s'occuper de son frère Hervé qui, écrit-il à Léon Fontaine, « a eu une fièvre pernicieuse avec accidents aux méninges[1] ». Ayant fait examiner le malade par plusieurs médecins, il repart, à demi rassuré, pour Etretat où s'ouvre la saison de la chasse. Là, il s'indigne parce que tous les propriétaires de la localité reçoivent des lettres anonymes dénonçant ses mauvaises mœurs. Ne s'agit-il pas des machinations d'une femme jalouse ? Impossible de percer le mystère. Il hausse les épaules et, de nouveau, boucle ses valises. Destination : Marseille. Il y arrive le 3 octobre 1887, avec son valet de chambre, descend à l'hôtel de Noailles, va visiter un bateau à vendre, le *Zingara*, flâne dans les rues chaudes et bruyantes et, le lendemain, s'embarque pour l'Algérie.

A Alger, il est à la fois enchanté par « la saveur unique » de ce pays et exaspéré par l'inconfort des logements qu'on lui propose. « Nous allons d'hôtel en hôtel en geignant sur les chambres et sur les nourritures, écrit-il à sa mère. Le bruit du port d'Alger sous mes fenêtres m'a rappelé l'avenue Victor-Hugo, mais une avenue Victor-Hugo formidable, avec des trains, des sirènes de transatlantique, des grues à vapeur et des Arabes de somme chargeant et déchargeant des paquets[2]. » Peu après, il loue un appartement de deux pièces rue Ledru-Rollin, fait quelques promenades en touriste, admire une forêt de cèdres, mais est plus intéressé encore par les femmes musulmanes, dont les yeux, au-dessus du voile, le fascinent. De retour au logis, il peste contre les moustiques qui l'empê-

1. Lettre de l'été 1887.
2. Lettre d'octobre 1887.

chent de dormir. Des migraines, de plus en plus violentes, le harcèlent la nuit. Il a les yeux malades et pourtant il recherche le soleil, l'éblouissement tranquille du désert. « Je viens de faire sur mes jambes une superbe excursion dans un pays fauve qui semble un tapis de peaux de lion, écrit-il au docteur Henry Cazalis, célèbre comme poète symboliste sous le pseudonyme de Jean Lahor. J'ai vu un coin de l'Algérie très inconnu où j'ai trouvé encore des ravins en des forêts vierges de contes[1]. » Après avoir visité Constantine, Biskra, il se précipite vers les eaux chaudes de Hamman R'hiza. Sur place, son émerveillement s'amplifie. Il en fait part, avec lyrisme, à Geneviève Straus : « Je bois de l'air qui vient du désert et je dévore de la solitude. C'est bon et c'est triste. Il y a des soirs où j'arrive dans des auberges africaines, une seule chambre blanchie à la chaux, et où je me sens sur le cœur le poids des distances qui me séparent de tous ceux que je connais et que j'aime, car je les aime. L'autre jour, je suis resté ainsi jusqu'à minuit devant la porte du caravansérail délabré où j'avais mangé des choses que je ne peux définir et bu de l'eau à laquelle je ne veux plus songer. On entendait, à des distances infinies, des aboiements de chiens, des jappements de chacals, la voix des hyènes. Et ces bruits, sous un ciel dont les étoiles flambaient, ces énormes, miraculeuses, innombrables étoiles d'Afrique, ces bruits étaient si lugubres, donnaient tellement la sensation de la solitude définitive, de l'impossible retour, que j'en ai eu froid dans le dos[2]. »

A sa mère, il dira avec plus de modération : « Je commence à sentir vraiment l'influence bienfai-

1. Lettre de 1887.
2. Lettre du début de 1888.

sante de la chaleur, après quelques troubles d'acclimatation. Mais c'est un long séjour qu'il me faudrait ici. » Ce « long séjour », il y renonce bientôt et se rend, par le train omnibus, à Tunis. Là, il se repose de ses fatigues, se fait masser par un Nègre athlétique, loue une voiture pour sillonner les environs, croit retrouver l'ombre de Flaubert dans les ruines de Carthage et va voir une célébrité, « la grosse Tunisienne », énorme matrone de cent vingt kilos, entourée de ses trois filles qui dansent et se trémoussent.

Cet exotisme de bazar ne l'amuse que médiocrement et déjà il rêve avec nostalgie aux femmes qu'il a laissées en France. Une d'elles surtout s'impose à lui, avec un charme et une précision exacerbés par la distance. Son nom n'est pas parvenu jusqu'à nous. Mais le sentiment qu'il lui porte est tel qu'il envisage, un instant, lui, l'ennemi de toute liaison durable, d'en faire sa compagne pour la vie. « Depuis hier soir, je songe à vous éperdument, lui écrit-il de Tunis. Un désir insensé de vous revoir, de vous revoir tout de suite, là, devant moi, est entré soudain dans mon cœur. Et je voudrais passer la mer, franchir les montagnes, traverser les villes, rien que pour poser ma main sur votre épaule, pour respirer le parfum de vos cheveux. Ne le sentez-vous pas, autour de vous, rôder, ce désir, ce désir venu de moi qui vous cherche, ce désir qui vous implore dans le silence de la nuit? Je voudrais surtout revoir vos yeux, vos doux yeux. Pourquoi notre première pensée est-elle toujours pour les yeux de la femme que nous aimons? Comme elles nous hantent, comme elles nous rendent heureux ou malheureux, ces petites énigmes claires, impénétrables et profondes, ces petites taches bleues, noires ou vertes, qui, sans changer de forme ni de couleur, expriment tour à

fougue son avis sur la création littéraire et envoie le manuscrit au *Figaro*. Dans ce texte, il condamne les intrigues romanesques entortillées, les invraisemblances mélodramatiques, avoue sa préférence pour un réalisme modéré, sincère, réfléchi, affirme que l'auteur doit s'effacer derrière ses personnages pour les laisser agir à leur guise et, tout en se démarquant des écoles à la mode, prône la spontanéité et la simplicité du style. « Il n'est point besoin du vocabulaire bizarre, compliqué, nombreux et chinois qu'on nous impose aujourd'hui sous le nom d'écriture artiste pour fixer toutes les nuances de la pensée, annonce-t-il. Efforçons-nous d'être des stylistes excellents plutôt que des collectionneurs de termes rares... La langue française, d'ailleurs, est une eau pure que les écrivains maniérés n'ont jamais pu et ne pourront jamais troubler... La nature de cette langue est d'être claire, logique et nerveuse. Elle ne se laisse pas affaiblir, obscurcir ou corrompre. Ceux qui font aujourd'hui des images, sans prendre garde aux termes abstraits, ceux qui font tomber la grêle ou la pluie sur la *propreté* des vitres peuvent aussi jeter des pierres à la simplicité de leurs confrères ! Elles frapperont peut-être les confrères qui ont un corps, mais n'atteindront jamais la simplicité qui n'en a pas. » De toute évidence, il y a là une critique dissimulée du naturalisme de Zola à son déclin et une attaque virulente contre les contorsions et les préciosités d'Edmond de Goncourt et des symbolistes. Maupassant en a conscience lorsqu'il s'embarque, le 6 janvier 1888, pour regagner la France. Mais il est prêt à affronter l'orage. Tout au long de sa préface, il s'est appuyé sur l'exemple et l'autorité de Flaubert. C'est là une référence qui, estime-t-il, clouera le bec aux mauvais coucheurs. La traversée est mouvementée. François Tassart a le mal de mer.

A peine débarqué à Marseille, Maupassant se jette sur le supplément littéraire du *Figaro*, en date du 7 janvier 1888, et y lit son étude. Mais le secrétaire de rédaction en a tronqué le texte. Furieux, Guy veut intenter un procès au journal qui, selon lui, a dénaturé sa pensée. Il charge son ami Emile Straus de la défense de son dossier. Celui-ci entreprend aussitôt les démarches nécessaires. Maupassant s'impatiente et, installé à Cannes, bombarde son avocat de lettres comminatoires. Il exige une condamnation éclatante des coupables. *Le Figaro* réplique dans ses colonnes : « L'auteur n'ayant pas demandé à revoir ses épreuves, nous avions nous-mêmes choisi les principaux fragments de son travail et laissé de côté certains passages qui ne nous paraissaient pas absolument nécessaires. Cela se pratique couramment dans le journalisme, quand on y est forcé par la mise en pages du journal. Du moment que la question se traite sur papier timbré, la conversation n'a plus d'agrément pour nous, et il nous semble préférable de laisser la parole aux avocats. » Cependant l'affaire s'arrange à l'amiable et *Le Figaro* publie finalement un communiqué fort courtois : « M. Guy de Maupassant, à la suite des explications qui lui ont été fournies au sujet de coupures faites sans son autorisation dans une étude parue ici même, coupures qui avaient donné lieu à une action judiciaire contre *Le Figaro*, vient de renoncer à ces poursuites. Nous sommes heureux de cette solution amiable qui nous permet de reprendre nos anciennes relations avec notre confrère. »

Ce manifeste sur le roman, appelé à tort préface, tombe comme un pavé dans la mare où barbotent les gens de plume. Edmond de Goncourt se sent cruellement mis en cause par les allusions de Maupassant aux « clowneries du langage » et note, dès le 9 janvier 1888, dans son *Journal* : « Dans la préface de son nouveau roman, Maupassant, attaquant l'écriture artiste, m'a visé, sans me nommer... L'attaque m'arrive en même temps qu'une lettre où il m'envoie par la poste son admiration et son attachement. Il me met ainsi dans la nécessité de le croire un Normand très normand. Du reste, Zola m'avait dit que c'était le roi des menteurs. Maintenant ça peut être un très habile *novelliere* de la Normandie à la façon de Monnier; mais ce n'est pas un écrivain, et il a ses raisons pour rabaisser l'*écriture artiste.* L'écrivain, depuis La Bruyère, Bossuet, Saint-Simon, en passant par Chateaubriand et en finissant par Flaubert, signe sa phrase et la fait reconnaissable aux lettrés, sans signature, et on n'est grand écrivain qu'à cette condition; or, une page de Maupassant n'est pas signée, c'est tout bonnement de la bonne copie courante appartenant à tout le monde. Guiches, dimanche dernier, faisait la meilleure critique de ce talent de second ordre : il disait que ses livres se lisaient, mais ne se relisaient pas. »

La colère d'Edmond de Goncourt, partagée par un grand nombre d'esprits raffinés, illustre l'éternelle opposition des écrivains de recherche et des écrivains d'instinct. Les premiers s'efforcent de surprendre le public par l'inattendu des trouvailles stylistiques, les seconds par la profondeur humaine de leur propos. Les premiers veulent qu'on les reconnaisse dans chaque phrase de leur livre, les seconds n'ont d'autre ambition que de créer des personnages originaux et vivants. Les premiers souhaitent qu'en les lisant on pense constamment à eux, les seconds qu'on les oublie. Et Maupassant s'enorgueillit d'appartenir à cette dernière espèce. Il prétend écrire avec ses tripes, non avec son cerveau.

Pierre et Jean répond très exactement à cette définition du roman. L'intrigue en est des plus simples. Il s'agit de la décomposition d'une famille bourgeoise à la suite d'un héritage imprévu. Cet héritage, qui échoit à l'un des deux fils, provient d'un vieil ami du couple. Le bénéficiaire du pactole, Jean, n'est-il pas l'enfant du défunt? Un bâtard qui ignore sa véritable origine. Le doute envahit Pierre, le frère de Jean, et ce doute se transforme vite en certitude. Depuis leur enfance, les deux hommes (ils ont maintenant trente et vingt-cinq ans) se sont opposés dans une inconsciente et sourde rivalité. Pierre, exalté, turbulent, a toujours jalousé Jean, son cadet, un être doux, sage, équilibré, le préféré de ses parents. Aujourd'hui, il ne peut se résigner à l'avoir encore sous les yeux. De plus, il souffre le martyre à l'idée que sa mère, en qui il avait placé toute sa confiance, toute sa tendresse, n'est qu'une femme adultère, une de plus parmi toutes celles qui jouent la comédie de la vertu devant leur mari et leurs enfants. « Comment pourrait-il supporter de vivre près d'elle, tous les jours, et de croire, en la regardant, qu'elle avait enfanté son frère de la caresse d'un étranger? écrit Maupassant en parlant de son héros. Sa mère avait fait comme les autres, voilà tout!... Oh! comme il aurait voulu pardonner, maintenant! mais il ne le pouvait point, étant incapable d'oublier. Si seulement il avait pu ne pas la faire souffrir; mais il ne le pouvait pas non plus, souffrant toujours lui-même... L'infâme secret, connu d'eux seuls, l'aiguillonnait contre elle. C'était un venin qu'il portait à présent dans les veines et qui lui donnait des envies de mordre à la façon d'un chien enragé. » Finalement, Pierre préférera fuir sa vraie famille et laisser auprès de sa mère son demi-frère, le bâtard, et son père légal, le mari trompé, personnage médiocre, dont la nullité et la tranquille bonhomie rendent plus tragique encore, par comparaison, le tourment des autres protagonistes. Le sommet de l'œuvre est la scène où la mère, Mme Roland, avoue à son fils Jean qu'il est un enfant illégitime, mais qu'elle ne regrette pas sa faute, car cette liaison extra-conjugale a illuminé sa vie. « Dis-toi bien, s'écrie-t-elle devant Jean bouleversé, que si j'ai été la maîtresse de ton père, j'ai été encore plus sa femme, sa vraie femme, que je n'en ai pas honte au fond du cœur, que je ne regrette rien, que je l'aime encore, tout mort qu'il est, que je l'aimerai toujours... Je n'aurais jamais rien eu de bon dans l'existence, si je ne l'avais pas rencontré, jamais rien, pas une tendresse, pas une douceur, pas une de ces heures qui nous font tant regretter de vieillir, rien! Je lui dois tout! »

Selon Maupassant, c'est un fait divers, lu dans un journal, qui est à l'origine de *Pierre et Jean.* Un jeune écrivain, Edouard Estaunié, lui ayant signalé qu'il travaillait sur un roman en tout point semblable, il lui répond : « Ne se peut-il que vous ayez lu le même fait divers le même jour que moi? Combien de fois aussi un événement quelconque retentissant, discuté, commenté, produit, en deux esprits de même nature, la même commotion... Que l'un de ces esprits produise plus vite, pour une cause quelconque, l'œuvre née de la même graine, on accusera fatalement l'autre d'être un plagiaire. Je ne puis, Monsieur et cher confrère, que vous plaindre de l'ennui qui vous arrive[1]. » Cette version du fait divers comme source d'inspiration est confirmée par Hermine Lecomte du Noüy, à qui Maupassant a lu les premières pages de *Pierre et*

1. Lettre du 2 février 1888.

Jean. « C'est un fait réel qui lui a donné l'idée d'écrire ce livre, note-t-elle. Un de ses amis vient de faire un héritage de huit millions. Cet héritage lui a été laissé par un commensal de la famille. Il paraît que le père du jeune homme était vieux, la mère jeune et jolie. Guy a cherché comment le don d'une pareille fortune pouvait s'expliquer. Il a fait une supposition qui s'est imposée à lui[1]. »

Or, si Maupassant a été frappé par cette « histoire vraie », c'est que, depuis très longtemps, il était obnubilé par le problème de la bâtardise. Nombre de ses nouvelles (du *Papa de Simon* à *Monsieur Parent,* de l'*Histoire d'une fille de ferme* à *Un fils,* d'*Adieu* au *Testament*) évoquent le sort de l'enfant naturel abandonné ou adopté, la hantise de la filiation illégitime, la quête de la vérité, les révoltes impuissantes, la jalousie du faux père, le drame de l'épouse coupable... Marqué dans son enfance par le conflit qui sépare ses parents, il s'est rapproché de sa mère et a tenté de la comprendre, d'imaginer sa vie de femme, peut-être même de découvrir si elle n'a pas eu autrefois quelque aventure amoureuse. Certes, il ne croit pas un instant qu'il est le fils de Flaubert, comme certains l'ont prétendu, mais il lui semble, à tort ou à raison, qu'un mystère entoure sa naissance. Les femmes sont si légères, si versatiles, si promptes à succomber à l'appel des sens! Peut-on leur en vouloir de leurs écarts de conduite? Les révélations que Mme Roland fait à Jean, le bâtard, Guy aimerait presque que sa mère les lui fît pour le soulager d'un doute. Il se sent à la fois Jean, le fils adultérin, et Pierre, le fils légitime. Ce combat intérieur, il le projette dans son récit à travers des créatures fictives. Ainsi *Pierre et Jean* apparaît-il

1. Hermine Lecomte du Noüy : *En regardant passer la vie.*

comme la plus personnelle de ses œuvres, celle où il se démasque inconsciemment. Du reste, elle a été écrite en l'espace de trois mois, d'un seul trait et dans l'enthousiasme. Le manuscrit ne comporte que peu de ratures. Plus court, plus ramassé que les autres romans de Maupassant, celui-ci vaut surtout par l'économie des moyens, la concentration dramatique et le flamboiement des caractères chauffés à blanc.

Emile Zola crie au génie. Anatole France déclare, dans *Le Temps* : « Force, souplesse, mesure, rien ne manque plus à ce conteur robuste et magistral. » Adolphe Badin, dans *La Nouvelle Revue,* affirme : « Il fallait le merveilleux talent de Guy de Maupassant pour traiter une aussi redoutable situation sans soulever les répugnances du lecteur ou révolter sa sensibilité. » Le chroniqueur de *L'Illustration* loue l'auteur de ne jamais tomber dans l'abstraction et de donner l'impression de la vie « aussi bien dans son style que dans ses personnages ». Cependant, le critique du *Journal des Débats* regrette la rudesse et le pessimisme de l'histoire : « Pour nous, et peut-être aussi pour beaucoup de lecteurs, l'effet produit par la lecture de *Pierre et Jean,* ce n'est pas seulement un malaise et une tristesse, c'est une sorte de dépression morale... Toute une portion de l'humanité souhaiterait qu'on lui parlât de ses souffrances, de ses infirmités et même de ses vices sur un autre ton, avec un autre accent. »

Maupassant se rit des rares journalistes gourmés et des quelques lecteurs qui font la fine bouche devant les vérités qu'il leur assène. La majorité du public est pour lui. Le chiffre des ventes le prouve. Et il a tant d'autres projets en tête! Mais il ne faut pas que l'écriture, qui le nourrit, lui interdise en même temps de vivre. Son rêve est toujours le même : conduire de front le travail et le plaisir. A la fin du mois de janvier 1888, il est de nouveau à Marseille pour acheter le yacht *Zingara.* Ses marins, Bernard et Raymond, prévenus par câble, l'aident à expertiser le navire : un cotre de course, de quatorze mètres soixante de longueur, qui jauge vingt tonneaux, avec un grand mât et un mât de misaine. A l'intérieur, une salle à manger pouvant recevoir dix personnes et une cabine confortable pour le patron. Construit en chêne blanc d'Ecosse, dans les chantiers navals de Lymington en Angleterre, le bateau a une coque saine, chevillée de cuivre. En comparaison du modeste *Bel-Ami,* c'est un palace flottant. Maupassant n'hésite plus : ce changement d'un yacht de neuf tonneaux contre un yacht de vingt tonneaux témoignera de sa progression vertigineuse dans le succès. Coût : sept mille francs. Au stade où il est parvenu, il peut se permettre n'importe quelle folie. L'affaire est vite conclue avec les vendeurs, qui sont deux négociants marseillais. Et, dès que les formalités au bureau de l'Inscription maritime sont terminées, Guy ordonne à ses matelots de peindre le nouveau nom sur la coque. Le *Zingara* devint le *Bel-Ami II.*

Par une aube frisquette, le voilier quitte le port. Maupassant est à la barre. Il compte atteindre Cannes dans deux ou trois jours, après une courte escale à Porquerolles. La houle se lève. François Tassart, livide, lutte contre les nausées. Bernard, inquiet selon son habitude, scrute l'horizon de brume. Seul Guy rayonne d'assurance et de contentement. Une belle tempête serait même, pense-t-il, la bienvenue. Il a besoin de se battre contre les éléments après s'être battu contre les hommes. Soudain une idée l'illumine et il annonce gaiement à son valet de chambre : « J'ai trouvé un sujet de chronique. Vraiment, il n'y a qu'à moi que ces choses-là arrivent! » Plus encore que dans sa jeunesse, le mélange de l'action et de la pensée, du sport et de l'écriture représente pour lui le comble du bonheur.

XIV

HERVÉ S'ÉLOIGNE

Le *Bel-Ami II* est à quai, dans le port de Cannes, au pied du Suquet. Maupassant, qui s'est installé à proximité, avec sa mère, dans la « Villa continentale », vient chaque jour admirer son yacht, monte à bord, hume la bonne odeur de vernis et ordonne d'appareiller. Mais ses promenades en mer sont brèves et paisibles. Le bateau est surtout pour lui un lieu de rendez-vous avec les gens du monde qui passent l'hiver sur la Côte d'Azur. Il reçoit le duc de Chartres, la princesse de Sagan, la marquise de Galliffet et, bien entendu, la comtesse Emmanuela Potocka et Geneviève Straus. Devant ces dames, il joue au marin expérimenté et, parfois, pique une tête dans l'eau, nage superbement, remonte sur le pont en se léchant la moustache. Elles applaudissent l'écrivain amphibie et il entonne, à leur intention, quelque chanson leste du répertoire des joyeux canotiers de Bougival.

Le brave François Tassart est époustouflé par les relations huppées de son maître. Celle qui le surprend le plus est assurément la comtesse Potocka, fantasque, aguicheuse, inquiétante. La fastueuse présidente du dîner des Macchabées tourne autour de Maupassant, le provoque et, dès qu'elle le sent allumé, se dérobe avec un froid sourire. Guy accepte ce jeu de cache-cache sensuel et lui écrit : « Vrai, j'ai un besoin immodéré de faire un voyage et je maudis les conventions sociales qui s'opposent à ce que je vous prie de m'accompagner. Ce doit être un rêve de voyager avec vous. Je ne parle pas du charme de votre personne que je peux goûter et du plaisir de vous regarder..., mais je ne sais pas une femme qui puisse éveiller comme vous l'idée de la voyageuse idéale. J'ajoute que si vous me disiez *oui*, demain, je vous répondrais peut-être *non*; car je courrais... un danger si vif que la prudence me conseillerait de l'éviter. Cela n'est point du marivaudage[1]. »

Tantôt seul, tantôt en galante compagnie, il fait du petit cabotage entre Cannes, Antibes, Villefranche, Monte-Carlo... Cette navigation tranquille lui inspire les belles pages de *Sur l'eau*[2], tout imprégnées de lumière et de désespoir. Car, en même temps qu'il jouit à pleine peau de l'ondulation des vagues et de la caresse du vent, il éprouve la triste horreur de la condition humaine. Tout ce qui est beau, femme ou paysage, le fait penser à la mort. Mais à peine se sent-il aspiré par le néant qu'il réagit avec un désir bestial de fusion avec la nature. « Je sens frémir en moi quelque chose de toutes les espèces d'animaux, de tous les instincts, de tous les désirs confus des créatures inférieures, écrit-il. J'aime la terre. Quand il fait beau comme aujourd'hui, j'ai dans les veines le sang des vieux faunes lascifs et vagabonds, je ne suis plus le frère des hommes, mais le frère de tous les êtres et de toutes les choses. »

En se définissant comme un « vieux faune lascif », il soigne sa légende de tombeur de femmes.

1. Lettre de 1888.
2. Texte publié, en 1888, dans la revue *Les Lettres et les Arts*.

Parmi ses amis du cercle littéraire, on parle volontiers de son sadisme et de ses prouesses au lit. Edmond de Goncourt, admiratif et agacé tout ensemble, notera en termes rudes ce qu'il a entendu dire par Léon Hennique sur l'extraordinaire faculté d'érection de l'auteur de *Bel-Ami* : « Il bandait à volonté et faisait le pari qu'au bout de quelques instants, le visage contre le mur, il se retournait la verge en l'air, et il gagnait son pari », écrira-t-il. Et le même Léon Hennique affirmera que, après avoir honoré une femme à six reprises, Maupassant se rendait dans une autre pièce, où était couchée une amie, et « lui donnait encore du plaisir par trois fois[1] ». Guy se garde bien de démentir. Une rumeur flatteuse l'entoure, qui le sert auprès des dames. Même celles qui ne songent pas à coucher avec lui sont émoustillées quand il leur parle d'un peu près. Rien qu'en le regardant, elles ont l'impression d'avoir fauté. Aussi, malgré ses vertiges, ses migraines, ses douleurs oculaires, collectionne-t-il, d'une part, les plus basses aventures sexuelles et, d'autre part, les plus élégantes idylles avec d'intouchables beautés.

Sa mère considère cette vie agitée comme une compensation à son propre échec sentimental. A travers lui, elle se venge de la médiocrité et de la monotonie de son destin de femme délaissée. Il la tient au courant de ses conquêtes et de ses travaux. Elle discute même avec lui les péripéties du roman qu'il est en train d'écrire et qui s'intitulera *Fort comme la mort*. Mais, ce qui les tourmente pour l'instant tous les deux, c'est la santé d'Hervé dont, manifestement, la raison chancelle. Bien que n'ayant plus, depuis longtemps, aucun rapport affectif avec son père, Guy croit devoir l'avertir, le

1. Goncourt : *Journal*, le 9 avril 1893.

8 février 1888, du drame qui se prépare : « Hervé écrit des lettres affolées, désespérées et incohérentes qui font perdre la tête à ma mère. Je vis donc au milieu de scènes terribles de chagrin. »

Ce climat d'anxiété familiale ne l'empêche pas de poursuivre la rédaction de *Fort comme la mort*, de corriger les épreuves d'un recueil de nouvelles, *Le Rosier de Mme Husson*, à paraître chez Quantin, et de veiller à la publication de *Sur l'eau* par Marpon et Flammarion. Entre-temps, il a fait une démarche auprès du ministère des Affaires étrangères pour que la Légion d'honneur soit attribuée à André Lecomte du Noüy, le mari de la bien-aimée Hermine. Des bruits ayant couru comme quoi il souhaitait, à son tour, la même distinction, il se gendarme, une fois de plus, et écrit à un journaliste coupable d'avoir propagé cette fausse nouvelle : « J'ai prié qu'on ne me l'offrît point [la croix] et qu'on demandât au ministre de m'oublier. J'ai toujours dit, tous mes amis en pourraient témoigner, que je désirais rester en dehors de tous les honneurs et de toutes les dignités... Je n'admets pas de hiérarchie officielle dans les lettres. Nous sommes ce que nous sommes, sans avoir besoin d'être classés... Quand on est décidé à ne jamais rien solliciter de personne, il vaut mieux vivre sans titres honorifiques... Je tenais cependant à vous dire, après votre article, que j'ai pour la Légion d'honneur un grand respect, et je ne voudrais pas qu'on crût le contraire[1]. » Ainsi, tout en refusant la Légion d'honneur pour lui-même, s'efforce-t-il de ne pas blesser les confrères qui ont la faiblesse d'attacher du prix à ces fariboles. Pourfendeur des conventions bourgeoises, il n'en manifeste pas moins une grande politesse envers les garants de

1. Lettre de juillet 1888.

l'ordre. Cette double attitude, il l'a déjà affirmée à maintes reprises en attaquant les gens du monde dans ses écrits sans renoncer pour autant à les fréquenter. De plus en plus, il se présente devant ses contemporains comme un révolté prudent, un négateur avide de bénéfices. « Maupassant, s'écrie son ennemi intime Edmond de Goncourt, c'est bien le vilain Normand, c'est bien le fourbe[1]. »

Pour l'instant, « le fourbe » lutte contre des maux de tête qui, pense-t-il, sont héréditaires, car sa mère se plaint depuis longtemps, elle aussi, de migraines et de troubles de la vue. Après un bref séjour à Etretat, où la pluie et le vent le secouent tellement qu'il doit avaler de l'antipyrine à haute dose, il se rend à Aix-les-Bains pour une cure, n'en retire aucun soulagement, prend néanmoins le temps de s'occuper des affaires d'Hervé, dont la santé décline très vite, consulte des médecins et, le 20 octobre 1888, recru de soucis et de fatigue, s'évade une fois encore vers l'Afrique.

Le 21 novembre, il écrit d'Alger à Geneviève Straus : « Je promène mes névralgies au soleil, car nous avons du soleil, du vrai, du chaud, du premier tombé, du soleil d'Afrique. Je rôde dans les rues arabes jusqu'à onze heures du soir sans pardessus et sans un frisson, ce qui prouve que les nuits sont aussi chaudes que les jours, mais l'influence saharienne est très irritante et très énervante. On ne dort pas, on tressaille, on s'agite, on a mal aux nerfs enfin... J'attrape les puces dans les mosquées que je fréquente comme un bon musulman. Je vais rêvasser à mon roman dans ces très paisibles asiles de prières, où aucun bruit ne pénètre jamais, où je reste des heures à côté des Arabes assis ou prosternés, sans éveiller la moindre curio-

1. Edmond de Goncourt : *Journal*, le 24 juin 1888.

sité ou la moindre hostilité de ces admirables impassibles. Les nuits surtout sont délicieuses. L'air caresse, enveloppe, exalte... Quand je vais dans la ville arabe, dans ce féerique labyrinthe de maisons des Mille et Une Nuits, les odeurs sont moins douces, par exemple, et plus humaines que champêtres, mais, si le nez en souffre un peu, l'œil se grise follement à voir ces formes blanches ou rouges et ces hommes aux jambes nues et ces femmes enveloppées de mousseline blanche passer d'une porte à l'autre sans bruit comme des personnages de contes qui vivraient. »

Trois semaines auparavant, il avait déclaré à la même Geneviève Straus qu'il était contre les mésalliances en amour. « L'accord qui se fait entre un homme et une femme qui commencent une liaison est basé non point sur les états d'esprit concordants, mais sur un même niveau intellectuel et social, affirmait-il. Je commence à douter beaucoup qu'un être supérieur, de race fine et de délicatesse raffinée, puisse devenir amoureux d'une créature très rudimentaire[1]. » Par une sentence aussi dédaigneuse, Maupassant rejette dans l'ombre les femmes de condition modeste dont il a été l'amant, et jusqu'à cette Joséphine Litzelmann qui lui a donné trois enfants. Ces malheureuses-là sont, juge-t-il, tout juste bonnes à satisfaire les besoins physiques d'un homme de qualité. Néanmoins, à Alger, il court les filles, à son habitude. Sans doute est-ce l'une d'elles qui lui inspire son conte *Allouma*. Il la décrit belle, mystérieuse, bestiale, avec « un regard impur » qui l'envoûte et le soulève. « Ce fut, dit-il, une lutte courte, sans paroles, violente, entre les prunelles seules, l'éternelle lutte entre les deux brutes humaines, le mâle

1. Lettre du 15 septembre 1888.

et la femelle, où le mâle est toujours vaincu. Ses mains, derrière ma tête, m'attiraient d'une pression lente, grandissante, irrésistible comme une force mécanique, vers le sourire animal de ses lèvres rouges où je collai soudain les miennes en enlaçant ce corps presque nu et chargé d'anneaux d'argent qui tintèrent, de la gorge aux pieds, sous mon étreinte. »

Le voici bien loin de la charmante et spirituelle Geneviève Straus. Mais il ne doute pas de l'intérêt qu'elle portera à ces croquis de voyage, où la couleur locale se mêle à une franche sensualité. Tout en se plongeant dans la vie indigène, il prend plaisir à correspondre avec ses langoureuses amies de France. Il s'inquiète aussi des travaux en cours sur le *Bel-Ami II*. Le forfait établi par le chantier pour le redoublage en cuivre du navire est déjà largement dépassé. C'est un scandale! De Tunis, Guy envoie lettre sur lettre à son ami le capitaine Maurice Muterse, pour que celui-ci surveille de près les ouvriers et contrôle les dépenses.

Au début de 1889, il est de retour en France, traite avec divers éditeurs et diverses revues pour la reproduction de ses contes anciens, négocie la vente de plusieurs livres à l'étranger, publie un recueil de nouvelles, *La Main gauche*, chez Ollendorff, et, apprenant que Villiers de L'Isle-Adam est dans la misère, abandonne à son profit le prix d'une chronique, soit deux cents francs. Edmond de Goncourt, l'ayant rencontré le 6 mars 1889, note dans son *Journal* : « Maupassant, de retour de son excursion en Afrique et qui dîne chez la princesse[1], déclare qu'il est en parfait état de santé. En effet, il est animé, vivant, loquace, et, le dirai-je, sous l'amaigrissement de figure et le reflet

1. La princesse Mathilde.

basané du voyage, moins commun d'aspect qu'à l'ordinaire. De ses yeux, de sa vue, il ne se plaint point et dit qu'il n'aime que les pays de soleil, qu'il n'a jamais assez chaud, qu'il s'est trouvé à un autre voyage dans le Sahara, au mois d'août, et où il faisait 53 degrés à l'ombre et qu'il ne souffrait pas de cette chaleur. »

Ce soir-là, un des convives observe Maupassant avec une insistance particulière. Son regard perce le front de l'écrivain comme s'il voulait pénétrer dans ses pensées les plus intimes. C'est le fameux docteur Blanche, l'aliéniste distingué, qui dirige une maison de santé à Passy, 17 rue Berton. Après le repas, Maupassant le prend à part pour lui parler de son frère, dont l'état mental empire de jour en jour. Le docteur Blanche l'écoute avec attention. Mais n'est-ce pas Guy plutôt qu'Hervé qui l'intéresse ?

Quelques jours après cette rencontre, *Fort comme la mort* paraît en feuilleton dans *La Revue illustrée*, sous le titre provisoire de *Vieux Jeunes*. A la fin du mois de mai 1889, le volume, portant cette fois son titre définitif, est en vente dans toutes les librairies. Ollendorff fait un battage d'enfer et trente-cinq mille exemplaires s'envolent en six mois. Parlant de son roman encore inachevé, Maupassant écrivait, l'année précédente, à sa mère : « Je le trouve très difficile, tant il doit avoir de nuances, de choses suggérées et non dites. Il ne sera pas long, d'ailleurs il faut qu'il passe devant les yeux comme une vision de la vie terrible, tendre et désespérée. Nous sommes en pleine crise de librairie. On n'achète plus de livres. Je crois que les réimpressions à bon marché, les innombrables collections à quarante centimes jetées dans le public tuent le roman. Les librairies n'ont plus en montre et ne vendent plus que ces petits livres propres pour le prix[1]. »

En dépit du succès immédiat rencontré par son roman auprès des lecteurs de *La Revue illustrée*, Maupassant s'estime lésé dans ses intérêts et écrit, avec un étrange esprit de chicane, au directeur du journal : « Comme je vous l'ai fait remarquer, votre ligne n'a pas, proportionnellement à celle du *Figaro* ou du *Gil Blas*, la longueur que vous m'aviez indiquée. Voici les chiffres qu'on me fournit, et que j'ai d'ailleurs vérifiés moi-même. La ligne de *La Revue illustrée* est de soixante-quinze lettres. Celle du feuilleton du *Figaro* de trente-deux lettres plus une légère fraction. Celle du feuilleton du *Gil Blas* de trente-trois lettres, plus une fraction. La moyenne entre ces deux journaux est donc de trente-trois. En multipliant par deux, nous obtenons soixante-six lettres, c'est-à-dire neuf lettres de moins que votre ligne. Or, touchant un franc pour trente-trois lettres, je toucherai 0,50 pour 16 lettres 1/2 et 0,25 pour 8 lettres 1/4. Pour les neuf lettres que votre ligne compte en plus que deux lignes de journal, je devrais donc toucher 25 centimes plus une fraction. Soit, en chiffre rond, 0,25 F. C'est donc 2,25 F par ligne de la revue que vous me devez d'après les termes mêmes de notre traité, et non 2 F. J'ai fait compter les lignes sur les placards et non dans la revue pour éviter la difficulté créée par les gravures. Nous avons d'une part, en pliant la feuille en deux, 6 150 demi-lignes pour la première moitié des feuilles et 4 708 pour la seconde moitié. En additionnant, j'obtiens 10 858 demi-lignes, soit 5 429 lignes à 2,25 F, ce qui donne un chiffre de 12 315 F. Or, j'ai touché 5 500 F. Vous me redevez donc

1. Lettre de mai 1888.

6 815 F. Croyez, cher Monsieur, à mes sentiments bien cordialement dévoués[1]. »

Ainsi cet homme, si généreux avec ses proches et ses amis dans le besoin, a soudain devant des confrères, des éditeurs, des directeurs de journaux une réaction de méfiance et de hargne qui annonce la manie de la persécution. Plus il gagne d'argent, plus il se croit floué. Il aligne ses additions avec une méticulosité de grippe-sou. Pour un oui ou pour un non, il brandit la menace d'un procès. Sa démarche dans la vie est celle d'un don Juan doublé d'un comptable.

Cependant, *Fort comme la mort* n'est pas, loin de là, une œuvre fabriquée dans un strict souci commercial. L'auteur a jeté dans ces pages l'essentiel de lui-même. Elles tiennent à sa chair par l'angoisse du héros. Le peintre Olivier Bertin est certes bien conventionnel. Il n'a pas le relief de Claude Lantier dans *L'Œuvre* de Zola, encore moins celui de Frenhofer dans *Le Chef-d'œuvre inconnu* de Balzac. Maupassant, qui a pourtant du goût pour la peinture des grands impressionnistes, prête à son personnage un de ces talents académiques et savonneux dont raffolent les dames de la haute société. On pense irrésistiblement à Bonnat et aussi peut-être à Gervex, pour lequel Guy a posé en 1886 et qu'il continue d'admirer[2]. Olivier Bertin a exécuté jadis le portrait de la très belle Any de Guilleroy, est tombé amoureux d'elle et a fini, comme il se doit, par vaincre ses scrupules d'épouse. Leur liaison est d'autant plus fougueuse que tous deux se sentent parvenus à l'âge des dernières illusions sentimentales. D'ailleurs, la fille

1. Collection de M. Maurice Druon.
2. Maupassant a également posé pour le peintre Jean-Baptiste Guth, qui a exécuté son portrait, à l'aquarelle, en 1888.

de Mme de Guilleroy, Annette, est là pour leur rappeler la fragilité de leur union, face à l'insolente fraîcheur de la jeunesse. *Fort comme la mort* est donc à la fois l'étude des tourments du peintre qui craint d'être dépassé, écrasé par les nouveaux artistes dont le public s'engoue, et l'analyse aiguë, impitoyable des effets du vieillissement sur un homme habitué à plaire. Olivier Bertin, lisant dans un journal que son art est « démodé » et recevant ce mot « comme un coup de poing en pleine poitrine », c'est Maupassant attentif à la moindre baisse de popularité et doutant soudain de son avenir. « Il avait toujours été sensible à la critique et sensible aux éloges, écrit Maupassant, mais au fond de sa conscience, malgré sa vanité légitime, il souffrait plus d'être contesté qu'il ne jouissait d'être loué... Aujourd'hui, devant la poussée incessante des nouveaux artistes et des nouveaux admirateurs, les félicitations devenaient plus rares et les dénigrements plus accusés. Il se sentait enrégimenté dans le bataillon des vieux peintres de talent que les jeunes ne traitent point en maîtres. » De même, Olivier Bertin, torturé à la pensée de sa propre décrépitude pendant une représentation de *Faust* à l'Opéra-Comique et se jugeant « déclassé, à la retraite de la vie, comme un fonctionnaire hors d'âge dont la carrière est terminée », c'est encore Maupassant écrivant à Hermine Lecomte du Noüy : « Moi-même qui ne suis âgé que de trente-huit ans, je ne suis pourtant plus jeune ! Et je me dis que j'aurais beau être riche et génial comme personne, que rien de tout cela ne pourrait me rendre ma première jeunesse. »

A une admiratrice inconnue qui lui a exprimé son émotion après la lecture de *Fort comme la mort*, il répond : « J'ai été sensible à votre lettre, vraiment très sensible. J'ai écrit ce livre pour quelques femmes, et aussi pour quelques hommes, fort peu. Les hommes de lettres ne l'aimeront guère. La note des sentiments que j'ai cherchée ne leur paraîtra pas artiste. Les jeunes gens le mépriseront. Tous ceux qui n'ont pas aimé le jugeront insuffisamment amusant et mouvementé. Mais j'ai espéré qu'il toucherait certaines sensibilités de femmes et d'hommes, et que quelques lecteurs dont l'âme est pareille ou du moins en harmonie avec celles de mes personnages comprendraient bien ce que j'ai voulu faire. Quand je sens que j'ai touché certains cœurs, je suis content. J'essayerai de toucher les autres une autre fois[1]. »

Malgré cette appréciation modeste de son roman, Maupassant savoure à cœur joie le succès qu'il remporte auprès du public et de la critique. La plupart des chroniqueurs littéraires louent l'auteur pour la sensibilité dont il a fait preuve dans cette étude des affres de la passion chez un homme mûr, guetté par la déchéance de l'âge. Paul Ginisty, dans *Gil Blas,* conclut son article en disant : « Quand le cœur se réveille après longtemps, il n'a plus de force que pour souffrir. » Et Jules Lemaitre, dans *La Revue bleue,* affirme : « La thèse du roman, c'est l'immense douleur de vieillir... Cette étrange histoire, nous en touchons du doigt la vérité, jour par jour, heure par heure. » Les lettres de femmes pleuvent sur le bureau de Guy. Certaines admiratrices forcent sa porte pour lui dire qu'elles se sont reconnues dans l'héroïne. François Tassart fanfaronne, comme si un peu de cette gloire rejaillissait sur lui.

La sortie de *Fort comme la mort* coïncide avec l'inauguration de l'Exposition internationale, dont la tour Eiffel est la principale attraction. Après

1. Lettre de l'été 1889.

avoir maudit cette hideuse colonne métallique, Maupassant la visite en affriolante compagnie et dîne au restaurant du premier étage. Cependant il juge la cuisine de l'établissement « répugnante » et se plaint qu'il faille « attendre une heure entre chaque plat[1] ». Très vite, le tumulte cosmopolite de la capitale le fatigue. Il déteste cette foule en fête et loue à Triel, près de Vaux, la villa « Stieldorff », pour y passer une partie de l'été. La Seine coule au pied de la maison. Débarrassé de toutes les contraintes mondaines, Guy se baigne, fait du canot, rêvasse et noircit les pages de son prochain roman, *Notre cœur.* Il échange aussi avec la comtesse Potocka des lettres tantôt passionnées, tantôt humbles : « Je n'avais jamais senti mon attachement pour vous si vivant et si vibrant, lui écrit-il. Je ne vous avais jamais sentie si amicale. Voulez-vous m'écrire trois mots, Madame ? » Un peu plus tard, il lui adressera ses « sentiments exaltés d'époux honoraire ». En se refusant à lui, la comtesse Potocka achève de le soumettre. Au vrai, il ne déplaît pas à ce champion de la domination masculine de plier le genou devant une femme. Le caractère exceptionnel de cette attitude chez un homme tel que lui le divertit et l'excite. Peut-être même voit-il dans ce vain badinage une compensation intellectuelle aux plaisirs primitifs du rut.

Des amis, des amies lui rendent visite dans sa nouvelle résidence. Lui qui, autrefois, recherchait leur compagnie pense aujourd'hui qu'en l'entraînant dans un bavardage insipide ils l'empêchent de poursuivre son œuvre. Le 20 juin, il reçoit Zola à déjeuner, en voisin. Celui-ci vient à bicyclette. Les relations des deux hommes se sont refroidies depuis le dîner chez Trapp. Zola n'ignore pas que

1. Lettre de 1889.

Maupassant s'est éloigné du naturalisme et que, tout en l'appelant « mon cher maître et ami », il n'a plus pour lui qu'une estime dénuée de toute sympathie. Ce qui heurte Guy chez son confrère, ce sont moins ses théories littéraires que ses prises de position dogmatiques sur tous les problèmes, ses allures de justicier social, son absence d'humour. Pourtant il n'hésite pas à lui rendre service dès que l'occasion s'en présente. Ainsi dernièrement a-t-il envoyé une lettre de recommandation à la Compagnie des chemins de fer de l'Ouest pour que Zola soit autorisé exceptionnellement à effectuer le parcours de Paris à Mantes sur une locomotive. En effet, Zola, « écrivain scientifique », a besoin de se documenter de près sur la vie des cheminots pour son futur roman, *La Bête humaine*. Il y parviendra, grâce aux relations de Guy. Mais, bien qu'il lui sache gré de son appui, il continuera à le considérer avec méfiance. Ils sont concurrents dans la faveur du public et se surveillent l'un l'autre, tout en se congratulant, par lettre, à chaque nouveau livre. François Tassart, qui les sert à table, constate que la conversation entre eux est d'une banalité affligeante. « A chaque instant, pareils à deux chats qui s'épient, les deux grands romanciers se jetaient un coup d'œil, puis vite baissaient les yeux sur leur assiette, écrira-t-il. Ce n'était pas du tout le genre de mon maître, toujours si franc et si jovial. Enfin la glace ne se rompit pas. » Dès la fin du repas, Zola enfourche sa bicyclette et repart. Il va rejoindre sa maîtresse, Jeanne Rozerot, de vingt-sept ans plus jeune que lui, l'ancienne lingère de sa femme. Maupassant soupire : « Ce Zola, je le considère comme un grand écrivain, une valeur littéraire considérable ! » Mais peu après il ajoute : « Lui, personnellement, je ne l'aime pas ! » Au fait, qui aime-t-il, à part quelques femmes du monde qui le font droguer à n'en plus finir? Déjà il juge que l'humidité et le froid, à Triel, sont insupportables. Et puis l'afflux des invités le dérange. « Cette maison est devenue le lieu de rendez-vous de gens charmants, que j'aime beaucoup, mais qui m'empêchent un peu de travailler, écrit-il au docteur Henry Cazalis. Je le quitte donc, et comme voici l'été avancé, je me décide à naviguer, car je sais que le mouvement de la mer est encore ce qu'il y a de meilleur pour mon estomac. Je vais errer en Corse un peu, puis sur la côte italienne, de port en port, jusqu'à Naples. Je m'arrêterai partout où le pays me plaira, et j'y écrirai quelques pages. Ce genre de débauche est encore celui que je préfère[1]. »

Toutefois, avant de retrouver le soleil dans le Midi, il se rend à Etretat. Là, il travaille à son roman, se promène, tire au pistolet, joue au tennis, rend visite à Hermine Lecomte du Noüy, toujours aussi blonde, aussi sage, aussi tendre, et, le soir, organise à « La Guillette », pour quelques amis, des spectacles improvisés et des projections d'ombres chinoises. Cette existence à la fois laborieuse et divertissante ne le satisfait qu'à demi. Il se plaint de migraines, peste contre la pluie et le vent, affirme que sa maison est envahie d'araignées. « Cette nuit, j'ai à peine dormi, dit-il à François Tassart. J'ai essayé les lits de toutes les chambres et il y avait des araignées dans toutes. J'éprouve pour ces bêtes une grande répulsion. Je ne puis m'expliquer pourquoi, mais je les ai en horreur. »

Ces araignées sont pour lui comme la matérialisation d'une peur plus profonde : celle de la folie. Elle menace son frère, à Antibes. Et lui-même, par

1. Lettre de juillet 1889.

instants, n'est plus très sûr de sa raison. Les nouvelles qu'il reçoit d'Hervé sont si angoissantes que, de toute évidence, l'internement s'impose. Au début du mois d'août, il écrit à son père : « Nous traversons une crise terrible. Il faut enfermer tout de suite Hervé à l'asile de Bron, près de Lyon... Tout l'argent de mon roman passe et va passer à la maladie d'Hervé, et à ma mère... Je fais à Hervé une pension qui payera complètement l'asile où il entre en traitement. J'assure à ma mère de quoi vivre... et il faut encore que je ne laisse pas mourir de faim la jeune femme et l'enfant[1]. C'est vraiment dur de travailler comme je le fais, de m'exténuer, car je n'en puis plus, de renoncer à toutes les satisfactions que j'aurais le droit de goûter, et de voir tout l'argent que j'aurais pu garder par prévoyance s'en aller ainsi. »

Incontestablement, s'il gagne beaucoup d'argent avec ses livres (environ cent vingt mille francs par an[2]), il doit assumer de nombreuses charges. Non seulement il entretient Laure, la famille d'Hervé et Joséphine Litzelmann, mais encore il dépense sans compter pour louer des villas, embaucher des domestiques en extra, organiser des voyages, maintenir son bateau en état et payer l'équipage. Combien lui coûtera l'internement d'Hervé? Après avoir conduit son frère à l'asile de Montpellier, il se ravise et écrit à son père pour lui demander de se renseigner sur les conditions d'admission dans un asile plus confortable, celui de Ville-Evrard, en Seine-et-Oise : « En recevant cette lettre, peux-tu prendre une voiture et te rendre à Ville-Evrard? Tu montreras au directeur de cette maison de santé la

1. Allusion à la femme d'Hervé et à sa fille Simone.
2. Soit près de deux millions de francs actuels. Cette somme était, à l'époque, nette d'impôts.

lettre du docteur Blanche, en lui disant que je compte lui amener mon frère *mercredi* dans la matinée. Le docteur Blanche m'a fait dire que les prix étaient de 250 francs par mois pour la deuxième classe. Demande si ce renseignement est exact, et dis au directeur que je suis obligé de me contenter de la deuxième classe, mon frère, sa femme et sa fille se trouvant complètement à ma charge. Télégraphie-moi simplement ceci demain dans la journée : " Commission faite. C'est entendu. " Pardonne-moi de ne pas t'en écrire plus long. Je serai à Paris mercredi. J'ai conduit hier Hervé dans un asile d'aliénés de Montpellier plein de fous sordides et affreux. J'irai l'y reprendre demain[1]. »

Finalement, c'est l'asile de Bron que Guy choisit pour son frère. Plusieurs médecins lui ont affirmé que les pensionnaires y sont bien traités. Mais comment décider le malade à quitter le cocon familial ? Hervé vit maintenant à Cannes, auprès de sa mère. Une nuit, dans un paroxysme de fureur, il a tenté d'étrangler sa femme. Il n'y a plus à hésiter. C'est Guy que Laure charge de mener à bien l'acheminement du forcené vers l'hôpital psychiatrique. Il donne rendez-vous à son frère, à Lyon, sous le prétexte de lui montrer une villa confortable où il pourrait se reposer. Hervé accepte, heureux de ce petit voyage. Guy l'attend à la gare. Ils déjeunent ensemble. Pendant le repas, Hervé se montre si gai, si insouciant que Guy déplore déjà la décision qui a été prise. Néanmoins, il conduit le malheureux à l'asile en lui faisant croire qu'il s'agit de la propriété dont on lui a parlé. A la clinique, ils sont accueillis avec douceur et courtoisie. Hervé ne se doute de rien.

1. Lettre de juillet-août 1889. Collection de M. Maurice Druon.

Le médecin lui dit : « Approchez-vous de la fenêtre. Regardez quel bel horizon vous auriez ! » Docile, Hervé s'avance de trois pas pour contempler le paysage tandis que, derrière son dos, le médecin fait signe à Guy de gagner sans bruit la sortie. Guy obéit à contrecœur. Soudain, Hervé se retourne, voit son frère partir, comprend tout et veut le suivre. Trop tard ! Deux solides infirmiers surgissent et le ceinturent. Il se débat, se rue vers la porte et hurle à l'adresse de Guy qui, horrifié, vient de franchir le seuil : « Ah ! Guy ! Misérable ! Tu me fais enfermer ! C'est toi qui es fou, tu m'entends ! C'est toi le fou de la famille ! »

Ce cri atroce poursuit Guy comme une malédiction pendant qu'il regagne sa chambre d'hôtel, à Lyon. Il a l'impression d'avoir trahi son frère en le livrant à une meute d'ennemis. La porte refermée, son besoin de décharger sa conscience est tel qu'il écrit, séance tenante, à la comtesse Potocka : « Il m'a déchiré le cœur tellement que je n'ai jamais souffert ainsi. Quand j'ai dû partir et quand on lui a refusé de m'accompagner à la gare, il s'est mis à gémir d'une façon si affreuse que je n'ai pu me retenir de pleurer, en regardant ce condamné à mort que la Nature tue, qui ne sortira pas de cette prison, qui ne reverra pas sa mère... Il sent bien qu'il y a en lui quelque chose d'effroyable, d'irréparable, sans savoir quoi... Ah ! le pauvre corps humain, le pauvre esprit, quelle saleté, quelle horrible création. Si je croyais au Dieu de vos religions, quelle horreur sans limites j'aurais pour lui !... Si mon frère meurt avant ma mère, je crois que je deviendrai fou moi-même en songeant à la souffrance de cet être. Ah ! la pauvre femme, a-t-elle été écrasée, broyée et martyrisée sans répit depuis son mariage ! »

Le cauchemar qu'il vient de vivre lui rend plus

précieuse l'amitié de sa correspondante. Encore tout ébranlé par la séparation d'avec son frère, il passe de l'enfer des aliénés au badinage de boudoir et annonce à Emmanuela Potocka, *dans la même lettre*, l'envoi d'un éventail ancien au dos duquel il a écrit ces deux quatrains :

Vous voulez des vers? – Eh bien non,
Je n'écrirai sur cette chose
Qui fait du vent, ni vers ni prose;
Je n'écrirai rien que mon nom;

Pour qu'en vous éventant la face,
Votre œil le voie et qu'il vous fasse,
Sous le souffle frais et léger,
Penser à moi sans y songer.

Qu'il gémisse sur le sort de son frère ou qu'il s'amuse à aligner des vers frivoles pour une dame dont il espère les faveurs, il ne trahit pas son personnage. La vie et la mort se partagent sa tête. Tout ensemble assoiffé de satisfactions terrestres et hanté par le mystère de l'au-delà, il va en titubant vers des lendemains dont la seule perspective le terrifie.

Après avoir procédé, le 11 août, à l'internement d'Hervé, il rentre à Etretat et, *une semaine plus tard*, maîtrisant son chagrin, offre à ses amis une fête burlesque. Le 18 août 1889, un grand yacht, le *Bull Dog*, amène la plupart des invités. D'autres viennent en voiture, de Dieppe, de Fécamp et des châteaux environnants. En arrivant à « La Guillette », ils tombent en pleine foire. Le jardin est décoré de drapeaux, de guirlandes en papier et de lampions multicolores. Des musiciens, en blouses bleues, juchés sur des tonneaux, jouent sans discontinuer mazurkas, valses, polkas et quadrilles.

Guy entraîne Hermine Lecomte du Noüy dans une valse endiablée. Elle l'observe avec inquiétude. Il lui paraît anormalement heureux. Ses yeux scintillent comme s'il avait trop bu. Puis c'est la farandole. Guy tient par la main une dame à gauche, une dame à droite. Il a de nouveau vingt ans. De temps à autre, une danseuse perd son soulier et éclate de rire. On passe ensuite au jeu de bascule au-dessus d'une mare, et les plus maladroits tombent à l'eau. Une Parisienne, costumée en Mauresque, lit l'avenir dans les cartes. Une autre s'occupe du buffet. Sur la cohue des danseurs flotte l'odeur de la guimauve, des gaufres et du cosmétique. Hommes et femmes boivent sec, au milieu des cris de joie. Une tombola vient corser la fête : les gagnants emportent des lapins et des coqs vivants. Mais la surprise majeure, annoncée à voix forte par le maître de maison, c'est le spectacle du *Crime de Montmartre*. Les deux cents invités sont priés de se tasser dans une allée, devant un tableau brossé par le peintre Marius Michel. La toile, de grandes dimensions, représente, en trompe l'œil, une femme nue pendue par les pieds. Jailli de la pénombre, un sergent de ville arrive devant le cadavre, l'examine, le palpe, tire sur ses cheveux, figurés par de vraies nattes, et, poussé par la curiosité, lui ouvre le ventre d'un coup de couteau. Ce couteau, c'est le stylet dont se sert habituellement Maupassant. Il se régale à voir le visage horrifié des dames. Le sang gicle de la plaie. Du sang de lapin. « Parfait ! Parfait ! » crie Guy pendant que plusieurs spectatrices se cachent les yeux. A cet instant, de faux gendarmes se précipitent sur l'assassin et l'enferment dans une cabane surmontée de l'écriteau : *Prison*. Mais le prisonnier met le feu à son cachot et s'évade parmi les flammes. C'est le Horla bondissant hors du brasier allumé pour le griller vif. Des pompiers d'Etretat interviennent et noient l'incendie, le criminel et la femme nue sous les jets d'eau. Puis, pompant toujours, ils braquent leurs lances sur les invités qui détalent en hurlant de rire.

Cette farce, qui rappelle le spectacle de *La Feuille de Rose*, a été inspirée à Maupassant par un fait divers récent : un sergent de ville a éventré une femme, à Montmartre. Pourquoi ne pas s'en divertir entre gens de bonne compagnie ?

Après l'intermède de l'assassinat, les intimes se rendent chez Hermine Lecomte du Noüy, à « La Bicoque », pour souper. Parmi eux, le compositeur Massenet. A la demande des dames, il se met au piano. Une mélodie nostalgique naît sous ses doigts qui effleurent à peine le clavier. Guy écoute, bouleversé, la légère cascade des notes. Tant de pureté succédant à tant de joie grossière ! Cette alternance n'est-elle pas le symbole même de la condition humaine ? Tout compte fait, il a cru qu'il s'amuserait davantage en recevant ses amis à « La Guillette ». Autrefois, avec les camarades de *La Feuille à l'envers*, la gaieté était plus franche, plus spontanée, plus saine. Peut-être a-t-il passé l'âge de ce genre de plaisanteries ? Subitement le désespoir l'étouffe. Il repense à son frère. Ce visage hagard, démoli, ces yeux où brille une flamme insensée, ce râle de fureur et d'imploration quand Hervé a deviné le traquenard ! Déjà Guy sent qu'il ne pourra plus rester à « La Guillette ». Le salut est ailleurs. Mais où ?

Dès le lendemain de la fête, il se prépare à partir pour le Midi. Pendant que François Tassart et les autres domestiques appelés à la rescousse rangent le désordre de la maison, décrochent les lampions, ramassent les papiers gras dans les allées, il boucle ses valises et se promet de commencer une nouvelle vie. Le 21 août, il est à Lyon où il dîne en compagnie de la comtesse Potocka, laquelle repartira presque aussitôt pour l'Italie. Le lendemain, il va voir son frère à l'asile, tombe sur un pauvre hère à la raison perdue, un étranger, un zombi et, terrorisé, assailli de prémonitions, reprend le train pour Cannes.

Peut-on rêver meilleure échappatoire à cette hantise que le bateau? Le *Bel-Ami II* l'attend, superbe, avec ses cuivres rutilants et sa mâture orgueilleuse. Immédiatement on appareille pour une croisière italienne : Gênes, Portofino, Santa Margherita... D'escale en escale, Guy s'efforce d'oublier la France. Il fuit son frère fou, sa mère malade, ses propres hallucinations, sa peur de finir, lui aussi, dans un asile. Mais la vie à bord lui devient vite trop pénible. Il souffre de claustration dans son étroite cabine. Les ronflements de Raymond, derrière la cloison, l'empêchent de dormir. A Santa Margherita, il s'avoue vaincu et loue un appartement meublé pour se reposer de l'inconfort marin. De là, au début de septembre, il gagne Tunis.

A peine arrivé, il va dans un bordel. Puis, s'étant soulagé, il erre dans le quartier réservé et, tout à coup, le voici devant la porte d'un asile d'aliénés. Quelle intuition l'a conduit ainsi de la maison des amours vénales à celle de la démence? Poussé par une nécessité irrésistible, il entre et se mêle à la cohue des malades. En le voyant, un vieil indigène éclate de rire, se dandine comme un ours et hurle : « Fous, fous, nous sommes tous fous! Moi, toi, le gardien, le bey! Tous fous! » Epouvanté, Maupassant repasse la porte. Même sur cette terre de soleil, Hervé le poursuit. A quoi bon rester davantage en Afrique? Ce n'est pas ici qu'il trouvera le repos.

On repart, et de nouveau c'est l'Italie. Guy visite Pise, s'incline devant l'endroit où Byron fit brûler le corps de Shelley, parle à François Tassart de sa rencontre avec un autre poète anglais, Swinburne, se rend à Florence dont il admire le charme sensuel, puis soudain, malgré la beauté de la ville et la richesse de ses musées, se déclare incapable de continuer le voyage. Il est torturé, dit-il, par des maux de gorge et des hémorragies intestinales. D'atroces migraines le reprennent. Ses yeux se troublent. Il ne peut plus travailler. Sagement, il évite de remonter sur son bateau. Les marins ramèneront le *Bel-Ami II* à son port d'attache. Guy rejoint Cannes par le train, le 31 octobre. Sa mère, en le revoyant, tombe dans ses bras et fond en larmes. Il paraît si fatigué, si absent! Un somnambule. Ne va-t-il pas, à son tour, la quitter pour aller se soigner dans une clinique? « J'ai eu des hémorragies terribles, avec 39 de fièvre, pendant six jours, à Florence, écrit Guy au docteur Georges Daremberg. J'ai dû revenir en hâte à Cannes. Depuis ce temps, je dois avoir des cicatrices mal fermées dans l'abdomen qui est bosselé comme un sac de pommes. Et je ne puis marcher sans y ressentir des douleurs[1]. »

Malgré sa santé défaillante, il va voir son frère à l'asile de Bron. Il le découvre à peine conscient et comme marqué déjà par le refus de vivre. En repartant pour Cannes, il a le sentiment que cette rencontre entre eux sera la dernière. « J'ai trouvé Hervé absolument fou, sans une lueur de raison et ne nous laissant guère un espoir de guérison, ce que ma mère ignore, écrit-il à Lucie Le Poittevin. Les deux heures que j'ai passées avec lui à l'asile de Bron ont été terribles, car il m'a fort bien

1. Lettre de novembre 1889.

reconnu, il a pleuré, il m'a embrassé cent fois, et il voulait partir tout en divaguant. Ma mère, de son côté, ne peut plus marcher et ne parle plus guère; vous voyez que tout cela ne va pas[1]. » Quelques jours plus tard, la nouvelle qu'il redoutait le frappe en plein cœur : Hervé est mort, le 13 novembre 1889, à l'asile, après une lamentable agonie. Il avait trente-trois ans. Sa femme, sa fille sont sans ressources. A Guy de s'en occuper. Il n'a pas le droit d'être malade. Tant de gens ont besoin de lui! Il charge son avoué, Me Jacob, de constituer un conseil de famille pour la protection de la petite Simone, encore mineure.

L'année suivante, il retournera en pèlerinage à Bron, sur la tombe d'Hervé. François Tassart, qui l'a accompagné au cimetière, l'observe avec inquiétude. Guy semble fasciné par l'inscription gravée dans la pierre noire : « Hervé de Maupassant. » Ce nom : Maupassant!... N'est-ce pas lui qui est sous la dalle funéraire? Jouant la désinvolture, il dit à son valet de chambre : « Cette tombe-là est bien celle qui convenait. Elle est arrondie. La pluie la nettoiera. » Et soudain ses nerfs craquent; c'est la débâcle; il balbutie : « J'ai vu mourir Hervé. Il m'attendait. Il ne voulait pas mourir sans moi. " Mon Guy! Mon Guy! " Il avait la même voix qu'aux " Verguies " quand il était enfant et qu'il m'appelait dans le jardin... François, il m'a embrassé la main! » A présent, il sanglote. Son valet de chambre le console. Ensemble, ils repartent, à petits pas, vers la ville, vers la vie.

1. Lettre de la fin octobre 1889.

XV

L'AUTRE VERSANT

De retour à Paris au début de l'hiver, Maupassant décide brusquement de déménager. Il s'est du reste brouillé avec son cousin, Louis Le Poittevin, propriétaire de l'immeuble où il habite, 10 rue Montchanin. Sa longue affection pour ce compagnon de jeunesse ne résiste pas à une extravagante histoire de calorifère. Toujours irrité à l'idée qu'on puisse le gruger, il écrit à son parent une lettre très sèche : « Je trouve si surprenante la prétention de me faire payer le chauffage du calorifère pendant mes absences de Paris, en dépit de nos conventions bien arrêtées et de nos conversations, que je préfère ne pas la qualifier... Je ne puis donc accepter le procédé que tu emploies envers moi, et je dois te rappeler que sans mon intervention très vive mon père et ma mère auraient absolument rompu avec toi à l'occasion de ta manière d'agir dans une certaine question d'intérêt relative à l'héritage de mon grand-père. » Bien que le litige de la succession du grand-père Jules remonte à quatorze ans, Guy ne l'a pas oublié. Cette fois, il est décidé à attaquer. « Comme je ne veux pas d'explication pour cette affaire de chauffage et qu'il ne peut y en avoir, poursuit-il, je vais remettre les pièces entre les mains de mon avoué Me Jacob... A tous les points de vue, une décision judiciaire me conviendra... J'ajoute que tu n'as jamais donné à mon domestique la petite gratification annoncée par ta femme et par toi, alors que moi je donnais dix francs par mois à toutes tes bonnes, rien que pour ouvrir la porte en mon absence[1]. »

Ayant rompu avec son cousin, il cherche un nouvel appartement à Paris et en trouve un, tout à fait acceptable semble-t-il, au numéro 14 de l'avenue Victor-Hugo. Un entresol de cinq pièces. Mais à peine s'y est-il installé qu'il déchante. Le propriétaire lui a affirmé que la maison était calme et bourgeoisement habitée. Or, le boulanger du dessous travaille la nuit et fait un tel vacarme que Guy doit renoncer à dormir et même à écrire. De plus, la farine attire les cafards et Maupassant ne peut supporter la vue de ces insectes fourmillants et furtifs. A bout de patience, il loue un appartement meublé et alerte son avoué, le fidèle Me Jacob, toujours prêt à défendre les intérêts de son inflexible client. Puis, sur le conseil de l'officier ministériel, il invite un expert, architecte de la Ville de Paris, pour apprécier l'importance du bruit et certifier que le logis est inhabitable. Afin de ne pas éveiller les soupçons des concierges, il donne également, ce soir-là, un grand dîner. Tout en servant à table, François Tassart tend l'oreille aux propos des convives. L'un d'eux, médecin de son état, ayant déclaré que l'âme n'existait pas, chacun émet son avis sur la question avec véhémence. Soudain, dans le brouhaha général, Maupassant énonce d'une voix claire : « Si j'étais dangereusement malade, et si les personnes qui m'entouraient me présentaient un prêtre, je le recevrais ! » Tout le

1. Lettre de 1889.

monde, autour de lui, se récrie. On le croyait agnostique, anticlérical... Il se mure dans le silence et effeuille une rose. L'expert, ayant fait ses constatations, s'éclipse sur la pointe des pieds. Le lendemain, Guy dit à son valet de chambre : « Après tout, s'il me plaisait de recevoir un prêtre à mon lit de mort, je serais bien libre, je suppose! Ma manière de voir ne changera jamais sur ce sujet, mais je ne veux pas accepter ces mises en demeure qui tendent à me forcer de penser comme les autres. »

Une fois de plus, sur un sujet aussi grave que la mort, il éprouve le besoin de proclamer son indépendance. Quelle que soit son aversion pour l'Eglise, il ne veut pas se laisser dicter sa conduite par les habituels donneurs de leçons. Peut-être aussi la folie et la disparition d'Hervé l'ont-elles rapproché du mystère de l'au-delà. Sans ajouter foi aux préceptes de la religion, il se demande incidemment, dans une errance de la pensée, si les illuminés n'auraient pas raison contre les savants.

Tout en cherchant une improbable réponse à cette question, il s'obstine à vitupérer le responsable de ses ennuis et écrit à M. Normant qui lui a sous-loué les lieux : « Je crois qu'il me sera tout à fait impossible de continuer à habiter l'appartement que vous m'avez loué. En tout cas, je dois le quitter immédiatement par ordonnance de médecin que j'ai fait légaliser, et m'en aller me soigner et me remettre dans le Midi des accidents très graves causés par quinze nuits d'insomnie dues au travail nocturne du boulanger établi sous moi... On entend tous les bruits et mouvements du travail de mes deux chambres situées au-dessus comme si elles étaient attenantes au four même. J'ai donc été trompé... En revenant du Midi, je ferai un second essai pour m'habituer à ces mouvements nocturnes et ne pas perdre les six mille francs de tentures, rideaux et installation que je viens de dépenser. Si je n'y parviens pas, je vous demanderai la résiliation de mon bail en m'appuyant d'ailleurs sur une lettre de vous que j'ai entre les mains. Si le propriétaire refuse, je m'adresserai aux tribunaux en réclamant en outre des dommages et intérêts pour frais d'installation, perte de travail, et voyage de repos nécessité par votre déclaration erronée, car vous me devez, dans le logis que je vous ai loué, le silence nocturne que vous m'avez promis[1]. »

L'instance en résiliation de bail aboutira, à son avantage, dans le courant de l'année 1890. Sans attendre le résultat de l'affaire, il part pour Cannes et descend à la pension « Marie-Louise ». Le soleil, le grand air lui redonnent l'énergie d'écrire. Il s'échine à mettre au point son roman, *Notre cœur*, et, en même temps, rédige une nouvelle, *Le Champ d'oliviers*. Par une étrange coïncidence, le héros de cette nouvelle est un prêtre, un de ces prêtres dont Guy disait qu'il ne dédaignerait peut-être pas le secours à l'instant suprême. Mais l'abbé Vilbois est confronté avec une telle révélation que sa foi en Dieu chancelle. Placé devant un vaurien qui lui affirme être son fils, il est saisi de haine et de remords. « Lui qui avait tant pardonné, au nom de Dieu, les secrets infâmes chuchotés dans le mystère des confessionnaux, il se sentait sans pitié, sans clémence en son propre nom, et il n'appelait plus maintenant à son aide ce Dieu secourable et miséricordieux », écrit Maupassant. Menacé de chantage par l'ivrogne qui est venu le trouver dans sa bastide, l'abbé lui tient tête. Une scène violente oppose les deux hommes. Peu après, on découvre

1. Lettre de janvier 1890.

le prêtre baignant dans son sang, la gorge tranchée. Aussitôt, le fils, qui cuve encore son vin, est arrêté. Mais le doute subsiste : l'abbé Vilbois ne s'est-il pas suicidé pour échapper à une responsabilité qui l'épouvante? En quelques pages, l'auteur a rassemblé ici les thèmes qui lui sont chers et qu'il a exploités, çà et là, dans le reste de son œuvre : la perfidie féminine, la soudaine apparition du bâtard, la fatalité, le suicide, la religion... Au cours d'une visite à Taine, il lui fait la lecture du *Champ d'oliviers* et le vieil écrivain, enthousiasmé, s'écrie : « C'est de l'Eschyle! » Mais déjà Maupassant enchaîne sur une autre nouvelle, *L'Inutile Beauté*. Il les destine toutes deux à un recueil à paraître chez Havard. « Quant à votre volume, soyez sûr que *L'Inutile Beauté* a cent fois la valeur du *Champ d'oliviers*, écrit-il à l'éditeur. Celui-ci plaira davantage à la sensibilité bourgeoise; mais la sensibilité bourgeoise a des nerfs au lieu de jugement. *L'Inutile Beauté* est la nouvelle la plus rare que j'aie jamais faite. Ce n'est qu'un symbole[1]. » Malgré son accent faussement lyrique et déclamatoire, *L'Inutile Beauté* frappe le lecteur par l'insistance avec laquelle Maupassant y développe son horreur de la maternité. Comme dans *Mont-Oriol*, dans *L'Inutile Beauté* éclate le dégoût de l'auteur pour la fécondation de la femme : « Qu'y a-t-il, en effet, de plus ignoble, de plus répugnant que cet acte ordurier et ridicule de la reproduction des êtres, contre lequel toutes les âmes délicates sont et seront éternellement révoltées? » dit un de ses personnages. Aimer la femme, pour Guy, c'est tenter d'oublier la bête qui est en elle. A la seule idée qu'elle est faite d'entrailles, de veines, d'humeurs sous une peau de satin, il a la nausée.

1. Lettre du 17 mars 1890.

Parlant de l'acte sexuel à une de ses maîtresses, Gisèle d'Estoc, il lui assènera cet aveu : « Je trouve décidément bien monotones les organes à plaisir, ces trous malpropres dont la véritable fonction consiste à remplir les fosses d'aisance et à suffoquer les fosses nasales. L'idée de me déshabiller pour faire ce mouvement ridicule me navre et me fait d'avance bâiller d'ennui. » Et il s'en prend à Dieu, unique responsable des malheurs et des laideurs de la stupide humanité qui déshonore la planète. C'est lui qui a ravalé l'acte d'amour à ce chevauchement grotesque. « On dirait, écrit Maupassant, que le Créateur, sournois et cynique, a voulu interdire à l'homme de jamais anoblir, embellir et idéaliser sa rencontre avec la femme. » Et encore, avec plus de hargne : « Sais-tu comment je conçois Dieu? Comme un monstrueux organe créateur inconnu de nous, qui sème par l'espace des milliards de mondes, ainsi qu'un poisson unique pondrait des œufs dans la mer. Il crée parce que c'est sa fonction de Dieu; mais il est ignorant de ce qu'il fait, stupidement prolifique, inconscient des combinaisons de toutes sortes produites par ses germes éparpillés. »

Inspiré par Schopenhauer, Guy croit régler son compte au monde tel qu'il est. Mais, en réalité, dans cet hymne à la femme stérile, jamais malade, toujours disponible, pur objet de jouissance, d'adoration et de caresses, rayonnante enfin d'une « inutile beauté », il y a comme un écho des révoltes de l'adolescent contre une société où il craint de ne pas trouver sa place. A quarante ans, le viveur impudique rêve encore parfois d'amours immatérielles. Il se vante de ses exploits érotiques et cultive la fleur bleue des illusions juvéniles. La seule femme dont il ait partagé l'existence, c'est sa mère. Elle est plus ou moins consciemment son excuse pour éviter les longues liaisons. Tout ce qu'il connaît de l'intimité quotidienne d'un couple, il l'a observé de l'extérieur. Malgré les années et les rencontres, il n'est pas parvenu à l'âge adulte. Il le sait et s'en glorifie. « Vous souvenez-vous de moi ? écrit-il à Geneviève Straus. Il y avait à Paris, l'année dernière, un homme... avec l'air un peu lourd, un peu dur, d'un capitaine d'infanterie, grognon parfois. Cet homme, qui était tout simplement un marchand de prose, a disparu vers l'automne et on ne sait trop ce qu'il fait[1]. »

Tout en préparant la publication d'un recueil de nouvelles, sous le titre général de *L'Inutile Beauté*, et de son nouveau roman, *Notre cœur*, le « marchand de prose » s'apprête à déménager, une fois de plus. Il a loué un appartement au numéro 24 de la rue du Boccador et, aussitôt le contrat signé, écrit à sa mère : « Mon nouvel appartement sera fort joli, avec un seul inconvénient : le cabinet de toilette trop petit et mal disposé. Mais je dois donner comme chambre à François la jolie pièce qui m'aurait servi de cabinet de toilette, afin de l'avoir près de moi la nuit, car on m'ordonne des ventouses sèches le long de la colonne vertébrale dans toutes les insomnies accompagnées de cauchemar. Cela calme instantanément. Et c'est si léger qu'on peut recommencer le lendemain. En réalité, j'ai un rhumatisme normand augmenté et complet [*sic*] partout et qui paralyse toutes les fonctions. Le mécanisme de mon œil suit tous les états de mon estomac et de mon intestin. »

Un seul remède à ces maux qui déconcertent les médecins : une cure à Plombières. Guy s'y résigne. Mais il veut être de retour à Paris pour la mise en vente de *Notre cœur*. « Mon roman s'annonce

1. Lettre de 1889.

comme un succès dans *La Revue des Deux Mondes*, affirme-t-il dans la même lettre. Il étonne par la nouveauté du genre et j'en augure bien... Les hommes dans ma situation perdent tout en ne vivant pas à Paris, car tout se fait par des habiletés incessantes que la moindre interruption annule[1]. » N'est-ce pas le même écrivain qui a fièrement déclaré à Jules Claretie : « Je ne me marierai jamais. Je ne serai jamais décoré. Je ne serai jamais candidat à l'Académie. Je n'écrirai jamais dans *La Revue des Deux Mondes* »? Cette *Revue des Deux Mondes*, qu'il considérait naguère comme l'antichambre étouffante de l'Académie, lui paraît maintenant moins rébarbative. Figurer à son sommaire, c'est s'assurer les faveurs d'un public distingué. Peu à peu, le rude peintre de la paysannerie normande s'est mué en un psychologue de salons. Il dissèque les âmes d'une société oisive et déliquescente.

Le héros de *Notre cœur*, André Mariolle, un homme de trente-sept ans, célibataire et plutôt sauvage, est littéralement envoûté par le charme d'une belle veuve, Michèle de Burne, qui vit entourée d'une cour d'adorateurs. Le seul plaisir de cette créature exceptionnelle est de collectionner les hommages masculins et de retenir ses soupirants par un mélange de tendresse et de cruauté, de promesses et de refus. Femme fatale jusqu'au bout des ongles, elle est la Circé des temps modernes. Comprenant qu'elle finira par le détruire, André Mariolle la fuit et tente de l'oublier dans les bras de sa très appétissante domestique, la jeune Elisabeth : « C'est une femme, se dit-il. Toutes les femmes sont égales quand elles nous plaisent. J'ai fait de ma bonne ma maîtresse. Jolie, elle devien-

1. Lettre du 20 mai 1890.

dra peut-être charmante. Elle est, en tout cas, plus jeune et plus fraîche que les mondaines et que les cocottes. » Mais Michèle de Burne est trop coquette pour accepter la désertion d'un de ses chevaliers servants. Elle l'invite à revenir auprès d'elle, à Paris. Et il obéit, emmenant avec lui la petite Elisabeth qui se doute bien qu'elle l'a perdu, mais veut se cramponner encore à cette faible illusion de bonheur. Maupassant n'a pas voulu de conclusion plus précise. Celle-ci n'est-elle pas l'illustration romanesque de ce qu'il disait dans une de ses dernières lettres à Geneviève Straus sur l'impossibilité pour un homme d'esprit de se contenter d'une maîtresse de condition subalterne ?

Roman mondain, guindé, ampoulé, *Notre cœur* excite, dès sa publication dans *La Revue des Deux Mondes,* la curiosité pâmée du Tout-Paris. On cherche passionnément l'inspiratrice de Michèle de Burne, cette insatiable croqueuse de messieurs. Les uns, tel Jacques-Emile Blanche, voient en elle un portrait d'Emmanuela Potocka, l'idole glacée, la « patronne », la reine absurde du dîner des Macchabées. D'autres jurent que c'est à Marie Kann que Maupassant a pensé en décrivant son héroïne. On raconte qu'elle vient de rompre avec Paul Bourget pour se donner à Guy et que ses exigences amoureuses mettent l'écrivain sur les genoux malgré son extraordinaire faculté de récupération. De son côté, Hermine Lecomte du Noüy affirme s'être reconnue dans Michèle de Burne. Son livre, *Amitié amoureuse,* sera un élégant écho à *Notre cœur.* D'ailleurs, son apparence physique se rapproche de celle que l'auteur a donnée à son personnage, « svelte, fine et blonde, gracieuse et fluette ». Quant à Edmond de Goncourt, il croit, lui aussi, tenir la solution du mystère et note dans son

Journal : « Maupassant a fait dans Mme de Burne de *Notre cœur* le portrait de la mondaine parisienne; la maquette lui a été fournie par Mme Straus qu'il a tenté d'avoir avant son second mariage et avec laquelle il a continué à flirter après... L'amusant, c'est l'éloge que la femme portraiturée prodigue au livre : " Non, Maupassant n'a jamais si bien fait ", se tue-t-elle à répéter à tout le monde. » Et Edmond de Goncourt rapporte une conversation qu'il a entendue entre Geneviève Straus et Mme Sichel. Comme Mme Sichel accuse l'héroïne de *Notre cœur* de n'être qu'une froide intrigante, Geneviève Straus soupire : « Il y a tant de femmes comme ça! » Et elle ajoute, avec une radieuse dureté : « C'est bien ce que les hommes méritent! » Dans son entourage cependant, on la critique pour la vanité qu'elle éprouve à être peinte dans un livre. Mme Halévy s'écrie même, en plein salon : « A la place de Geneviève, je serais révoltée, indignée contre Maupassant! » « Oui, Geneviève est bien l'allumeuse sans cœur, sans tendresse, sans sens qu'est Mme de Burne, et dans le petit cercle d'amis gravitant autour d'elle, ç'a été tout le temps son rôle[1] », conclut Edmond de Goncourt.

Maupassant s'amuse de toutes ces supputations et refuse d'apporter une réponse claire aux questions qu'on lui pose sur l'identité de la dangereuse Michèle de Burne. Sans nul doute, il a réuni dans ce personnage les charmes et les venins des multiples femmes qui ont marqué sa vie. D'Emmanuela Potocka à Geneviève Straus en passant par Marie Kann, par Hermine Lecomte du Noüy et par quelques autres, toutes les proches amies de Guy, toutes celles qui l'ont aguiché pour mieux l'éconduire se retrouvent dans cette figure symbolique. A

1. Goncourt : *Journal*, le 5 juillet 1890.

ses yeux, elle incarne le piège éternel de la féminité. Elle attire comme le gouffre et comme le gouffre elle engloutit ceux qui cèdent au vertige.

Nombre de lectrices sont flattées du pouvoir quasi surnaturel que l'auteur attribue au sexe faible. Maupassant a bien calculé son coup. Grâce au sujet qu'il traite et à *La Revue des Deux Mondes* qui le patronne, il est en passe de conquérir le marché enviable de la haute société parisienne. Après une fulgurante carrière d'écrivain sauvage, massif et trapu, il chasse sur les terres exquises de Paul Bourget. Mais n'a-t-il pas commis une erreur commerciale en autorisant la publication de son roman en revue ? Il confie ses inquiétudes à sa mère : « La publication dans *La Revue* fait tout de même du tort à la vente. Les gros libraires de Paris me disent que parmi mes acheteurs fidèles six sur dix l'ont lu dans la revue et ne prennent pas le volume. Un autre inconvénient est celui-ci. Tout le bruit – et il a été énorme – se fait au moment de l'apparition dans *La Revue des Deux Mondes*; et on a fini d'en parler quand le volume arrive. Malgré tout cela, la vente marche, quoique ralentie, et elle passera, je crois, celle de *Fort comme la mort*, qui est à trente-deux mille. Ç'a été cependant une excellente chose, en principe, pour moi, que *Notre cœur* dans *La Revue*. Le public spécial de ce périodique me connaît et m'achètera plus tard. J'y ai gagné des lecteurs[1]. » Au bout de quelques jours, il revient sur ces questions matérielles qui l'obsèdent. « La vente ne marche presque pas malgré le *gros* succès de ce livre, écrit-il encore à sa mère. Cela tient à ce que *La Revue des Deux Mondes* m'a enlevé comme acheteurs tous les gens du monde de Paris, et en province, dans

1. Lettre de juillet 1890.

toutes les villes, le monde officiel, le monde des professeurs et des magistrats. Soit, de l'avis d'Ollendorff et des commissionnaires en librairie, vingt-cinq à trente mille acheteurs au moins. Ça a eu d'autres résultats avantageux comme pénétration en des publics différents. Mais c'est une perte[1]. »

Ce manque à gagner sur la vente est compensé par les droits substantiels versés à l'auteur par *La Revue des Deux Mondes*. Donc, tout compte fait, il a réussi, pense-t-il, une bonne opération tant artistique que financière. En outre, la presse n'a jamais été aussi chaleureuse. Les journalistes voient dans ce roman une étude des mœurs amoureuses de l'époque, conduite avec une surprenante acuité psychologique. Paul Ginisty, dans *Gil Blas*, loue la subtilité de l'œuvre, André Hallays, dans *Le Journal des Débats*, s'extasie devant la vérité humaine des deux héros, et la *Revue bleue* estime que « Maupassant ne s'est jamais montré plus grand écrivain que dans *Notre cœur* ». Tous ceux qui, dans la haute bourgeoisie, faisaient la fine bouche quand l'auteur évoquait, avec truculence, des milieux « infréquentables » lui tressent des couronnes parce qu'il leur tient enfin un langage de bon aloi. Il devient leur homme. On peut le recevoir sans honte dans sa bibliothèque. Même Anatole France acquiesce à cette conversion honnête et écrit dans *Le Temps* : « M. de Maupassant est perspicace avec simplicité. Son nouveau roman veut nous montrer un homme et une femme en 1890, nous peindre l'amour, l'antique amour, le premier-né des dieux, sous sa figure présente et dans sa dernière métamorphose... Il a un talent si ferme, une telle sûreté de main, une si belle

1. Lettre du 5 août 1890.

franchise qu'il faut bien le laisser dire et le laisser faire. »

Ce succès pétillant grise Maupassant, qui l'attribue en premier lieu à sa connaissance profonde des femmes. Quand il se retourne sur son passé, il est fier de son palmarès. Sa préférence est toujours allée aux blondes. La plupart de ses héroïnes ont des chevelures aux reflets dorés. Pourtant il se souvient d'une rousse qu'il a ramenée chez lui, pour la nuit, après un bal, et qui a prétendu s'incruster quelques jours dans sa chambre, jusqu'à ce qu'il dise à François Tassart : « Je n'en veux plus, foutez-la dehors! » Il y a eu aussi la jeune dame dédaignée qui, ne l'ayant pas trouvé à son domicile, a laissé sur sa table une lettre portant ce seul mot : « Cochon! » Et cette autre qui l'a traqué, revolver au poing; et la Flamande qu'il a levée dans le Hampshire et qui avait une si belle gorge; et les filles de ferme, les servantes de restaurant, les veuves hésitantes, les épouses insatisfaites, les Arabes, les Négresses, les pensionnaires de bordel, les bourgeoises mûres... Couronnant cette multitude de créatures aux cuisses ouvertes, se dressent maintenant les femmes du monde, avec leur auréole de clinquant. Il a conscience d'avoir conquis leur âme à défaut de leur corps. Son hommage à leur suprématie, c'est *Notre cœur*. Plus on parle de ce roman, plus on en cherche les clefs et plus il se persuade qu'il a évolué dans le bon sens en se rapprochant des belles hôtesses de la plaine Monceau et du faubourg Saint-Germain.

Pourtant, alors qu'il a mis tant de lui-même et de ses amies dans ce livre, il ne peut tolérer la moindre indiscrétion relative à sa vie privée. La seule idée qu'un libraire s'apprête à exposer son portrait photographique le jette dans une colère démente. En apprenant qu'à la demande de Charpentier le graveur Dumoulin a exécuté, sans le prévenir, un portrait de lui pour une réédition des *Soirées de Médan*, il ne fait ni une ni deux et écrit à son avoué Me Jacob : « Ayant interdit la vente de mes photographies comme de tout portrait de moi, M. Dumoulin n'a pu que se procurer une épreuve en l'empruntant à l'album de quelque ami. Je me rendis immédiatement chez M. Charpentier, éditeur... Je protestai avec violence et je déclarai que je m'adresserais à la justice si mon image n'était pas supprimée du volume dont on était en train de faire les expéditions... A-t-on le droit de faire, d'exposer et de vendre le portrait d'un homme, fait à son insu et malgré lui ? Toute la question est là[1]. » En même temps, il menace de ses foudres l'infortuné Charpentier : « J'ai refusé cette autorisation à MM. Nadar, Havard, Paul Marsan, venu pour *Le Monde illustré*. Je l'ai refusée à plus de dix journaux, à *L'Illustration*, etc. Vous allez me fournir le chiffre exact du nouveau tirage des *Soirées de Médan* afin que je puisse comparer le nombre des portraits existants avec celui des portraits détruits. Ces eaux-fortes seront enlevées de tous les exemplaires en magasin chez vous. Après cette opération, ces exemplaires seront échangés avec ceux déposés par vous dans les librairies. Vous traiterez ensuite ces volumes de la même façon. Toutes les eaux-fortes enlevées ainsi seront livrées soit à moi, soit à M. Jacob, 4 faubourg Montmartre, afin que ce contrôle soit fait. Si vous n'acceptez pas cette combinaison, je m'adresse, aujourd'hui même, à la justice. » Le graveur Dumoulin se voit reprocher, lui aussi, son procédé « inexplicable et inqualifiable » et est averti qu'on emploiera contre lui « les moyens légaux ». Mais il semble que tous les

1. Lettre du 30 mai 1890.

artistes se soient donné le mot : voici maintenant qu'un peintre, Henri Toussaint, écrit à Maupassant pour solliciter l'honneur d'exécuter son portrait. Guy lui répond, dans la foulée : « Je ne puis, à mon grand regret, vous donner l'autorisation que vous me demandez et que j'ai refusée plusieurs fois. Je me suis décidé, depuis longtemps déjà, à ne laisser publier ni mon portrait ni renseignements biographiques, estimant que la vie privée d'un homme et sa figure n'appartiennent pas au public[1]. »

Cette répugnance à voir son effigie livrée à la curiosité de la foule, n'est-ce pas encore la crainte sourde d'un dédoublement de la personnalité, d'une dispersion de son apparence physique, d'un triomphe du Horla qui aurait pris ses traits et se pavanerait hors de lui dans le monde? Peu après d'ailleurs, il change d'avis et, saisi de lassitude, se rend aux arguments de son avocat, Emile Straus, qui lui conseille la modération : « Faites ce que vous voudrez, lui écrit-il dans une lettre confidentielle. Si vous jugez que cette affaire est douteuse, laissez-la, car elle deviendra vite embêtante. »

Encore quelques mois et, avec une parfaite inconséquence, il ira jusqu'à permettre à Félix Nadar ce qu'il a refusé aux autres photographes : « Je vous autorise, en effet, à vendre aux marchands et au public des photographies de moi, lui annonce-t-il. Je reçois tant de lettres de gens qui me la demandent, ne l'ayant pas trouvée dans le commerce, que cela devient un cauchemar. Si, plus tard, je fais faire des photographies de moi par d'autres que vous, je ne vous promets pas que vous aurez l'exclusivité de la vente, mais je ne favoriserai non plus personne à votre détriment[2]. » Se

1. Lettre du 17 mars 1890.
2. Lettre du 21 février 1891.

souvient-il seulement d'avoir voulu intenter un procès à Charpentier? Ses variations d'humeur frappent tous ses amis. Cependant, il y a un principe dont il ne démord pas : l'inviolabilité de la vie intime d'un écrivain. Bien que friand de publicité et amateur de réunions mondaines, il prétend demeurer secret. Cette contradiction entre l'exhibitionnisme de sa conduite et la discrétion qu'il exige de son entourage ne le gêne pas. Il s'en explique, aussitôt après l'affaire du portrait, dans une lettre à une inconnue : « J'ignore la pudeur physique de la façon la plus absolue, mais j'ai une excessive pudeur de sentiment, une telle pudeur qu'un soupçon deviné chez quelqu'un m'exaspère. Or, si je devais jamais avoir assez de notoriété pour qu'une postérité curieuse s'intéressât au secret de ma vie, la pensée de l'ombre où je tiens mon cœur éclairée par des publications, des révélations, des citations, des explications me donnerait une inexprimable angoisse et une irrésistible colère. L'idée qu'on parlerait d'Elle et de Moi, que des hommes la jugeraient, que des femmes commenteraient, que des journalistes discuteraient, qu'on contesterait, qu'on analyserait mes émotions, qu'on déculotterait ma respectueuse tendresse (pardonnez cet affreux mot qui me semble juste) me jetterait dans une fureur violente et dans une tristesse profonde[1]. » A une autre correspondante anonyme, il précise : « Je suis de la famille des écorchés. Mais cela je ne le dis pas, je ne le montre pas, je le dissimule même très bien, je crois. On me pense sans aucun doute un des hommes les plus indifférents du monde. Je suis sceptique, ce n'est pas la même chose, sceptique parce que j'ai les yeux clairs. Et mes yeux disent à mon cœur : Cache-toi,

1. Lettre de 1890.

vieux, tu es grotesque, et il se cache...[1]. » Dans la même lettre, il détaille ses souffrances physiques qui redoublent de violence : « Penser devient un tourment abominable quand la cervelle n'est qu'une plaie. J'ai tant de meurtrissures dans la tête que mes idées ne peuvent remuer sans me donner envie de crier. » Or, au milieu de cette torture et de ce désarroi, Alexandre Dumas fils l'invite à déjeuner chez Durand, place de la Madeleine, et croit habile de faire miroiter à ses yeux la possibilité d'une élection à l'Académie française. Avec indignation, Maupassant réplique : « Je ne consentirai jamais à faire partie d'une compagnie dont mon maître et grand ami, Gustave Flaubert, ne fut pas membre. »

Excédé par les potins de Paris et par ses migraines, il va chercher le repos à Aix-les-Bains, puis à Plombières, enfin à Gérardmer, où il retrouve Marie Kann. Le paysage des Vosges, éclairé par la présence de Marie, le séduit et le calme. Il aime ces pentes vertes, spongieuses, ces montagnes embrumées, le mystère plat des lacs où se reflètent les pins et les hêtres. « En somme, de l'eau, de l'eau, encore de l'eau qui court, qui tombe, qui glisse, qui rampe; des cascades, des rivières sous l'herbe, sous les mousses les plus belles que j'ai vues, de l'eau, partout de l'eau, une humidité froide, pénétrante, légère, car l'air est vif, le pays étant fort élevé », écrit-il à sa mère. Pourtant bientôt il grelotte, se plaint de rhumatismes et les sourires de Marie Kann ne suffisent plus à le réchauffer. Peut-on faire la cour à une femme quand tout votre corps n'est qu'une blessure vibrante?

Il espère guérir à Etretat, mais « La Guillette » est une glacière. Assis devant la cheminée, il

1. Lettre de 1890.

rumine son désespoir. « Je suis repris de migraine, de faiblesse et d'impatience nerveuse, confie-t-il encore à sa mère. Dès que j'ai écrit dix lignes, je ne sais plus du tout ce que je fais, ma pensée fuit comme l'eau d'une écumoire. Le vent ici ne cesse pas et je ne laisse jamais éteindre mon feu. » Frissonnant, agacé, il songe même à vendre cette maison qu'il a construite jadis avec tant d'amour. Après l'avoir séduit, dans sa jeunesse, elle pèse comme un fardeau inutile sur ses épaules. Peut-être se sentira-t-il plus léger, plus libre quand il aura rompu ses derniers liens avec le passé ?

En tout cas, il a besoin d'une cure de soleil. Il prévient ses marins, Raymond et Bernard, descend à Cannes et y retrouve son bateau. La seule vue du *Bel-Ami II* le réconforte. Ce petit yacht banal lui paraît le plus beau de toute la flotte cannoise. Il parle avec lyrisme, dans *La Vie errante,* de ce navire « tout blanc avec un imperceptible fil doré qui le contourne comme une mince cordelière sur un flanc de cygne... Ses trois focs s'envolent au vent, triangles légers qu'arrondit l'haleine, et la grande misaine est molle sous la flèche aiguë qui lance, à dix-huit mètres au-dessus du pont, sa pointe éclatante. Tout à l'arrière, la dernière voile, l'artimon, semble dormir ». Il passe ses journées à bord, navigue prudemment, se rend à Saint-Raphaël où séjourne son père, à Nice où sa mère s'est installée, avec sa bru et sa petite-fille, dans une villa qui domine la Baie des Anges. Malgré l'animosité feutrée qui règne entre Laure, de plus en plus despotique, et Marie-Thérèse, la veuve d'Hervé, qui refuse d'être traitée en quantité négligeable, Guy savoure le plaisir, si nouveau pour lui, d'assister aux jeux d'une enfant, la douce et rieuse Simone. Pense-t-il, en la voyant, aux trois petits bâtards dont Joséphine Litzelmann assure, à elle seule, l'éducation ? Il n'a pas de remords, puisqu'il aide financièrement cette femme qui n'est plus rien pour lui.

Au mois de septembre, les jours déclinent vite, le soleil pâlit, il faut aller au sud si l'on veut réchauffer sa carcasse. Maupassant, flanqué de François Tassart, s'embarque à Marseille sur le transatlantique *Duc-de-Bragance* (avec douze malles, huit valises, six sacs et dix-huit colis divers) et retourne en Afrique. Mais – est-ce un effet de l'âge ? – il ne supporte plus la crasse des auberges, la puanteur des cuisines, le tumulte des foules. Ni la fantasia organisée en son honneur, ni la danse du ventre exécutée devant lui par des Ouled-Naïl, ni le spectacle d'une noce juive, ni le défilé des chameaux pensifs ne le réconcilient avec ce pays dont il a naguère célébré la splendeur primitive. N'est-ce pas le sable du désert qui lui donne ces démangeaisons dans les yeux ? On dirait qu'il y a des grains de poivre qui roulent sous ses paupières. Il passe quelques jours à Alger, à Constantine, à Oran, à Tlemcen et, exténué, dégoûté, ne songe plus qu'à regagner la France.

A peine revenu, il doit s'occuper de l'inauguration du monument Flaubert, à Rouen. Il est secrétaire du comité. La cérémonie est prévue pour le dimanche 23 novembre 1890. Pour la mémoire du Vieux, il faut que cette réunion soit un succès éclatant. Maupassant a battu le rappel de tous les amis du géant disparu. Après de diplomatiques hésitations, Edmond de Goncourt accepte de prendre la parole à cette occasion. De son côté, Zola promet de venir, mais, ignorant les usages, il demande à Maupassant quelle tenue vestimentaire il sied d'adopter. « Quant à la question d'habit, elle est très nette, lui répond Guy avec toute l'autorité d'un arbitre des élégances. Il y aura certainement des gens en habit; mais en *principe mondain* on ne doit *jamais* mettre un habit pour déjeuner n'importe où, ni pour une cérémonie intime et en plein air comme celle-ci[1]. »

Au jour dit, il prend le train, dès l'aube, pour Rouen, avec Edmond de Goncourt et Emile Zola. Il se sent las, brisé, désenchanté à l'idée de cette glorification funèbre de Flaubert. Lui-même n'attend plus rien de la vie. Ni l'argent ni la célébrité ne peuvent le satisfaire. Il ne comprend pas que certains confrères envient sa réussite. Dans un moment d'abandon, il s'est confié à José Maria de Heredia : « Il me dit longuement sa mélancolie, raconte le poète des *Trophées*, l'ennui de sa vie, la maladie grandissante, les défaillances de sa vision et de sa mémoire, ses yeux cessant tout à coup de voir, la nuit totale, l'aveuglement persistant un quart d'heure, une demi-heure, une heure... Puis, la vision revenue, dans la hâte, la fièvre du travail repris, un arrêt subit de la mémoire, et – quel supplice pour un tel écrivain! – l'impuissance à trouver le mot juste, sa recherche acharnée, la rage, le désespoir. » Dans le train, Edmond de Goncourt observe Guy et, comme José Maria de Heredia, note son aspect délabré et absent : « Je suis frappé, ce matin, de la mauvaise mine de Maupassant, écrira-t-il, du décharnement de sa figure, de son teint briqueté, du caractère *marqué*, ainsi qu'on dit au théâtre, qu'a pris sa personne, et même de la fixité maladive de son regard. Il ne me semble pas destiné à faire de vieux os. » Alors que le convoi longe la Seine avant d'arriver à Rouen, Maupassant désigne d'un geste de la main le fleuve enveloppé de brouillard et grogne : « C'est mon

1. Lettre de 1890.

canotage là-dedans, le matin, auquel je dois ce que j'ai aujourd'hui. »

Après un déjeuner succulent chez le maire, la compagnie se rend dans le jardin du Musée où se dresse le monument à la mémoire de Flaubert, par le sculpteur Chapu. « C'est, dira Edmond de Goncourt, sarcastique, un joli bas-relief en sucre, où la Vérité a l'air de faire ses besoins dans un puits. » Les autorités locales se sont dérangées, ainsi que de nombreux journalistes. Des rafales de vent fouettent l'assistance. La pluie tombe dru. Bravant la tempête, Edmond de Goncourt lit son discours, qui est un hommage à l'homme dont il a si souvent médit dans son *Journal.* « Maintenant qu'il est mort, mon pauvre grand Flaubert, s'écrie-t-il d'une voix qui s'enroue, on est en train de lui accorder du génie, autant que sa mémoire peut en vouloir. Mais sait-on, à l'heure présente, que, de son vivant, la critique mettait une certaine résistance à lui accorder même du talent? » Et il conclut : « N'est-ce pas, Zola? N'est-ce pas, Daudet? N'est-ce pas, Maupassant? qu'il était bien ainsi, notre ami? – et que vous ne lui avez guère connu de mauvais sentiment que contre la trop grosse bêtise[1]. » En entendant prononcer son nom, Guy tressaille. Il était parti dans une rêverie où Flaubert l'appelait. Le Vieux aurait bien ri de cette célébration comique, de ce monument banal qui semble taillé dans le saindoux et du discours ronflant de Goncourt. La pluie redouble de violence. A trois heures et demie, la cérémonie prend fin dans une débandade de parapluies. Maupassant, qui avait promis d'organiser un « lunch » pantagruélique pour les membres du comité, file à l'anglaise. Furieux de ce lâchage, Edmond de Goncourt se

1. Goncourt : *Journal,* le 23 novembre 1890.

contente d'un dîner « ni bon ni mauvais », dont le plat de résistance est l'inévitable canard rouennais.

Quant à Maupassant, il regagne Paris en solitaire. Il habite maintenant 24, rue du Boccador, mais ce nouveau logis lui semble encore plus froid que les précédents. A tout hasard, il a d'ailleurs loué également une garçonnière, avenue MacMahon. Blotti au coin du feu, il claque des dents et regarde tomber la pluie. La perspective d'une sortie en ville l'inquiète. Au cours d'un dîner chez la princesse Mathilde, il a soudain l'impression que son cerveau se vide et il se retrouve, dit-il au docteur Cazalis, « cherchant [ses] mots, ne pouvant plus parler, perdant la mémoire de tout ». « Mon médecin sort d'ici, écrit-il à son cousin Louis Le Poittevin, avec qui il s'est rabiboché entre-temps. Il me défend toute sortie, et d'ici à longtemps il ne veut pas que je m'aventure le *soir* dans les rues. C'est toujours mon même mal, une névrose qui nécessite beaucoup de précautions. Il veut que je me défasse *à tout prix* de mon poêle à combustion lente... Il dit que c'est la mort des gens... Tout cela est bien embêtant[1]. »

Néanmoins, il essaie de travailler à la rédaction d'un nouveau roman, *L'Angélus*, et à la mise au point d'une pièce, *Musotte*, que l'auteur dramatique Jacques Normand a adaptée de sa nouvelle *L'Enfant*. Cette besogne de rapetassage l'agace, mais Koning, le directeur du Gymnase, est formel : le spectacle ne sera monté que si le texte a été revu et approuvé par Maupassant. Or, Guy est, depuis longtemps, attiré par les feux de la rampe. Il voit dans cette nouvelle expérience une possibilité de réaliser, sur le tard, l'ambition de sa jeunesse.

1. Lettre du 7 janvier 1891.

Seule sa mauvaise santé l'empêche de mettre les bouchées doubles. « Mes yeux demeurent dans le même état, mais je suis certain que cela vient d'une fatigue de cerveau ou mieux d'une fatigue nerveuse du cerveau, car aussitôt que j'ai travaillé une demi-heure, les idées s'embrouillent et se troublent en même temps que la vue, et l'action même d'écrire m'est très difficile, les mouvements de la main obéissant mal à la pensée, confie-t-il à sa mère. Mon médecin, l'Académicien et professeur Robin, n'est pas inquiétant. Il dit : " Ce sont de gros désordres dont il faut trouver le remède, mais je ne vois rien d'atteint gravement[1]. " » Et il charge Laure de lui trouver, à Nice, « un petit logement au soleil », où il s'installerait, dès le printemps, avec François Tassart.

Enfin la pièce est acceptée, avec Mmes Pasca et Sisos dans les principaux rôles. Maupassant, ravi, assiste aux répétitions. Assis dans la salle vide, le corps frileusement ratatiné dans son pardessus, il goûte le plaisir d'entendre ses répliques, dites avec sentiment par des comédiens professionnels. « Je crois que cela marchera bien, sans être une pièce remarquable, écrit-il à Laure. Les acteurs sont bons et jouent bien[2]. » Parfois des douleurs de tête le retiennent à la chambre. Ou bien, ce sont ses sinus qui coulent, la gorge qui lui gratte. Sera-t-il d'attaque pour la première de *Musotte*?

Le sujet de cette pièce, c'est encore la bâtardise, qui décidément, avec l'eau, le soleil et l'amour, constitue une des obsessions majeures de Maupassant. Le soir de ses noces avec Gilberte de Petitpré, Jean Martinel reçoit l'appel désespéré d'une grisette, Musotte, son ancienne maîtresse, mourante.

1. Lettre du 22 février 1891.
2. Lettre de mars 1891.

Elle vient d'accoucher d'un enfant de lui. Le jeune homme se précipite au chevet de la malheureuse. Bien entendu, elle expire dans un délire pathétique. Mais l'enfant orphelin ne sera pas abandonné, car Gilberte, subitement attendrie, décide de recueillir le rejeton illégitime de son mari. Tout cela est mélodramatique et amphigourique à souhait. Les répliques à l'emporte-pièce sonnent faux. Les acteurs chargent. Mais le public mondain est sous le charme. Les femmes ont la larme à l'œil. La presse porte Maupassant aux nues. « Me voici auteur dramatique à succès et rudement étonné de l'être, écrit Guy à Robert Pinchon, car je ne crois pas avoir découvert ce fameux secret dramatique impénétrable pour les romanciers[1]. »

Est-ce pour lui, à quarante et un ans, le début d'une nouvelle carrière? Il l'espère et projette déjà d'adapter pour le théâtre une autre de ses nouvelles, *Yvette*. Dès la fin du mois de mars, des propositions lui sont faites pour la représentation de *Musotte* en province et à l'étranger. Immédiatement, il se gonfle de vanité, monte sur ses ergots et reproche au directeur du Gymnase, Victor Koning, de ne pas donner assez de réclame à sa pièce. Les échos de cette dispute amusent tous les confrères. « Daudet me raconte que Koning est complètement fâché avec Maupassant et que, malgré toutes les avances de Maupassant pour se réconcilier, il persiste dans sa fâcherie, écrit Edmond de Goncourt. A cette heure, Maupassant, paraît-il, serait devenu fou d'orgueil et le ton de ses lettres a un ton [*sic*] si autoritaire qu'il aurait blessé à fond le directeur du Gymnase. Et voici ce qui a amené la brouille : Maupassant voulait que la reproduction des articles sur la pièce, payée par Koning, comprît la

1. Lettre de mars 1891.

partie qui célébrait son génie, se souciant peu de l'éloge de la pièce, qui est un peu l'éloge de son collaborateur [Jacques Normand]; et Koning, lui, se souciait peu de la célébration du génie de Maupassant, préoccupé seulement du succès de la pièce. Or donc, Koning déclare que dans cette pièce il y a bien du Normand qui passe pour du Maupassant et qu'il l'attend à la seconde, à celle qu'il fera tout seul et où il s'annonce d'avance comme le créateur du nouveau théâtre[1]. »

Cette seconde pièce, à laquelle Maupassant travaille, il souhaiterait la présenter au Théâtre-Français. L'administrateur, Jules Claretie, à qui il en parle, se montre très intéressé. Mais, dès le début de l'entretien, Maupassant lui annonce qu'il refusera, étant donné sa notoriété, de passer par le comité de lecture de la maison. Décontenancé, Jules Claretie essaie de le raisonner en lui rappelant que les plus grands écrivains français, Hugo, Dumas, Balzac, Sand, Musset, se sont soumis de bonne grâce à cette formalité. Il se heurte à un mur. Devant lui, Maupassant, l'œil étincelant, la moustache frémissante, déclare d'un ton sec : « Je tiens à vous donner ma pièce. Vous la jugerez tout seul, vous la recevrez tout seul, et vous la jouerez ! » Et, laissant Jules Claretie éberlué, il quitte le bureau d'un pas de conquistador. A quelques jours de là, Edmond de Goncourt note que le même Maupassant dénigre publiquement la dernière pièce de Daudet, *L'Obstacle*[2], et que nul ne peut compter sur l'indulgence ou la simple compréhension de ce fanfaron des lettres : « Les amis de Maupassant cherchent, à ce qu'il paraît dans ce

1. Goncourt : *Journal*, le 21 mars 1891.
2. Pièce en quatre actes d'Alphonse Daudet, créée au Gymnase le 27 décembre 1890.

moment, à excuser Maupassant de ses éreintements forcenés, les mettant sur le dos de sa maladie, écrit-il. Mais il y a longtemps qu'elle dure, cette maladie! Autrefois, elle était plus normande, plus hypocrite, plus renfermée; aujourd'hui, c'est de la méchanceté à laquelle il faudra prochainement mettre la camisole de force[1]. »

La tête encore pleine des applaudissements du public qui se presse aux représentations de *Musotte,* Maupassant songe à quitter Paris. Un nouveau médecin, le docteur Dejerine, « très supérieur à Charcot », lui a dit textuellement : « Vous avez eu tous les accidents de ce qu'on appelle la neurasthénie. C'est du surmenage intellectuel. La moitié des hommes de lettres et de Bourse est comme vous. En somme, des nerfs, fatigués par le canotage, puis par vos travaux intellectuels, rien que des nerfs qui troublent tout chez vous; mais la constitution physique est excellente, et vous mènera très loin, avec des embêtements. » Voici Guy momentanément rassuré. Le docteur Dejerine lui conseille « de l'hygiène, des douches, un climat calmant et chaud en été, de longs repos bien profonds, bien solitaires[2] ». Par conséquent, le Midi s'impose. Mais Guy a mal à une dent. Et, dit-il à sa mère, « l'état actuel de l'œil gauche se trouve lié à celui de la racine de la dent qui est au-dessous ». Un peu plus tard, il se plaint au docteur Cazalis : « Mon état de détresse, cette impossibilité de me servir de mes yeux et un malaise physique de cause inconnue font de moi un martyr... Ma mère m'écrit qu'il fait un temps abominable à Nice. Je vais rester jusqu'à jeudi, mais je crois que j'ai tort. » Affolé, il consulte un autre médecin, mem-

1. Goncourt : *Journal,* le 10 mai 1891.
2. Lettre à sa mère du 14 mars 1891.

bre de l'Académie de médecine, le docteur Magitot, lequel lui défend de se faire arracher la dent malade et le morigène avec une paternelle bienveillance : « Vous avez mené une vie de travail qui aurait tué dix hommes ordinaires... Vous avez publié vingt-sept volumes en dix ans, ce labeur fou a mangé votre corps. Le corps se venge aujourd'hui et vous immobilise dans votre activité cérébrale. Il vous faut un très long repos et complet, Monsieur... » Comme Guy lui parle de son amour de la navigation, le médecin l'interrompt. « Le bateau, dit-il, est un charmant joujou pour un garçon bien portant qui se promène en promenant des amis, mais ce n'est pas une habitation de repos pour un homme fatigué de corps et d'esprit comme vous. Par les beaux jours, c'est l'immobilité sous le soleil éclatant, sur un pont brûlant, à côté d'une voile éblouissante. Par les autres jours, c'est une inhabitable demeure sous la pluie, dans les petits ports... Je vous voudrais très isolé, dans un pays très sain, ne pensant à rien, ne faisant rien et surtout ne prenant aucun médicament d'aucune sorte. Rien que de l'eau froide. » En rapportant ces propos à sa mère, Guy s'avoue hésitant sur le lieu de ses prochaines vacances. « En tout cas, conclut-il, je vais faire faire pour mon bateau une tente très épaisse, couvrant tout le pont, qui m'assurera dedans un asile, petit mais frais, quel que soit le soleil dans les ports[1]. »

L'attirance qu'exerce sur lui le Midi est telle que, malgré la mise en garde du docteur Magitot, il décide de tenter l'aventure. « Mes dents ne sont pas guéries tout à fait, mais elles le seront, annonce-t-il, le 9 mai 1891, à sa mère. L'abcès est sec et fermé. Je peux partir. » Cependant, il ne

1. Lettre de 1891.

résiste pas au désir pervers de détailler, à l'intention de Laure, ses autres misères physiques : « Je suis repris encore par l'influenza. Elle m'a attaqué d'abord par la poitrine; puis je me suis cru guéri. Elle m'a repris par les fosses nasales et la gorge. Enfin j'ai pensé que j'en étais quitte quand elle m'a saisi par la tête, par la migraine, par les yeux et la mémoire. Le changement d'air me remettra tout de suite sans doute, car je ne suis ni maigri (au contraire) ni affaibli, mais abruti. Sais-tu que, dans certaines villes du nord de l'Italie, il meurt cinquante à soixante personnes de ce mal, en ce moment? »

A Nice, puis à Cannes, il partage son temps entre le travail et la navigation. Il rêve toujours d'une croisière de six mois, à bord du *Bel-Ami II,* vers les côtes d'Afrique. Mais aura-t-il la force de supporter une si longue épreuve? Il faudrait d'abord finir les manuscrits en cours. Son inspiration fléchit. Sa plume traîne. Il préfère maintenant dicter ses chroniques pour *Gil Blas.* Et il déclare : « Je me suis absolument décidé à ne plus faire de contes ni de nouvelles. C'est usé, fini, ridicule. J'en ai trop fait d'ailleurs. Je ne veux travailler qu'à mes romans. » Ces romans, *L'Ame étrangère* et *L'Angélus,* n'avancent guère. De nouveau, il souffre des yeux. « Aussitôt que je fixe, que je porte mon attention sur quelque chose, que j'essaie de lire ou d'écrire, mes pupilles se déforment, se dilatent, prennent des apparences invraisemblables, confie-t-il à Hermine Lecomte du Noüy. Aussi depuis trois semaines m'est-il défendu de faire quoi que ce soit, d'écrire même un court billet[1]. » Une autre correspondante, restée anonyme, reçoit de lui ce cri de détresse : « Il fait si chaud en ce moment sous le

1. Lettre de 1891.

soleil qui emplit mes fenêtres! Pourquoi ne suis-je pas tout entier au bonheur de ce bien-être? Certains chiens qui hurlent expriment très bien cet état. C'est une plainte lamentable qui ne s'adresse à rien, qui ne va nulle part, qui ne dit rien et qui jette dans les nuits le cri d'angoisse enchaînée que je voudrais pouvoir pousser. Si je pouvais gémir comme eux, je m'en irais quelquefois, souvent, dans une grande plaine ou au fond d'un bois, et je hurlerais ainsi durant des heures entières dans les ténèbres. Il me semble que cela me soulagerait... J'ai peur que la lassitude ne me décide plus tard à ne pas continuer cette route inutile. »

C'est un homme exténué et découragé qui fuit tout à coup la mer bleue, les palmiers, le soleil du Midi pour rentrer à Paris avec François Tassart. Aussitôt la tournée des médecins recommence. Il court de l'un à l'autre, interprète à sa façon leurs diagnostics contradictoires, confond les douleurs vraies et les maux qu'il invente, ne parle plus que de sa santé, de ses hallucinations, et, l'esprit perdu, les nerfs à vif, imagine l'intérieur de son corps comme un assemblage de tuyaux, de poches et de soupapes. Au bout de quelques jours cependant, il lui semble qu'un mieux se dessine dans son état. Le docteur Grancher lui affirme que le climat de Nice est seul responsable de ses malaises. « Vous avez à Paris un appartement grand et sain, à dix minutes du bois de Boulogne, dit-il, et vous allez, juste en été, dans une ville de poussière, de rues aveuglantes et sans campagne autour de vous. Je vous veux dans la verdure ou sur la mer. Essayez de votre bateau, vous y pourrez faire une excellente cure; mais si vous séjournez à Nice, vous retomberez certainement, car je ne vois rien de plus excitant que l'air de cette ville en été. »

Selon les conseils du docteur Grancher, Maupassant se promène dans le bois de Boulogne, dont, dit-il, « certains bouts sont absolument solitaires et jolis ». Déjà il songe à refaire du bateau puisque, contrairement au docteur Magitot, le docteur Grancher l'y engage. Mais l'embellie est de courte durée. A peine a-t-il écrit à sa mère pour la rassurer qu'il replonge dans l'enfer de ses douleurs oculaires, de ses cauchemars éveillés et de sa neurasthénie. François Tassart, qui ne le quitte pas d'une semelle, est si inquiet qu'il envisage, dès à présent, une fin tragique. Que deviendra-t-il si son maître disparaît subitement? Prudent, il lui demande par avance un certificat. D'abord surpris, Maupassant devine le véritable motif de la requête, sourit tristement à ce factotum aux favoris bien peignés et au regard humble, et écrit d'une main dont il contrôle mal le tremblement : « Mon bon François, vous me demandez un mot certifiant la façon dont je juge votre service depuis tant d'années déjà que vous êtes chez moi. Je vous ai toujours trouvé un excellent serviteur, dévoué, actif, intelligent, adroit, prêt à tout voyage ou à toute combinaison de vie nouvelle, exact, d'une vie très régulière, et bon cuisinier. J'espère que ce mot vous paraîtra suffisant comme recommandation[1]. »

1. Certificat daté du 18 mai 1891.

XVI

L'HALLALI

Aux approches de l'été, Maupassant est repris par sa manie ambulatoire et, toujours suivi de François Tassart, se traîne à Tarascon, à Avignon, à Nîmes, à Toulouse, à Divonne-les-Bains, à Saint-Raphaël, à Nice enfin, où il consulte plusieurs médecins dans l'espoir de mieux comprendre son mal. Déçu par leurs explications embrouillées, il retourne à Paris, où les docteurs Lannelongue, Magitot et Terrillon ne savent, eux non plus, que lui recommander le repos et l'hydrothérapie. Plus énergique, le docteur Grancher le réexpédie à Divonne-les-Bains. Installé dans une villa, à Vésenex, près de la station thermale, il souffre du froid en pleine canicule, exige qu'une servante monte chaque soir trois douzaines de bougies dans sa chambre et, malgré cet éclairage, a des hallucinations qui le terrifient. « Je suis à Divonne que je vais quitter encore par suite des orages incessants, des averses et de l'humidité, écrit-il au docteur Henry Cazalis. Je suis à bout de force et n'ayant pas dormi depuis quatre mois[1]. »

En dépit de ses malaises, il a acheté un tricycle et roule jusqu'à Ferney pour saluer l'ombre de

1. Lettre de juin 1891.

Voltaire. Mais un étourdissement le saisit sur le chemin du retour, il tombe et se luxe une côte. Comme si cet accident ne suffisait pas, il a de telles migraines qu'il doit avaler deux grammes d'antipyrine par jour. En revanche, sa mâchoire va mieux : il s'est fait arracher une dent à Genève. « Le corps est fort, assure-t-il encore au docteur Henry Cazalis; la tête plus malade que jamais. Il y a des jours où j'ai rudement envie de me foutre une balle dedans. Je ne peux pas lire, toute lettre que j'écris me donne un mal... Dieu que j'en ai assez de la vie! »

Le temps se gâte. Un vent aigre descend des glaciers. Maupassant songe à fuir vers le Midi lorsqu'il reçoit une lettre de Taine lui conseillant une station rivale de Divonne : Champel, à dix minutes de Genève. « Il [Taine] y fut guéri, l'an dernier, en quarante jours d'une maladie toute pareille à la mienne, écrit Guy à sa mère. Le poète Dorchain y est en ce moment avec les mêmes accidents que moi. Il a retrouvé le sommeil, rien que ça! » Reprenant espoir, Guy se rend d'abord à Genève, où il rencontre son ami le docteur Henry Cazalis, de passage dans la ville. Soucieux de ménager le moral du malade, le médecin lui fait compliment de sa bonne mine, s'écrie même : « Vous êtes guéri! » et approuve son projet de cure à Champel, station au climat plus sain, d'après lui, que Divonne. « Pour vous, lui dit-il en conclusion, tout est d'abord une question de climat, sécheresse et soleil, puis de douche indispensable, car elle vous a déjà métamorphosé, j'en suis sûr à vous voir. » Cependant il va trouver Auguste Dorchain, en cachette, et le met en garde contre les extravagances de Maupassant. « Je l'ai conduit ici, confie-t-il au poète, pour lui faire croire qu'il n'a comme vous que de la neurasthénie et pour que vous lui disiez que le traitement vous a déjà fortifié et beaucoup soulagé! Malheureusement, son mal n'est pas le vôtre et vous ne tarderez pas à le voir. »

Dès son arrivée à Champel, Maupassant se plaint du froid et de l'humidité. Il exige du feu dans sa chambre, à l'hôtel Beauséjour. Auguste Dorchain, qui l'a connu à Paris en 1881, est frappé par son air surexcité et son élocution confuse. Maupassant semble avoir hâte de se raconter à ce jeune confrère et à sa femme. D'emblée, il ouvre devant eux sa serviette bourrée de papiers et déclare : « Voilà les cinquante premières pages de mon roman : *L'Angélus*. Depuis un an, je n'ai pas pu en écrire une seule autre. Si, dans trois mois, le livre n'est pas achevé, je me tue. » Ensuite, il affirme sans sourciller à son interlocuteur que, s'il a quitté Divonne, c'est parce que les eaux du lac, ayant débordé, ont noyé sa villa jusqu'au premier étage. Le lendemain, il lui fourre sa canne sous le nez et déclare avec un accent de triomphe : « Avec cette canne, je me suis défendu, un jour, contre trois souteneurs par-devant et trois chiens enragés par-derrière. » Son parapluie aussi est, dit-il, un objet digne d'intérêt : « Ce genre extraordinaire de parapluie ne se vend que dans certaine boutique du faubourg Saint-Honoré où j'en ai fait acheter plus de trois cents par l'entourage de la princesse Mathilde. » Il exulte, il se fait mousser, il divague dans le mensonge au point qu'Auguste Dorchain, excédé, maudit la présence à Champel de cet hurluberlu vantard et importun.

Mais voici que Maupassant va passer quelques heures à Genève. Bref répit pour Auguste Dorchain. A son retour, Guy le prend à l'écart, lui cligne de l'œil et chuchote à son oreille qu'il a connu en ville une bonne fortune de plus : « Une petite femme! Comme ça! J'ai été brillant! Je suis guéri! » Et, poussant plus loin l'autosatisfaction et l'hyperbole, il prétend que, non content de séduire en deux temps, trois mouvements une ravissante citoyenne helvétique, il s'est rendu chez le baron de Rothschild qui lui a réservé « un accueil somptueux et quasi royal ». Une autre fois, attirant le poète dans sa chambre d'hôtel, il lui montre une série de flacons avec lesquels il se joue des « symphonies de parfums ». Il lui parle aussi avec lyrisme des délices de l'éther : « On sent son corps s'alléger, se dissoudre, on n'est plus qu'une âme : on monte. »

Auguste Dorchain regarde avec tristesse cet écrivain de génie qui sombre dans la décrépitude. Il l'invite à dîner, dans le petit chalet qu'il habite avec sa femme, et découvre, ce soir-là, un Maupassant qui semble revenu à l'état normal. Pendant tout le repas, Guy se montre lucide et même éloquent. Puis, à la demande de ses hôtes, il leur lit les cinquante premières pages de *L'Angélus* et leur raconte la suite de l'histoire telle qu'il l'imagine. « Aux derniers mots, ses yeux étaient pleins de larmes, écrira Auguste Dorchain. Et nous aussi nous pleurâmes, voyant tout ce qui restait encore de génie, de tendresse et de pitié dans cette âme, qui jamais plus n'achèverait de s'exprimer pour se répandre sur les autres âmes. »

Dans ce roman, qui demeurera inachevé, Maupassant renoue avec quelques-uns de ses motifs favoris. Celui de la guerre de 1870, dont il ne peut oublier l'horreur et l'absurdité, celui de la femme humiliée par l'occupant prussien, celui enfin du Dieu criminel. Cette dernière pensée, qu'il a déjà exprimée dans *L'Inutile Beauté,* lui inspire, dans *L'Angélus,* une imprécation solennelle qu'il lance à la face du Créateur : « Eternel meurtrier qui semble ne goûter le plaisir de produire que pour savourer insatiablement sa passion acharnée de tuer de nouveau, de recommencer ses exterminations à mesure qu'il crée des êtres. Eternel faiseur de cadavres et pourvoyeur des cimetières, qui s'amuse ensuite à semer des graines et à éparpiller des germes de vie pour satisfaire sans cesse son besoin insatiable de destruction... »

Parlant de son roman à peine ébauché, Guy affirme à sa mère : « Je marche dans mon livre comme dans ma chambre; c'est mon chef-d'œuvre[1]. » Et il s'exclame, devant François Tassart : « Je vais, dans mon *Angélus*, donner toute la puissance d'expression dont je suis capable; tous les détails y seront soignés avec une minutie qui n'aura rien de fatigant[2]. » Mais il n'abandonne pas pour autant l'idée d'un autre roman, *L'Ame étrangère*, dont il n'a rédigé en fait que le premier chapitre. L'héroïne est une Roumaine, la comtesse Mosska, brune sensuelle et mystérieuse, reflet probable de la comtesse Potocka, la présidente du dîner des Macchabées. Le héros, Robert Mariolle[3], manifeste, comme l'auteur, une préférence pour les femmes blondes. « Elles ont des grâces que ne possèdent pas les brunes, dit Robert Mariolle. Les brunes ont l'air dur, ce sont les guerrières de l'amour. Regarde celle-là. On dirait l'Amazone de la coquetterie. » Autour de la comtesse Mosska, Maupassant évoque « ce petit peuple aristocrate sans frontières, cette élite internationale du *high life* qui se connaît, se reconnaît et se retrouve partout ». Dans la suite du récit, il compte démon-

1. Propos recueillis par A. Lumbroso : *Souvenirs sur Maupassant.*
2. François Tassart : *Souvenirs..., op. cit.*
3. Maupassant a repris pour ce personnage le nom du héros de *Notre cœur*. Seul le prénom diffère : Robert au lieu d'André.

trer l'impossibilité d'une fusion totale entre deux êtres de sexe opposé, en insistant sur le fait que cette discordance est plus forte encore lorsque s'y ajoute l'antinomie des races. Mais aura-t-il le temps et l'énergie de mener à bien ces deux œuvres qui lui paraissent capitales ? Il en doute. Et cette incertitude le rend de plus en plus irascible. Ses éclats de colère, à la table d'hôte, offusquent les clients de l'établissement. Il invective le médecin dirigeant l'hydrothérapie de la station, parce que ce dernier refuse de lui administrer la douche glacée de Charcot, « celle dont le jet renverserait un bœuf » et que seuls, dit-il, peuvent supporter des gaillards aussi vigoureux que lui. Tout en ayant conscience d'être odieux à son entourage, il s'enfonce obstinément dans les exigences et les rodomontades. Ses moindres défauts s'accusent dans une sorte de grossissement hideux. Il se sent devenir une caricature de lui-même. Par moments, cette déformation inexorable lui fait peur. Il se demande s'il n'est pas en train de payer pour sa jeunesse folle, pour sa santé à toute épreuve, pour ses succès auprès des femmes, pour ses gros tirages, pour ses rires insolents d'autrefois.

A Champel, les médecins, exaspérés par ses récriminations continuelles, lui font comprendre qu'une prolongation de la cure ne lui serait d'aucun secours. Aussitôt, François Tassart prépare les bagages. Après avoir rendu visite aux Cazalis, à Aix-les-Bains, Maupassant se retrouve, vers la fin de septembre, à Cannes, où il tente d'oublier ses déceptions et ses angoisses en naviguant le long des côtes sur le *Bel-Ami II*. Mais le soleil et la mer fatiguent. Vivement Paris !

Réinstallé, avec son valet de chambre, dans l'appartement de la rue du Boccador, il s'accorde, pour se divertir, « un coup de vie mondaine ».

Dans les salons, on ne tarde pas à s'apercevoir de son dérèglement. « Maupassant serait attaqué de la folie des grandeurs », note Edmond de Goncourt. Et il affirme que son infortuné confrère raconte partout une visite faite par lui à l'escadre de la Méditerranée, au cours de laquelle l'amiral Duperré aurait ordonné de tirer en son honneur un nombre incalculable de coups de canon. Or, l'amiral Duperré, interrogé à ce sujet, nie avoir jamais rencontré l'écrivain[1]. Parmi les gens de lettres, on s'apitoie et on ricane. Mais Maupassant continue à se gonfler d'arrogance et de contentement. Peut-être même croit-il sincèrement les insanités qu'il débite à son entourage. De plus en plus, le rêve et la réalité se chevauchent dans sa tête.

Le 17 octobre, à onze heures du soir, « un malaise indicible », selon l'expression de François Tassart, le jette à terre. Il revient vite à lui et appelle les médecins qui lui conseillent impérativement d'aller se reposer à Cannes. Il promet d'obéir. Tout l'attire dans le Midi, le soleil, la mer, les femmes. Justement une jeune fille russe, Mlle Bogdanoff, vivant à Cimiez-Nice avec sa famille, lui a écrit pour lui exprimer son admiration. Il peut donc séduire encore des inconnues à distance par son seul talent! Flatté, il répond, comme il a répondu, sept ans auparavant, à une autre jeune fille russe, Marie Bashkirtseff : « Mademoiselle, tous les détails que vous me demandez sur moi sont bien faciles à vous donner et votre lettre est si amusante et originale que je ne résiste pas au plaisir de le faire. Voici tout d'abord mon portrait, fait l'année dernière, à Nice. Mon âge, quarante et un ans, puisque vous me dites le vôtre, bien loin du mien... Je serai revenu à Cannes où je

1. Goncourt : *Journal*, le 9 décembre 1891.

passerai l'hiver, dans le « Chalet de l'Isère », route de Grasse, d'ici huit jours. Mon yacht m'attend à Antibes. Je mets à vos pieds, Mademoiselle, mes sentiments étonnés et séduits[1]. »

Mais la donzelle s'imagine qu'en lui donnant son adresse il l'invite à une entrevue galante. Elle lui fait savoir qu'il l'a offensée et il proteste : « Quelle raison au monde aurai-je de croire que vous n'êtes pas une jeune fille comme il faut ? Je ne sais rien de vous. J'ai cru que vous étiez une jeune fille qui vouliez vous amuser un peu à mes dépens. Quant à ma photographie, comme je permets de l'exposer et de la vendre, je vous l'ai envoyée comme je fais à beaucoup d'autres personnes inconnues de moi. » Cette réponse polie pourrait suffire. Mais il est repris par le prurit du badinage épistolaire. Une fois de plus, il décortique avec complaisance les particularités de son caractère devant une correspondante dont il ignore tout : « Je cherche à être très clair sur tous les points pour n'avoir pas l'air bourru. Je ne le suis pas dans la vie. Je crois même que personne ne l'est moins que moi. Mais je suis avant tout un regardeur. Ce qui m'amuse, je l'examine. Ce qui me paraît insignifiant, je m'en écarte poliment. Est-ce pas là une conduite très normale et courtoise ?... Ne soyez donc pas fâchée, Mademoiselle. »

Cependant, la destinataire de cette épître ne se juge toujours pas satisfaite par ses explications. Elle demande à Guy de répondre point par point à un questionnaire qui fait fureur dans les salons. Alors il se fâche et, du « Chalet de l'Isère », à Cannes, où il vient de se transporter avec François Tassart, avertit l'impudente que leur correspondance a assez duré : « Cette lettre est la dernière

1. Lettre du 23 octobre 1891.

que vous recevrez de moi. Je vois qu'un monde nous sépare et que vous ignorez absolument ce qu'est un homme uniquement occupé de son métier et de la science moderne, et dédaigneux absolument de toutes les balivernes de la vie. L'interrogatoire d'album que vous m'envoyez a été pour moi une révélation stupéfiante. Je tiens ma vie tellement secrète que personne ne la connaît. Je suis un désabusé, un solitaire et un sauvage. Je travaille, voilà tout, et je vis d'une façon tellement errante pour être isolé que, pendant des mois entiers, ma mère seule sait où je suis... Je passe à Paris pour une énigme, pour une créature ignorée, liée seulement avec quelques savants, car j'adore la science, et avec quelques artistes que j'admire, ami de quelques femmes les plus intelligentes peut-être qui soient au monde... » La plume à la main, Guy se gargarise de son étrangeté et de sa grandeur. Bien qu'il méprise cette péronnelle russe qui ose le déranger dans sa solitude, il ne peut s'empêcher de la renseigner sur lui-même : « J'ai rompu avec tous les hommes de lettres qui vous épient pour leurs romans. Je ne laisse jamais un journaliste entrer chez moi et j'ai interdit qu'on écrivît rien sur moi. Tous les articles publiés sont faux. Je laisse seulement parler mes livres. J'ai refusé deux fois la Légion d'honneur et, l'an dernier, l'Académie, pour être libre de toute attache et de toute reconnaissance, pour ne tenir à rien au monde qu'au travail. » Comme Mlle Bogdanoff, perfide, lui rappelle qu'il a été plus conciliant avec Marie Bashkirtseff, il précise encore qu'il a toujours refusé de voir la malheureuse : « Elle m'a écrit qu'elle y parviendrait; je suis parti pour l'Afrique en lui répondant que j'en avais assez de cette correspondance. » Et il conclut avec fierté : « Je vis presque toujours sur mon yacht pour n'avoir de communication avec personne. Je ne vais à Paris que pour regarder vivre les autres et y prendre des documents... Quant à me montrer, non. Je vais de nouveau disparaître six mois pour être délivré de tout le monde. Vous voyez que nos caractères ne se ressemblent guère[1]. »

A peine a-t-il réglé son compte à cette insistante pucelle qu'il doit se porter sur un autre front et défendre ses intérêts contre un journal de New York, *L'Etoile*. Le rédacteur de cette feuille a publié un roman en anglais tiré, sans son autorisation, de sa nouvelle *Le Testament*. Et, comble d'audace, il l'a signé du nom de Maupassant. Il s'agit donc là d'un vol, d'un plagiat manifeste. L'Atlantique ne saurait protéger les coupables. Guy charge son avoué, Me Jacob, et son avocat, Me Emile Straus, d'entrer dans la danse. Ce qui l'indigne par-dessus tout, c'est que les dirigeants de *L'Etoile* prétendent à présent qu'il est un écrivain « peu connu et peu payé ». Piqué au vif, il écrit à Me Jacob en énumérant ses titres de gloire. Autant de médailles qu'il s'épingle sur la poitrine : « C'est moi qui ai ramené en France le goût violent du conte et de la nouvelle. Mes volumes sont traduits dans le monde entier, se sont vendus à un nombre considérable d'exemplaires et sont payés les prix les plus hauts qui aient jamais été atteints dans les journaux français où on me paye un franc la ligne les romans, cinq cents francs un seul conte signé de moi... Le nombre de mes éditions est un des plus grands, même le plus grand après celui de Zola. Je vous enverrai dans quelques jours une liste presque complète et des articles sur moi. » Et, craignant que Me Jacob ne minimise, par timidité ou maladresse, l'importance littéraire et commer-

1. Lettre du 10 novembre 1891.

ciale de son client, il rédige lui-même la notice destinée à figurer dans le dossier de l'affaire : « M. Guy de Maupassant est le premier écrivain français qui ait fait renaître le goût national du pays pour le conte et la nouvelle. Il a publié dans les journaux d'abord, ensuite en volumes, tous ses récits qui forment une collection de vingt et un volumes, vendus en moyenne à treize mille exemplaires chacun, dont font foi les comptes trimestriels des éditeurs. Ces récits lui ont été payés dans les journaux et par les éditeurs aux prix les plus élevés atteints en France[1]. »

Après un échange de lettres qui l'exténue, il recule devant les difficultés et la dépense d'une procédure aux Etats-Unis. Son écriture est de plus en plus hésitante. Certains mots sont à peine lisibles. D'autres sont estropiés par des fautes d'orthographe. Il termine un billet à son avoué par une phrase incomplète : « Je vous serre bien cordialement... » Mais, immédiatement aussi, il lui enjoint d'exiger de Havard, sous menace de procès, que cet éditeur ait en magasin au moins cinq cents exemplaires de *La Maison Tellier*. Entre-temps, il a commis un huissier pour constater sur place le défaut d'approvisionnement en volumes. Il n'écrit plus guère, mais a toujours l'impression qu'une grande œuvre mûrit dans son cerveau.

Par extraordinaire, il se plaît dans ce « Chalet de l'Isère[2] », dont la façade est baignée de soleil. De ses fenêtres, il découvre la mer et la pointe de l'Esterel. La température est clémente. « C'est ma chaufferette », dit-il en parlant de la maison. François Tassart peut croire à une rémission dans le

1. Lettre du 5 décembre 1891.
2. Le « Chalet de l'Isère » se trouve au numéro 42 de l'avenue de Grasse.

cours de la maladie. Ce qu'il craint surtout pour son maître, c'est la visite des femmes. Or, elles ne désarment pas et Maupassant, don Juan usé, haletant et maniaque, continue à tirer la langue devant ces enjôleuses. Celle qui inquiète le plus le brave valet de chambre, il ne la nomme pas dans ses *Souvenirs* et se contente de la désigner sous l'appellation de « la dame en gris ». « Quoiqu'elle soit trop parfumée, écrit-il, elle n'a rien des professionnelles, elle n'appartient pas non plus à cette société du monde distingué où l'on rit et que mon maître a fréquentée. C'est une bourgeoise du plus grand chic; elle a tout à fait le genre de ces grandes dames qui ont été élevées soit aux Oiseaux, soit au Sacré-Cœur... Elle est d'une beauté remarquable et porte avec un chic suprême ses costumes tailleur, toujours gris perle ou gris cendré, serrés à la taille par une ceinture tissée en vrais fils d'or. Ses chapeaux sont simples et toujours assortis à la robe, et, sur son bras, elle porte un petit collet si le temps est douteux ou à la pluie. »

Cette mystérieuse « dame en gris », qui poursuit Maupassant de Paris jusqu'à Cannes en passant par Divonne, François Tassart affirme qu'elle épuise l'écrivain par ses exigences érotiques. Dès qu'elle surgit, c'est le malheur qui entre dans la maison avec un visage de marbre. « Ne devrais-je pas dire son fait à la visiteuse néfaste, écrira François Tassart, lui reprocher le crime qu'elle commet de gaieté de cœur, au besoin la mettre dehors sans cérémonie?... Mais, puisque mon maître voulait bien la recevoir, je ne pouvais que m'incliner... Je puis dire maintenant combien je regrette de ne pas avoir eu le courage de céder à ces impulsions d'éloigner ce vampire. Mon maître vivrait encore... Le soir, il semble accablé et ne souffle mot de la visite. » Un jour du mois d'octobre 1891, Maupassant, effrayé de l'empire que cette goule a pris sur lui, murmure devant son valet de chambre qu'il ne veut plus la voir. Mais elle revient et il ne peut se passer de ses caresses qui le tuent. Ensemble, ils communient dans l'usage de l'éther et la hantise d'une mort voluptueuse.

N'est-ce pas Marie Kann que François Tassart dépeint, sans la nommer, en évoquant les visites de « la dame en gris »? Le 17 juin 1891, Edmond de Goncourt donne de l'élégante et mondaine amie de Guy un portrait qui le laisserait croire. « A la fin de la soirée, dans le salon de la princesse, la cernée des yeux faite au bistre, et maquillée genre cadavre, apparaît Mme Kann, la ci-devant Egérie de Bourget, l'Egérie actuelle de Maupassant, qu'elle me dit bien malade... me laissant entendre qu'il est menacé d'une paralysie générale. » Souffreteuse, détraquée et avide de sensations rares, Marie Kann a fort bien pu s'acharner sur Maupassant pour tirer de lui d'ultimes et singuliers plaisirs. Parlant de cette maîtresse anonyme, Guy dira à Frank Harris : « Tout me plaît en elle. Son parfum m'enivre et, quand il s'est évaporé, l'odeur de son corps est plus affolante encore. La beauté de ses formes, la séduction ineffable de ses refus et de ses consentements me surexcitent jusqu'au délire. » Jean Lorrain, qui a bien connu Marie Kann, confirme que c'est bien elle la « femme fatale » dont François Tassart dénonce les maléfices. « Dans la haute société israélite, écrit-il, Maupassant devait rencontrer la femme, la capricieuse et l'ennuyée, dont la fantaisie féroce hâta le déséquilibrement du pauvre grand écrivain. C'est à une mondaine que la littérature doit la disparition du talent de Maupassant. » Mais, selon une autre version, soutenue notamment par le vieil ami de Maupassant Léon Fontaine, la « dame en gris » ne serait autre qu'une certaine Marie-Paule Parent-Desbarres, qui avait pris le pseudonyme de Gisèle d'Estoc. Attirée par les femmes, la remuante Gisèle d'Estoc fait de la peinture, de la sculpture, pose nue à l'occasion pour Jean-Jacques Henner, écrit dans les journaux et donne des conférences pour revendiquer l'égalité des sexes. Emule de George Sand et de Flora Tristan, elle porte les cheveux courts et s'habille volontiers en homme. Ses goûts résolument androgynes la poussent à rechercher les amours les plus étranges. Abandonnée par son amie Emma Rouër, écuyère au cirque Médrano, elle la provoque en duel et s'en tire avec une égratignure au sein gauche. Aucune expérience ne la rebute. Ayant rencontré Maupassant vers 1884, elle participe avec lui à des orgies qui usent leurs nerfs et les rivent désespérément l'un à l'autre. C'est du moins ce qu'elle prétendra dans le récit qu'elle fera de leur union[1]. « Le souvenir précis de ton corps agite furieusement ma mémoire charnelle », lui écrit-il. Elle vient parfois le voir, déguisée en collégien, les fesses moulées dans un pantalon et la casquette coquinement inclinée sur l'oreille. Devant elle, il force par deux fois une autre femme qui, « bien qu'habituée à des séances longues et compliquées », demande grâce. Un autre jour, c'est Gisèle qui s'offre, nue, aux entreprises conjuguées de Guy et d'un « beau gars râblé ». Elle raffole de cette gymnastique amoureuse. Et Guy s'évertue à maintenir sa réputation. Or, il n'en peut plus. La tempétueuse Gisèle a-t-elle resurgi à Cannes, alors qu'il est terrorisé jusqu'à la panique par l'approche de ces charmantes sangsues? « Elle était d'autant plus dangereuse pour

1. *Cf.* Pierre Borel : *Le Vrai Maupassant, Maupassant et l'Androgyne,* et *Cahier d'Amour* de Gisèle d'Estoc.

son amant qu'elle était d'une intelligence exceptionnelle, qu'elle avait un charme incomparable et qu'elle possédait un corps de déesse; " un nid à caresses ", précisait mon ami si enthousiasmé par cette liaison », confiera Léon Fontaine. Mais peut-être est-ce quelque nouvelle venue, experte en jeux pervers, qui assaille Guy dans son refuge? Homme de proie dans sa jeunesse, il est devenu la victime des femmes de proie dans son âge mûr. On dirait qu'elles se vengent sur lui de la séduction qu'il a jadis exercée sur elles. François Tassart le voit décliner d'heure en heure par leur faute et se désespère.

Après une brève accalmie, Maupassant, de nouveau, divague. Il n'est plus le propriétaire mais le locataire de son corps. Un jour, il ordonne à son valet de chambre de l'appeler « Monsieur le Comte ». Puis il se lamente d'avoir maigri de dix kilos en une semaine et que le sel le ronge de l'intérieur. « Vous êtes chimiste, n'est-ce pas? écrit-il, en décembre 1891, au docteur Georges Daremberg. Eh bien, pouvez-vous reconnaître s'il y a du sel là-dedans, car enfin, j'ai rendu mille fois plus de sel que je ne m'en suis mis dans la tête... Mais il y a de l'alcool dans votre eau-de-vie allemande! Ne saviez-vous donc pas que je ne puis boire une goutte de vin, blanc ou rouge, ni un demi-verre d'alcool eau-de-vie, même anisette ou cassis? Depuis la petite cuillerée que j'ai prise ce matin, je tousse comme un malheureux, ma gorge et toute ma muqueuse sont en feu. Je ne peux même plus me servir de parfums ni les respirer, tant toute émanation alcoolique me trouble le cerveau. Je crève de morphine autant que de sel... Surtout ne répétez à personne que ces dames sont venues me voir. Cela les compromettrait horriblement... Je suis dans un état épouvantable. J'ai découvert hier, jour de souffrances odieuses, que tout mon corps, chair et peau, était imprégné de sel... J'ai des accidents ou plutôt des douleurs terribles pour tout ce qui entre dans mon estomac, et alors, des accidents désolants de la tête et de la pensée. Plus de salive – le sel a tout séché – mais une pâte odieuse et salée qui me coule des lèvres... Je crois que c'est le commencement de l'agonie. Je n'ai pas mangé hier soir ni ce matin. Ma nuit a été atroce. J'ai à peu près perdu la parole, et ma respiration est une espèce de râle horrible et violent. Mes douleurs de tête sont si fortes que je la serre dans mes deux mains et il me semble que c'est une tête de mort. »

Aucun remède ne le soulage. Il s'est tellement habitué à l'éther et à la morphine que, même en forçant les doses, il continue à souffrir. Ne vaut-il pas mieux, dans ces conditions, en finir dès à présent avec la vie? Un an auparavant, il a dit à Hugues Le Roux : « Je songe au suicide avec reconnaissance. C'est une porte ouverte pour la fuite, le jour où l'on est vraiment las. » Et, plus récemment, au docteur Frémy : « Entre la folie et la mort, mon choix est fait. » Vacillant au bord de l'abîme, il prévient le docteur Henry Cazalis : « Je suis absolument perdu. Je suis même à l'agonie. J'ai un ramollissement du cerveau venu des lavages que j'ai faits avec de l'eau salée dans mes fosses nasales. Il s'est produit dans le cerveau une fermentation de sel et toutes les nuits mon cerveau me coule par le nez et la bouche en une pâte gluante. C'est la mort imminente et je suis fou. Ma tête bat la campagne. Adieu, ami, vous ne me reverrez pas. »

Le 14 décembre 1891, il rédige son testament. Ce qui le retient encore de se supprimer, c'est la pensée du chagrin de sa mère. Il a promis de passer le réveillon de Noël avec elle, dans sa villa des Ravenelles, à Nice. Au dernier moment, il lui envoie une dépêche pour se décommander : « Obligé de réveillonner aux îles Sainte-Marguerite avec Mesdames X..., mais je viendrai finir l'année et passer le jour de l'An avec toi. » Selon Mme de Maupassant, ces dames X. ne sont autres que Marie Kann et sa sœur. Guy n'a pu résister à la tentation de les revoir. Mais le souper galant a dû être gâché par une dispute, car, dès le lendemain, les deux femmes repartent, vexées, par le premier train.

Le jour suivant, à la tombée du soir, Guy va se promener seul sur la route de Grasse. Au fond, il est heureux du départ précipité de ses deux belles amies parisiennes. Le voici débarrassé pour un temps de la gluante conjuration féminine autour de sa personne. François Tassart, qui partage son soulagement, est tout surpris de le voir revenir presque aussitôt, le teint livide, l'œil hagard. Claquant des dents, Guy affirme s'être trouvé, dans la nuit de la campagne, nez à nez avec son fantôme. « Ce fantôme, François, balbutie-t-il, c'était moi-même... Il est venu près de moi... Il ne m'a rien dit... Il a simplement haussé les épaules avec mépris... Il me déteste... François, n'oubliez pas de fermer toutes les portes à double tour... » Le souvenir d'Hervé danse dans sa cervelle. Il a l'impression d'être attiré vers le gouffre où son frère a basculé deux ans plus tôt. Toute la maison vit maintenant au rythme de ses douleurs et de ses hallucinations.

Les médecins qui le soignent, et ils sont nombreux, s'accordent à présent pour dénoncer chez lui les manifestations d'une méningo-encéphalite syphilitique. Ils ont longtemps hésité entre l'infection d'origine vénérienne et la névrose, la science de l'époque ne leur permettant pas un diagnostic plus précis[1]. Mais s'agit-il d'une syphilis accidentelle ou d'une syphilis héréditaire? Incontestablement, le passé familial pèse lourd dans le cas de Maupassant. Sa mère, toujours quelque peu extravagante, a atteint, en 1891, un tel degré de nervosité que, ne recevant pas de nouvelles de Guy, elle a avalé du laudanum et a tenté de s'étrangler avec ses cheveux. Son oncle maternel, Alfred Le Poittevin, est décédé à l'âge de trente-deux ans, ayant usé sa vie dans des excès de toutes sortes. Son frère, Hervé, a succombé à la paralysie générale. Sur ce terrain suspect est venue s'abattre une syphilis contractée par Guy vers 1876. Il a commencé par se croire gratifié de la « grande vérole », puis, devant l'indécision des docteurs, il a penché pour la névrose. Sur leur conseil, il a multiplié les remèdes, passant de l'éther aux ventouses et de l'hydrothérapie glacée aux cures de soleil. Après des années de traitements inefficaces, il se retrouve amaigri, déplumé, la langue embarrassée, la main tremblante et le cerveau chargé de brumes et de fantasmes. Quand il se regarde dans la glace, il voit un épouvantail auquel il refuse de prêter son nom.

Le 27 décembre 1891, pendant qu'il déjeune seul au « Chalet de l'Isère », servi par François Tassart, il est pris d'une quinte de toux, s'étrangle et déclare, la mine effrayée : « Une partie du filet de sole est passée dans mes poumons. » Son valet de

1. C'est seulement en 1899, six ans après la mort de Maupassant, que le docteur Babinski présentera le dérèglement oculaire comme un symptôme évident de la syphilis, en 1905 que Schaudinn et Hoffmann découvriront le tréponème, agent pathogène, en 1913 que le docteur Noguchi démontrera qu'au stade tertiaire la syphilis n'a plus son siège dans les parties génitales mais attaque systématiquement le cerveau, et en 1923 que les sels de bismuth seront utilisés pour combattre le mal avant l'arrivée salvatrice, en 1944, de la pénicilline.

chambre lui ayant conseillé de boire du thé très chaud, il s'exécute et aussitôt se déclare sauvé. Une heure plus tard, il est à bord du *Bel-Ami II*. Mais cette promenade le fatigue. Il éprouve de la difficulté à descendre dans le youyou qui doit le reconduire au quai. Ses jambes lui obéissent mal. Il lève le pied trop haut et le repose trop vite dans un mouvement saccadé. Ce jour-là, en rentrant, il écrit encore à son avoué, Me Jacob : « Je suis mourant. Je crois que je serai mort dans deux jours. Occupez-vous de mes affaires et mettez-vous en rapport avec Me Colle, mon notaire à Cannes. C'est un adieu que je vous envoie. »

Cependant, le 28, il va, flanqué de François Tassart, déjeuner à Nice, chez sa mère. Durant tout le repas, il s'enferme dans un silence obstiné. L'air absent, il ne s'intéresse même pas à la petite Simone, qui d'habitude le charme par son babil. Le 29, dans l'après-midi, il reçoit la visite de son ami le docteur Daremberg. Il l'accueille dans sa baignoire et plaisante avec lui, en se savonnant, comme si de rien n'était. En le quittant, le médecin, perplexe, confie à François Tassart, qui le raccompagne jusqu'à la grille du jardin : « Votre maître est d'une complexion très forte, mais il est atteint d'une maladie qui ne ménage pas le cerveau. Eh bien, il vient de me faire le récit de son voyage en Tunisie, avec une facilité incroyable, citant les dates, les noms des personnes vues, sans chercher, sans une hésitation... Il m'a parlé comme quelqu'un qui n'a rien à craindre d'ici longtemps. Donc, patience et courage, mon bon François. »

D'abord sceptique, François Tassart reprend un peu d'espoir. Le 30 décembre, une aurore boréale embrase le ciel au-dessus de l'Esterel. Maupassant sort du jardin sur la route pour mieux admirer le phénomène et murmure : « Voyez donc, François, c'est rouge sang. » Puis il monte sur son tricycle, se rend à Antibes, chez son ami le capitaine Muterse, discute avec lui des aménagements à prévoir sur le *Bel-Ami II* et l'invite à déjeuner pour le lendemain. Or, ce jour-là, il est si peu en train que, dès le début du repas, il perd le fil de la conversation et, après avoir bredouillé quelques mots d'excuse, se retire dans sa chambre.

Le 1er janvier 1892, à sept heures du matin, il est debout et s'apprête à prendre le train pour Nice, où l'attend sa mère. Mais un brouillard flotte devant ses yeux. Il éprouve de la difficulté à se raser et avale à contrecœur le petit déjeuner que François Tassart a apporté en lui présentant ses vœux. Sur le plateau, un monceau de lettres. On pense donc encore à lui dans ce monde qui s'éloigne ! Il ouvre quelques enveloppes, lit une carte d'Alexandre Dumas fils, s'habille et descend dans le jardin où les deux marins, Bernard et Raymond, lui souhaitent, à leur tour, une bonne année. On rit, on se congratule, puis Guy se rappelle sa promesse et dit : « François, ne manquons pas le train. Ma mère nous attend. Si nous n'y allons pas, elle va croire que je suis malade. »

Assis dans le wagon, il contemple par la fenêtre la mer bleue, pailletée de soleil, et demande à François Tassart de parcourir les journaux à sa place et de lui signaler les nouvelles qu'il jugera intéressantes.

Le déjeuner a lieu, comme d'habitude, à la villa des Ravenelles. A table, Guy, très pâle, tient des propos décousus et annonce soudain qu'il a été prévenu « par une pilule de podophylle[1] » qu'un événement grave se préparait. Ensuite, voyant que

1. Médicament purgatif.

sa mère l'examine avec un douloureux étonnement, il décide de repartir pour Cannes. Craignant qu'il ne soit pas en état de prendre le train, Laure s'écrie : « Ne pars pas, mon fils! Ne pars pas! » Mais il secoue la tête et se dirige vers la porte. « Je m'attachai à lui, racontera Laure, je le suppliai, je traînai à ses genoux ma vieillesse impotente. Il suivit sa vision obstinée. Et je vis s'enfoncer dans la nuit, exalté, fou, divaguant, allant je ne sais où, mon pauvre enfant[1]. »

A Cannes, Guy grimpe dans sa chambre, passe une chemise d'intérieur en soie et dîne légèrement : aile de poulet, chicorée à la crème, soufflé de riz à la vanille et, comme boisson, de l'eau minérale. A peine a-t-il avalé cette collation et fait quatre pas dans le salon pour se dégourdir les jambes que ses douleurs dorsales le reprennent. Son valet de chambre prépare une tasse de camomille et lui pose une série de ventouses. Au bout d'une heure, Guy se déclare soulagé. A onze heures et demie, il mâche des grains de raisin blanc pour continuer sa « cure uvale » et ferme les yeux. Vers minuit, François Tassart, le voyant endormi, se retire, mais laisse la porte entrouverte. A ce moment, la sonnette de l'entrée retentit, impérative. Le valet de chambre ouvre et se trouve devant un télégraphiste. Celui-ci apporte une dépêche qui, indique-t-il, vient « d'un pays d'Orient ». Selon François Tassart, ce télégramme contient « les vœux de l'ennemie la plus implacable de [son] maître », autrement dit de « la dame en gris ». Ne laissera-t-elle donc jamais le malheureux écrivain en repos? C'est pour achever de le détruire qu'elle se rappelle à lui, en ce jour de l'An! A regret, François Tassart retourne auprès de Maupassant,

1. A. Lumbroso : *Souvenirs sur Maupassant.*

qui est toujours assoupi, et dépose le message fatal sur sa table de chevet. Puis, sur la pointe des pieds, il regagne son lit. A une heure trois quarts du matin, un vacarme interrompt son sommeil. Mal réveillé, titubant dans le noir, il court vers la chambre de son maître.

Entre-temps, Maupassant a voulu se tirer un coup de revolver dans la tête. Mais François Tassart avait pris soin, quelques jours auparavant, de retirer les balles. Un claquement métallique, et c'est tout. Quelle dérision! Secoué de fureur, Guy rejette l'arme inutile, saisit sur la table un stylet d'acier qui lui sert de coupe-papier et se le plante dans le cou pour se trancher l'artère carotide. La lame glisse et entaille les chairs. Encore un geste pour rien. Alors il se rue sur la fenêtre pour s'élancer dans le vide. Les volets sont fermés. Pendant qu'il les secoue en hurlant comme un forcené, des pas, des voix se rapprochent. François Tassart a prévenu Raymond, l'un des matelots du *Bel-Ami II*, qui loge, lui aussi, au « Chalet de l'Isère ». Ils font irruption dans la chambre et découvrent Maupassant debout dans sa chemise de nuit, l'œil vitreux, la face maculée de sang. D'une voix entrecoupée, il bafouille : « Voyez, François, ce que j'ai fait... Je me suis coupé la gorge... C'est un cas absolu de folie... » Autrefois, il disait fièrement à ses amis : « Je suis entré dans la vie littéraire comme un météore, j'en sortirai comme un coup de foudre[1]. » Le coup de foudre n'a pas eu lieu. Il a raté son adieu au public. Tout le monde va se moquer de lui. Ou le plaindre, ce qui est pis. La belle affaire! Plus rien le touche. Sa tête est une calebasse sonore. On lui parle. Il ne répond pas.

1. José Maria de Heredia : *Discours prononcé à l'inauguration du monument de Maupassant*, à Rouen.

Quels sont ces gens qui le harcèlent? A bout de résistance, il accepte de se recoucher. François Tassart lui fait un pansement sommaire. Heureusement, la plaie n'est pas profonde. Mandé d'urgence, le docteur de Valcourt pratique les sutures nécessaires. Pendant l'opération, le patient reste calme, muet, indifférent. Se souvient-il seulement de ce qui s'est passé?

Après le départ du médecin, il semble revenir à lui et adresse quelques mots aux deux hommes debout à son chevet. « Il nous dit ses regrets d'avoir fait une pareille chose et de nous causer tant d'ennuis, écrira François Tassart. Il nous donna la main, à Raymond et à moi. Il voulait nous demander pardon de ce qu'il avait fait : il mesurait toute l'étendue de son malheur... Enfin sa tête s'inclina, ses paupières se fermèrent; il s'endormit... Raymond, appuyé au pied du lit, était anéanti, à bout de forces. Il avait donné tout ce dont il était capable. Il était d'une pâleur effrayante. Je lui conseillai de prendre un peu de rhum, ce qu'il fit, et alors, de sa poitrine de colosse sortent des sanglots, à croire qu'elle allait éclater... Tous deux nous avons veillé notre bon maître; je ne bougeai pas, car il avait la main posée sur un de mes bras[1]. »

Au matin, Bernard, le premier matelot, vient relayer son camarade. Maupassant passe toute cette journée du 2 janvier au lit, dans un état de demi-inconscience. Mais, vers huit heures du soir, il paraît soudain galvanisé. Se dressant sur ses oreillers, le regard belliqueux, il s'écrie : « François, vous êtes prêt? La guerre est déclarée! » Pour le calmer, le valet de chambre lui répond que le départ pour le front n'aura lieu que le lendemain

1. François Tassart : *Souvenirs sur Guy de Maupassant.*

matin. « Quoi? rugit Maupassant. C'est vous qui voulez retarder notre départ quand il est urgent d'aller au plus vite?... Enfin, il a toujours été convenu que, pour la revanche, nous marcherions ensemble! Vous savez bien qu'il nous la faut! Et nous l'aurons! »

Ainsi, dans cet homme brisé, ce sont encore les souvenirs de la guerre et de la débâcle qui surnagent. Son adolescence sert d'aliment au délire qui le secoue. Au moment de sombrer, il a de nouveau vingt ans. Avec prudence, avec tendresse, François Tassart le raisonne et Guy se recouche, anéanti, silencieux.

Tous les médecins sont d'accord. Une nouvelle crise suicidaire peut survenir d'un jour à l'autre. Il faut interner le malade. Mais sa mère, dont dépend la décision, hésite. L'idée du scandale la hérisse. Un Maupassant dans un asile! Passe encore pour Hervé, mais Guy, son cher Guy, cet écrivain de génie, choyé des foules, adoré des femmes... Quelle déchéance! Elle a voulu que son nom s'écrivît avec une particule et qu'il naquît dans un château. Est-ce pour le voir maintenant revêtu d'une camisole de force? Peu à peu cependant on la convainc de se rendre à l'évidence. Son fils ne guérira pas. Le mal ira même en empirant. Si on le laisse en liberté, Guy deviendra dangereux autant pour lui que pour son entourage. De guerre lasse, Laure capitule. Pourtant elle ne veut pas que Guy finisse dans l'affreuse bâtisse de Bron, comme Hervé. Elle a entendu parler de la maison de santé, très parisienne, du docteur Blanche, où défilent des gens du meilleur monde au cerveau dérangé. Là du moins Guy sera en bonne compagnie. Il importe de conserver les apparences de la respectabilité, même dans l'infortune.

Immédiatement prévenu, le docteur Blanche

envoie un infirmier pour prendre livraison de son nouveau client. Laure ne s'est pas dérangée pour assister au départ de son fils. Sans doute les médecins lui ont-ils déconseillé de venir, craignant que sa présence ne provoque chez le malade un paroxysme de désespoir. Derrière le dos de Guy, quelqu'un suggère de le conduire au port afin de lui montrer une dernière fois son bateau. La vue du *Bel-Ami II* pourrait, disent certains, produire dans son cerveau un choc salutaire, réveiller sa conscience. L'idée est adoptée dans l'enthousiasme. La petite troupe entourant Maupassant quitte le « Chalet de l'Isère » et se dirige vers le littoral. Les passants voient avec surprise cet homme trapu, au visage bouffi, aux yeux saillants, qu'un infirmier maintient d'une poigne ferme et qui met un pied devant l'autre avec l'indifférence d'un automate. Il porte une camisole de force sous son manteau et un foulard dissimule le bandage de son cou. Arrivé sur le quai, il a un regard triste pour son yacht, qui brille au soleil de tous ses vernis, de tous ses cuivres. Les deux marins, Bernard et Raymond, ravalent leurs larmes. C'en est fini des courses en mer avec le patron à la barre. Le malade remue les lèvres. Mais aucun son ne sort de sa bouche. Guy de Maupassant a cessé d'exister. Il n'y a plus à sa place et derrière son nom qu'un pantin sans ressort. L'infirmier l'entraîne avec une rudesse professionnelle. Plusieurs fois, Guy se retourne pour apercevoir encore le beau navire sans maître.

Pour éviter l'afflux des curieux, on le conduit dans le salon spécial du chef de gare de Cannes. Il s'y installe avec François Tassart et l'infirmier en attendant l'arrivée du train. Les minutes s'écoulent trop lentement au gré du valet de chambre, rompu de fatigue. Enfin le sifflet de la locomotive retentit au loin. Un wagon-lit a été attelé au rapide de Paris. François Tassart et l'infirmier aident Maupassant à gravir le marchepied de la voiture numéro 42. Dans le compartiment qui lui a été réservé, Guy s'affaisse sur la banquette. Somnolent, la tête inclinée, il ne prête aucune attention aux badauds qui se pressent sous la fenêtre pour tâcher d'apercevoir le fou qu'on emmène.

Pendant tout le voyage, il garde le silence, soit qu'il dorme, soit qu'il s'isole dans une méditation chaotique. Le lendemain matin, 7 janvier 1892, le docteur Henry Cazalis et l'éditeur Ollendorf l'accueillent à Paris, sur le quai de la gare de Lyon, et le conduisent directement à la clinique du docteur Blanche.

XVII

LE MORT VIVANT

La rue Berton est calme, provinciale, oubliée. Derrière le portail du numéro 17 s'élève l'ancien château de la princesse de Lamballe, où le docteur Emile-Antoine Blanche a installé sa clinique[1]. Des murs épais entourent le parc. Une large allée bordée d'arbres mène au perron à double escalier. En descendant de voiture, Maupassant titube. Le voyage l'a épuisé. Il a le teint terreux, la langue sèche et crache à droite et à gauche en marchant. Visiblement, il ne se rend pas compte du caractère spécial de l'établissement dont il vient de franchir le seuil. Il lui paraît tout naturel qu'un infirmier le couche et que le docteur Meuriot soigne la plaie de son cou. Pourtant, il refuse de s'alimenter et se contente de boire de l'eau. Sa chambre, qui porte le numéro 15, est vaste, claire, mais, par précaution, la fenêtre en a été grillagée. Un cabinet, où se tient le gardien, sépare la pièce principale du corridor.

Le lendemain de son arrivée, Guy se plaint d'un individu qui lui aurait volé la moitié du manuscrit

1. L'hôtel de Lamballe avait été d'abord racheté par le docteur Sylvestre-Esprit Blanche, qui y ouvrit une clinique dont son fils Emile-Antoine hérita. La rue Berton porte aujourd'hui le nom de rue d'Ankara.

de *L'Angélus*, reproche à Ollendorff d'avoir autorisé la publication de ce roman dans *La Nouvelle Revue* et, après avoir avalé « deux pilules de podophylle », gémit de douleur parce que l'une d'elles se serait glissée dans son poumon. Les jours suivants, il se nourrit un peu (bouillon et mouillettes de pain), mais prétend que la maison est peuplée de syphilitiques et que le diable rôde dans sa chambre; puis, brusquement, il se calme, prend un air inspiré, semble écouter des voix et exige de se laver le corps à l'eau d'Evian afin de se purifier une fois pour toutes. Succédant à une courte période de lucidité, les hallucinations se multiplient. Il songe à la princesse de Lamballe qui habita ces murs et périt, mutilée, décapitée, lors des massacres de Septembre. Aussitôt après, c'est Flaubert, invisible, qui l'interpelle. Hervé, lui aussi, se fait entendre. « Leurs voix, affirme Guy, sont très faibles et comme venant de loin. » Ce disant, il frappe le sol du pied pour écraser une armée d'insectes intelligents, dressés par son frère pour l'attaquer dans sa retraite « en projetant de la morphine ».

Ces symptômes laissent les docteurs Blanche et Meuriot perplexes. La guérison paraît aléatoire. Ayant procédé à un nouvel examen, le docteur Blanche note sur la fiche du malade : « Est atteint d'un désordre des facultés intellectuelles caractérisé par des conceptions délirantes, le plus souvent de forme mélancolique et hypocondriaque, et quelquefois aussi par des idées de grandeur avec hallucination et illusion des sens... La maladie de M. G. de M. est grave et sera d'une longue durée sans qu'on puisse encore se prononcer sur l'issue qu'elle aura. »

Tandis que Maupassant lutte, dans la clinique, contre les hantises qui l'assaillent, la plupart des journaux commentent son internement avec une insistance malsaine. André Vervoort, dans *L'Intransigeant* du 12 janvier 1892, écrit : « Pour empêcher Guy de Maupassant de boire de l'éther et de fumer de l'opium, était-il absolument utile de le fourrer chez le docteur Trois-Etoiles, à qui cela fait beaucoup de réclame? Le bien-être que l'écrivain ressentira de sa sobriété ne sera-t-il pas irrémédiablement détruit par la terreur que jettera dans son cerveau la pensée d'être pensionnaire du célèbre praticien des maladies mentales? » D'autres informations, apitoyées ou perfides, filtrent dans la presse. Craignant qu'elles ne tombent sous les yeux de Maupassant, Louis Ganderax, critique dramatique de *La Revue des Deux Mondes*, envoie, dès le 12 janvier, au docteur Meuriot un billet rédigé en hâte : « Il vaudrait mieux qu'on ne lui remît aucun journal sans l'avoir examiné avec soin et que, le plus tôt possible, une note communiquée par notre ami Cazalis au *Figaro*, au *Gaulois* et à *L'Echo de Paris* dise à peu près ceci : *Nous apprenons avec plaisir que l'état de santé de M. Guy de Maupassant s'améliore de jour en jour. Hier, il a demandé des journaux. Il a pu en lire plusieurs.* Cela serait vague; pour lui cela serait inoffensif, s'il le lisait, et cela aurait l'avantage d'avertir tous les journalistes qu'il peut les lire. »

Le docteur Henry Cazalis promet d'entreprendre toutes les démarches nécessaires pour qu'un silence décent entoure la maladie de Guy. Mais il est devancé par Emile Gautier qui, le 13 janvier, publie dans *L'Echo de Paris* un article ignoble intitulé « Les Buveurs d'éther » : « L'auteur de *Notre cœur*, écrit ce dernier, aiguisait d'éther l'encre où s'est dissoute sa cervelle. Quelques gouttes de ce philtre quotidiennement versées dans son sang, il n'en fallait pas davantage pour faire éclater, comme une noisette trop mûre, la tête la plus solide et transmuer un merveilleux ouvrier d'art en un invalide, un gâteaux, un fou. » Indigné, Louis Ganderax insiste auprès du docteur Blanche afin qu'il transmette aux journaux un communiqué apaisant sur la santé de son illustre malade. Mais le docteur Meuriot, qui est à présent le véritable patron de la clinique, s'oppose à une telle publicité. Passant outre à l'avis des médecins, Louis Ganderax court les salles de rédaction et, le dimanche 17 janvier, *Le Gaulois* annonce : « M. Guy de Maupassant va beaucoup mieux. Il se tient au courant de ce qui se passe. Il lit les journaux. »

Devant le remue-ménage fait autour de son fils, Laure étouffe de honte. Elle crie à qui veut l'entendre que Guy n'est pas fou, qu'il n'y a d'ailleurs jamais eu de fous dans la famille, que même Hervé était sain d'esprit. Et Gustave de Maupassant, le père, installé à Sainte-Maxime, confirme avec empressement cette thèse dans une lettre à un destinataire inconnu : « Mon fils Hervé avait la déplorable habitude de travailler la tête nue, en plein soleil, à son horticulture. Il eut, il y a trois ans, une insolation horrible dont il ne put se relever. Il est mort quelques mois après. Cette mort est donc tout à fait accidentelle. »

Dans le milieu littéraire, en tout cas, les langues vont bon train. La plupart des confrères feignent de déplorer la déchéance de Guy, mais, au vrai, ils s'en réjouissent. Un concurrent de moins – et de quelle taille ! –, c'est autant de gagné pour l'ensemble du troupeau. Octave Mirbeau déclare froidement à Claude Monet : « Jamais Maupassant n'a rien aimé, ni son art, ni une fleur, ni rien ! C'est la justice des choses qui le frappe. » Et Edmond de Goncourt renchérit dans son *Journal* : « Conversation sur le bruit autour de Maupassant, qu'on trouve trop grand, étant donné la vraie juste valeur de l'écrivain... Quelqu'un fait une triste remarque, c'est que Maupassant n'a pas un ami intime : en fait d'ami intime, il n'a que son éditeur, Ollendorff[1]. » Sur quoi, Edmond de Goncourt raye Maupassant de la liste des membres de sa future académie, dans laquelle Guy devait remplacer Flaubert.

Muré dans sa rêverie confusionnelle, Guy se laisse soigner sans rechigner par son valet de chambre, qui vient le voir chaque jour, et par l'infirmier Baron. Laure a chargé François Tassart de l'informer régulièrement, par lettre, de l'état de son fils. Elle est trop épuisée, dit-elle, pour aller elle-même à Paris. A l'entendre, sa santé exige autant de ménagements que celle du Guy. Cette attitude est diversement interprétée par les amis de Maupassant. Les uns veulent croire que la mère de l'écrivain est effectivement trop souffrante pour se déplacer, d'autres, plus nombreux, la taxent d'insensibilité et d'égoïsme. Sans doute la vérité est-elle entre ces deux extrêmes. Hypocondriaque depuis des années, Laure répugne à s'aventurer hors de sa retraite niçoise et la seule perspective d'un tête-à-tête avec son fils dément l'épouvante. Aussi, tout en invoquant le supplice de son amour maternel déchiré, ne songe-t-elle pas une seconde à entreprendre le voyage. « Je suis vieille et très malade, gémit-elle, et les narcotiques que je bois à pleins verres achèvent d'user ma pensée. »

Un matin, alors que François Tassart est en train d'écrire à Mme de Maupassant, dans la chambre du malade, Guy se dresse devant lui et hurle : « Vous avez pris ma place au *Figaro*, hein! Je vous prie de vous retirer! Je ne veux plus vous voir! »

1. Goncourt : *Journal*, le 10 janvier 1892.

Abasourdi, les larmes aux yeux, François Tassart demande conseil au docteur Blanche. Celui-ci hoche la tête et soupire : « C'est bien ce que je craignais. » Mais déjà Guy a oublié les reproches qu'il faisait à son domestique. Une brusque obsession mystique le secoue et il annonce : « Dieu a proclamé du haut de la tour Eiffel, à tout Paris, dans l'après-midi d'hier, que M. de Maupassant est le fils de Dieu et de Jésus-Christ. » Sa mission sur terre est si importante qu'il ne peut, déclare-t-il, tolérer plus longtemps la persécution des médecins : ils l'attendent dans le corridor pour lui « seringuer » de la morphine dont les gouttes creusent des trous dans son cerveau. En outre, son domestique lui a dérobé six cent mille francs. Mais, ce qui l'ennuie par-dessus tout, c'est qu'il répand une forte odeur de sel, particularité qui irrite contre lui les Parisiens. Il doit aussi se préoccuper du tombeau de son frère Hervé que le défunt, avec qui il converse quotidiennement, lui demande de faire élargir. A plusieurs reprises, il chasse François Tassart de sa chambre sous prétexte que celui-ci le vole et veut peut-être même le tuer. En revanche, il accepte de recevoir certains visiteurs. Successivement défilent devant lui des messieurs compatissants qu'il reconnaît à peine : le docteur Cazalis, le docteur Grancher, Me Jacob, Albert Cahen, d'autres encore. Tous lui parlent avec douceur et, en réponse, il leur tient des propos si incohérents sur une théorie de la « médecine voyageuse » qu'ils se retirent consternés.

Le 23 janvier, il soupçonne son notaire d'avoir vendu sa maison d'Etretat mille cinq cents francs, alors qu'elle en vaut trente-cinq mille, et dénonce le complot des médecins qui tentent de l'assassiner par des lavements au miel. Quelques jours plus tard, tourné vers le mur, il vocifère : « Hervé !

Hervé ! On veut me tuer ! Brûlez tous les papiers ! Tuez les gendarmes ! » Puis il commande un déjeuner pour sa mère, sa belle-sœur, sa nièce Simone et se désole parce qu'elles ne peuvent trouver la porte d'entrée de la maison. Il se lance aussi dans de grands discours sur le diable, qui le houspille sans arrêt, et reproche à François Tassart d'avoir envoyé une lettre à Dieu en accusant son maître d'avoir sodomisé une poule et une chèvre.

Dieu et le diable étant devenus les interlocuteurs familiers du malade, le docteur Blanche écrit à Laure pour lui demander ce qu'il doit faire si Guy exige le secours d'un prêtre. « Tout ce que je puis vous dire, lui répond-elle, c'est que je n'ai vu à mon fils pendant sa carrière d'homme aucune velléité religieuse. Je n'y ai vu non plus ni aversion, ni mépris pour ce qu'il ne croyait pas... Faites donc ce que les circonstances commanderont et cédez au désir du malade... Mais n'auriez-vous pas peur aussi d'agiter ses pensées et d'éveiller un fanatisme dangereux ?... Cela n'est peut-être qu'un rêve de malade... Je ne suis pas une pratiquante, je l'avoue, mais j'ai le plus grand respect pour les convictions religieuses et je ne demande qu'une chose : c'est la guérison de mon pauvre cher fils. Qu'il soit plus ou moins croyant, il restera ce qu'il a toujours été : généreux, noble et délicat et doué du meilleur cœur de fils qui ait battu dans une poitrine. » Cependant, elle n'envisage toujours pas de se rendre à Paris auprès de Guy, dont l'état empire malgré les douches et les remèdes.

Le 28 janvier, il prétend qu'il a causé toute la nuit avec sa mère, que les médecins l'ont mal pansé à Cannes « avec des sutures de coton » et que sa voix, même quand il chuchote, est entendue jusqu'en Chine. De nouveau, François Tassart, accusé de l'avoir dépouillé de toute sa fortune, est mis à la porte de sa chambre et les cuisiniers de la clinique se voient reprocher d'avoir empoisonné le café avec du sulfate de fer. Le 1er février, il exprime le désir d'aller communier chez les célestins qui l'attendent. Mais, dit-il, tous les catholiques ont des estomacs artificiels. Lui-même en a un, qui lui coûte douze mille francs et qui vient d'éclater parce qu'on ne lui a pas donné des œufs à manger toutes les demi-heures. Le 4 février, saisi d'une excitation frénétique, il crie : « Habillez-moi pour que je prenne le train afin d'aller au Purgatoire ! » Le lendemain, il apostrophe Dieu qu'il traite de « stupide vieillard » et appelle les pompiers pour qu'ils retirent « les bombes qui sont sous le monastère et sous la citadelle ». Son délire allant crescendo, il injurie aussi le docteur Meuriot : « Tu es un infâme bonhomme ! Dieu, vous êtes fou ! Vous voyez que François avoue m'avoir volé huit cents millions... Vous l'entendez ? Il a volé les éditeurs ! Ce n'est pas moi, c'est le baron de Vaux qui a déclaré la guerre et c'est lui qui a insulté Paul de Cassagnac... Comment, vous ne savez pas que ce sont les généraux et les archevêques qui m'avaient enterré vivant à Cannes ?... Vous ne pouvez pas me tuer... Je suis inattaquable... Je vais tuer tous les diables ! » Puis il s'en prend au docteur Grancher et menace de lui envoyer « trente gouttes de mercure ». Le 17 février, après avoir refusé d'avaler son repas parce que « les aliments sont du germe de momies et de soldats », il clame encore : « Jésus-Christ a couché avec ma mère ! Je suis le fils de Dieu ! »

Il est si abattu qu'on le nourrit à la sonde œsophagienne. Du fond de son lit, il affirme pêle-mêle que cette sonde lui a donné « la vérole noire », qu'il va la transmettre à Dieu pour le faire mourir, qu'il est d'ailleurs plus puissant que Dieu et que toutes les femmes du monde ont été « déshonorées » par lui. Le 8 mars, il décide carrément de ne plus uriner. « Il ne faut pas pisser dans l'agonie, dit-il. Je vais avoir une terrible force... Mais, si on me met la sonde urinale, c'est ma mort immédiate. » Et encore : « On ne doit jamais uriner le soir, car l'urine fait dormir : ce sont des pierres précieuses qu'on ne doit pas mettre dans le pot. Je vous dis que ça nourrit le corps! J'ai un argent terrible dans le ventre! » Alarmés par cette rétention urinaire prolongée, les médecins procèdent au sondage et, pendant l'opération, Maupassant crie qu'il faut à tout prix conserver son urine : « Ce sont des diamants! Mettez-les dans le coffre-fort! » Cette idée lui tient tellement à cœur qu'il y revient le 29 mars en déclarant : « Il ne faut pas pisser : l'urine est faite de bijoux. C'est avec eux que j'allais chez les femmes du monde! » Chose curieuse, les femmes du monde, et les autres, qui ont tenu une si grande place dans sa vie, ne le préoccupent plus guère. Lui qui se vantait volontiers de ses exploits amoureux n'y fait aucune allusion dans son délire. La folie l'a, semble-t-il, émasculé. Délivré de son sexe, enfoncé dans un gâtisme irréversible, il ne s'intéresse qu'au mouvement de ses entrailles, aux voix qui lui parviennent de l'au-delà, à Dieu qui s'acharne contre lui et aux médecins qui le volent avec la complicité de son valet de chambre. Par moments, il oublie qu'il a été un écrivain célèbre. Le Horla l'a définitivement expulsé de lui-même.

Le mercredi 30 mars 1892, Edmond de Goncourt note dans son *Journal* : « Mme Commanville[1] [...] me donne de tristes nouvelles de Maupassant. Il ne parle plus maintenant jamais de son

1. La nièce de Flaubert, veuve d'Ernest Commanville.

manuscrit de *L'Angélus*. Dernièrement, il a voulu envoyer une dépêche à un quelconque et n'a jamais pu la rédiger. Enfin, il passe toutes ses journées à causer avec le mur qu'il a en face de lui. » Ces informations, Mme Commanville les tient du docteur Franklin Grout qui la courtise avec persévérance et qui est, à la clinique, l'assistant du docteur Meuriot. Plus tard, Goncourt écrira encore : « Maupassant colloquerait toute la journée avec des personnages imaginaires, et uniquement des banquiers, des courtiers de Bourse, des hommes d'argent. » Et il ajoutera que, selon le docteur Blanche, le malade « a la physionomie du vrai fou, avec le regard hagard et la bouche sans ressort[1] ». Le 20 août, on peut lire dans *L'Illustration* : « Maupassant, on en parle déjà comme d'un ancêtre. »

Les jours se traînent, sans que Guy ait la notion du temps qui passe ni des gens qui le visitent. Pourtant, de loin en loin, un éclair de raison l'éblouit. Au compositeur Albert Cahen, qui tente de l'égayer en évoquant quelques souvenirs communs, il dit soudain : « Allez-vous-en ! Je ne serai plus moi-même dans un instant ! » Et il sonne : « Infirmier ! Mettez-moi la camisole de force ! Vite ! Vite ! » Une autre fois, la fureur le surprend avant qu'il ait pu appeler à l'aide et il assomme un malade en lui lançant à la tête une boule de billard. A cette agitation succède une apathie morbide. Il se laisse soigner avec docilité et continue à parler dans le vide. Le 30 janvier 1893, au retour d'un dîner chez la princesse Mathilde, Edmond de Goncourt écrit : « Le Dr Blanche, qui fait ce soir une visite à la Princesse, vient causer avec nous, dans un coin, de Maupassant et nous laisse entendre

1. Goncourt : *Journal*, le 17 août 1892.

qu'il est en train de *s'animaliser.* » Le terme est d'une précision terrible. Maupassant est réduit à l'état de bête. Lui qui exaltait jadis la primauté de l'instinct sur l'intelligence n'est plus qu'un corps mû par des exigences physiologiques primaires. Ainsi, obéissant à une fatalité impitoyable, le chantre de l'homme-animal se transforme en animal tout court. Avec l'arrivée des beaux jours, il semble pourtant reprendre goût à la vie, sort dans le jardin en compagnie d'un infirmier, enfonce des bouts de bois dans la terre et dit : « Plantons cela ici; nous retrouverons l'an prochain des petits Maupassant. » Puis, de nouveau, c'est le brouillard de l'inconscience.

Cependant, le 11 mars 1893, la Comédie-Française représente pour la première fois sa pièce en deux actes, *La Paix du ménage,* dont Alexandre Dumas fils a surveillé les répétitions et même, dit-on, remanié le texte. Faisant allusion à cette œuvre mineure, Guy écrivait, trois ans plus tôt, à sa mère : « Je la crois maintenant parfaite et je ne doute pas du succès quand je trouverai une occasion très favorable de la faire jouer[1]. » Il s'agit, une fois de plus, en l'occurrence, d'une intrigue amoureuse de salon. On est entre gens à particule. « Une femme du monde appartient au monde, c'est-à-dire à tout le monde, excepté à celui à qui elle se donne! » s'écrie Jacques de Randol, l'amant de la belle Mme de Sallus. Les rôles sont tenus par MM. Worms et Le Bargy et par Mlle Bartet. Alors que Maupassant, seul dans sa chambre, hébété, bavant, les mains tremblantes, se bat contre les cauchemars qui l'assiègent, un public parisien élégant et frivole applaudit aux répliques qu'il a jadis

1. Lettre du 5 août 1890.

écrites dans la joie. Certains parmi les spectateurs se demandent même si l'auteur est encore vivant.

Le 4 mai, Hermine Lecomte du Noüy, ayant rendu visite à Guy, en rapporte une impression d'irrémédiable naufrage. « Il était assis dans la cour de l'asile, écrit-elle, sous le ciel bleu, mais combien pâle, vieilli, affaibli; une ombre! Je distinguais ses traits flétris, ses yeux rouges et éteints, les muscles détendus de ses mâchoires, qui lui faisaient comme des bajoues. Ses épaules s'étaient voûtées, et, de sa main maigre et pâle, il se caressait inconsciemment le menton. » D'autres femmes, dont Joséphine Litzelmann, souhaiteraient le voir une dernière fois, mais Laure, veillant jalousement, de loin, sur la tranquillité de son fils, ordonne d'interdire la porte de la clinique à ces visiteuses indiscrètes.

Au début du mois de juin, Maupassant est pris de convulsions épileptiformes. Les médecins croient que c'est la fin. Or, le cœur résiste, bien que le malade ne puisse plus se tenir debout. La syphilis a eu raison, à la longue, du bel athlète d'autrefois, réduit maintenant à l'état de loque. A quatre pattes, il lèche les murs de sa cellule. Le 28 juin, de nouvelles secousses ébranlent ce corps qui ne souffre même plus. Il entre dans le coma, puis en émerge à la stupéfaction de son entourage, ouvre un œil, émet un soupir rauque, remue la main au bord de la couverture. C'est seulement le 6 juillet 1893, à onze heures trois quarts du matin, qu'une crise plus violente que les autres lui arrache son restant de vie.

Le voici étendu sur son petit lit anonyme, les yeux clos, la moustache bien peignée, l'air satisfait d'en avoir fini, à quarante-trois ans, avec l'absurde farce de son séjour sur terre. Evadé de sa misérable enveloppe charnelle, il est redevenu pour le monde entier cet écrivain rude et fécond qui, de *Boule de Suif* à *Fort comme la mort*, a subjugué les foules par la véracité féroce de ses récits et la richesse chatoyante de son style. Et cette œuvre immense a été conçue en quelque dix ans, alors que l'auteur menait une existence trépidante, partagée entre les femmes, le bateau, les voyages et la lutte quotidienne contre la maladie. Sans doute a-t-on fait venir un prêtre in extremis. Il n'a pu recueillir que le dernier hoquet de l'agonisant. Mais cela a permis d'annoncer à la presse que M. Guy de Maupassant, homme de lettres, était décédé « muni des sacrements de l'Eglise ». Les apparences sont sauves. Pendant l'internement de Guy, la famille a pris la précaution de faire nommer un administrateur judiciaire de ses biens.

Le faire-part indique que le service religieux se fera le 8 juillet 1893, à midi précis, « en l'église Saint-Pierre-de-Chaillot, sa paroisse ». Ce conformisme entourant les obsèques d'un révolté étonne ses amis, qui cependant se rendent nombreux à la cérémonie. Avec une ironie mélancolique, ils constatent que ni la mère ni le père de Guy n'ont pris la peine de venir à Paris. Laure s'est prétendue trop fatiguée pour quitter Nice et a envoyé à sa place sa femme de chambre, Marie May. N'ayant pas jugé utile de rendre visite à son fils pendant toute la durée de son séjour à l'asile, pourquoi irait-elle, maintenant, saluer son cadavre? La famille est représentée par le seul docteur Fanton d'Andon, frère de la veuve d'Hervé.

Au cours de l'office, Mme Commanville chuchote à l'oreille d'Edmond de Goncourt qu'elle doit partir demain pour Nice, « avec le pieux désir de consoler la mère de Maupassant » qui est, dit-elle, « dans un état inquiétant de chagrin ». De son côté, Rodin parle à Edmond de Goncourt d'un ami commun qui, grâce à leur appui, recevra sous peu la Légion d'honneur. Et Jean Lorrain, à la sortie de l'église, raconte la joyeuse histoire d'une petite fille violée par son tuteur dans la voiture de deuil qui suit le corbillard transportant la dépouille de sa grand-mère. On commente aussi, sur le parvis, le fait que Maupassant a été mis dans un triple cercueil de sapin, de zinc et de chêne, alors qu'il avait exprimé le souhait d'être enseveli en pleine terre. L'administration des Pompes funèbres se serait refusée à accomplir une exigence jugée indécente. Mme de Maupassant en est, croit-on savoir, désolée. Selon elle, son fils voulait se fondre « dans le grand Tout ». Enfin le cortège s'ébranle. Une chaleur écrasante règne sur la ville. Marchant à côté du char qui disparaît sous les couronnes de fleurs, le docteur Fanton d'Andon, Zola, Ollendorff et Me Jacob tiennent les cordons du poêle. Le plus ému, dans l'assistance qui piétine derrière eux, est François Tassart. Les genoux faibles, le teint livide, les yeux rougis, il suit l'enterrement de sa propre vie.

Au cimetière Montparnasse-Sud, dans la foule qui se presse autour de la fosse, les curieux reconnaissent la comédienne Mme Pasca, le compositeur Albert Cahen, les écrivains Alexandre Dumas fils, Jean Lorrain, Henry Roujon, Catulle Mendès, Henry Céard, Marcel Prévost, Paul Alexis, Henri Lavedan, José Maria de Heredia... Tête nue, le lorgnon embué, Zola prend la parole. Il est si bouleversé que, par moments, sa voix s'étrangle. Avec éloquence, il peint cette carrière étincelante, la rapidité irrésistible du succès, le refus de négliger les plaisirs de la vie pour s'enfermer dans la seule écriture. « Célèbre du jour au lendemain, il ne fut même pas discuté, dit-il. Le bonheur souriant semblait l'avoir pris par la main pour le conduire aussi haut qu'il lui plairait de monter... S'il a été, dès la première heure, compris et aimé, c'était qu'il apportait l'âme française, les dons et les qualités qui ont fait le meilleur de la race. On le comprenait parce qu'il était la clarté, la simplicité et la force. » Puis l'orateur évoque la chute de Maupassant : « Lui, grand Dieu! lui frappé de démence! Tout ce bonheur, toute cette santé coulant d'un seul coup dans cette abomination! » La seule consolation pour les survivants, c'est, conclut-il, la certitude de la gloire inaltérable qui attend le disparu auprès des générations futures : « Qu'il dorme donc son bon sommeil, si chèrement acheté, confiant dans la santé de l'œuvre qu'il laisse! Elle vivra et fera vivre. Nous qui l'avons connu, nous resterons le cœur plein de sa robuste et douloureuse image. Et, dans la suite des temps, ceux qui ne le connaîtront que par ses œuvres l'aimeront pour l'éternel chant d'amour qu'il a chanté à la vie. »

Après Zola, c'est Henry Céard qui prononce quelques mots d'une touchante simplicité, au nom des amis qui ont entouré Guy dans sa jeunesse. Ils ont vieilli, ils ont perdu le goût de rire. Engoncés dans leurs redingotes noires, le haut-de-forme à la main, ils baissent la tête. Enfin on se disperse par petits groupes. Alexandre Dumas fils soupire : « Quelle destinée! Quelle perte pour les lettres! Ah! c'était un lapin! » Cette virile oraison funèbre n'aurait pas déplu à l'ancien canotier de « La Grenouillère ».

Le règlement de la succession se fait cahin-caha, au milieu des récriminations sordides de la mère, du père et de la belle-sœur. On échange lettre sur lettre avec Me Jacob, chacun réclamant son dû. Le père refuse le lit qu'on lui offre, mais demande « les portraits ». La mère exige de recevoir une garniture de cheminée en sèvres et une pendule Louis XVI. La belle-sœur défend âprement les intérêts de sa fille, la petite Simone, à qui, dit-elle, le défunt désirait laisser toute sa fortune.

Avant même la mort de Guy, Laure, oubliant la passion de son fils pour le *Bel-Ami II*, symbole de réussite et de liberté, a mis en vente le yacht, estimé à six mille francs. « La Guillette » aura le même sort. Les 20 et 21 décembre 1893, on disperse, à l'hôtel Drouot, devant un public surexcité, différents objets ayant appartenu à Maupassant : une armoire Louis XIV, un médaillon de Flaubert, un porte-mine, un tire-boutons, une épingle de cravate, une *Chimère* de Rodin... On dit qu'entre les griffes de cette chimère un familier de la maison avait déposé, ostensiblement, le dernier télégramme de « la dame en gris ». Le total des deux vacations se montera à vingt-quatre mille cinq cents francs. Le 20 décembre, Edmond de Goncourt note avec une haine persistante : « On déplorait ce soir, chez la Princesse, cette publicité de la vente Maupassant, qui diminuait vraiment l'écrivain en révélant le goût ignoble de l'homme. » Et il insiste, le lendemain : « Ça ne fait pas l'éloge du goût des femmes du grand monde, cet engouement amoureux pour cet homme à l'aspect d'un marchand de vin, vivant dans l'entour des choses *canailles* de son intérieur. C'est de Maupassant, on le devine, que je parle. »

La voie est ouverte à la publication des souvenirs pieux comme des divulgations scandaleuses autour de la vie du plus secret des écrivains. De nombreuses lettres s'envolent vers des mains inconnues ou sont détruites par leurs destinataires. Laure, tour à tour exaltée et indignée, s'efforce en vain de nier la thèse de la paralysie générale. Par souci d'honorabilité, elle voudrait que la réputation de son fils fût inattaquable pour les siècles des siècles. Or, malgré la disparition de Maupassant, Edmond de Goncourt s'acharne sur sa mémoire dans son *Journal*, l'accuse d'avoir construit sa gloire sur l'équivoque faveur des femmes du monde, prétend que, selon son ami le poète Georges Rodenbach, « Maupassant n'a jamais mis dans ses livres une phrase qu'on peut citer » et reparle « des coïts de l'auteur de *Bel-Ami* en public, l'une de ces exhibitions ayant été payée par Flaubert en personne[1] ». Décidément, il ne peut pardonner à Guy d'avoir critiqué jadis l'« écriture artiste ». Pour lui, ce romancier à succès n'arrive pas à la cheville de Flaubert. La spontanéité, la facilité, la simplicité de Maupassant lui paraissent indignes d'un véritable homme de lettres. En somme, l'auteur de *Bel-Ami* n'a pas assez lu et il a trop vécu!

Loin de ces rumeurs, Laure, malade, droguée, jure ne plus souhaiter que la mort. Théâtrale à son habitude, elle appelle cette visiteuse de la dernière heure « la Dame aux yeux creux ». A Paul Alexis, qui va la voir à Nice, elle affirme, une fois de plus, que personne dans sa famille n'a présenté le moindre symptôme d'aliénation mentale. Mais, dans la conversation, sa langue fourche et, parlant du père de Guy, elle prononce le nom de Flaubert. Ce lapsus enchante Paul Alexis qui se croit au bord d'une révélation capitale. De retour à Paris, il annonce sa « découverte » à Edmond de Goncourt, lequel, à son tour, enfourche ce vieux dada boiteux. « Dans une longue conversation qu'il [Paul Alexis] a eue avec elle, écrit-il, Mme de Maupassant a mis une certaine animation à bien lui démontrer que Maupassant physiquement et mora-

1. Goncourt : *Journal*, le 11 mars 1894.

lement n'avait rien de son père[1]. » En vérité, Edmond de Goncourt aimerait que personne ne s'occupât plus de Maupassant et il ne peut s'empêcher de s'en occuper lui-même. Pour le dénigrer, certes, pour le salir par-delà le tombeau. Mais n'est-ce pas encore une façon de reconnaître l'importance de l'homme qui, dans le passé, lui a porté ombrage ?

D'autres visiteurs dérangent Laure dans sa retraite. Elle les reçoit avec la pieuse gravité d'une gardienne de musée. En soupirant, elle leur montre des lettres, des télégrammes, des photographies de son cher Guy. A la demande d'Ollendorff, elle autorisera la publication posthume de deux recueils de nouvelles : *Le Père Milon* et *Le Colporteur.* En 1895, le même éditeur, appuyé par un groupe d'amis, suggère de transporter le corps de Maupassant au cimetière du Père-Lachaise, où la Ville de Paris lui réserverait une sépulture dans le quartier des écrivains célèbres, au voisinage d'Alfred de Musset. Consultée sur ce projet, Laure s'y oppose avec énergie. Elle ne veut pas qu'on trouble le sommeil de son enfant. Depuis son grand deuil, toutes ses journées s'écoulent avec une austérité et une lenteur funèbres. Quand Gustave de Maupassant, ce mari dont elle est depuis si longtemps séparée, rend le dernier soupir à Sainte-Maxime, le 24 janvier 1899, elle est étonnée de lui survivre.

Entre-temps, son fils est devenu une statue. Un monument en l'honneur de Maupassant est érigé à Paris, dans le parc Monceau. Au pied de la colonne qui supporte le buste de l'écrivain, une figure de femme, à demi allongée, l'air mélancolique et languissant, symbolise assez sottement la lectrice idéale. Peu après, c'est la Ville de Rouen qui décide

1. Goncourt : *Journal,* le 1er octobre 1893.

d'immortaliser le « grand Normand » par un autre buste, planté, lui, dans le jardin Solférino[1]. L'inauguration a lieu le 27 mai 1900, sous un ciel torride. La musique du 24e régiment d'infanterie joue devant la tribune officielle, bondée de notables, de journalistes, de dames élégantes sous leurs ombrelles. Et les discours s'enchaînent, vantant les qualités de cœur du disparu, son attachement à la terre natale et l'originalité des œuvres qu'il a laissées. José Maria de Heredia retrace la carrière toujours ascendante de Maupassant, rapporte quelques souvenirs personnels et conclut : « Il est de la lignée normande, de la race de Malherbe, de Corneille et de Flaubert. Comme eux, il a le goût sobre et classique, la belle ordonnance architecturale et, sous cette apparence régulière et pratique, une âme audacieuse et tourmentée, aventureuse et inquiète. » La foule applaudit longuement. Pourtant certains, dans l'assistance, regrettent que l'orateur, qui est de l'Académie française, n'ait pas revêtu l'habit à broderies vertes pour prononcer son allocution. On leur explique, à voix basse, que Maupassant a toujours été hostile à cette institution et qu'il se serait retourné dans sa tombe si José Maria de Heredia s'était présenté devant son buste en tenue d'apparat. Déjà l'éloquence fait place à la poésie. Une jeune actrice de la Comédie-Française, Mlle Marguerite Moreno, se dresse au bord de la tribune et récite trois poèmes de Guy. On applaudit de nouveau. Et les harangues reprennent sous un soleil de plomb. La fête se termine aux sons d'une marche solennelle. Laure, qui bien entendu n'a pas assisté à la cérémonie, peut en lire les détails dans *L'Illustration* du 2 juin 1900. Elle est contente. Mais, percluse de douleur, à demi

1. Les deux œuvres sont dues au sculpteur Raoul Verlet.

aveugle et la tête dérangée, elle se demande encore pourquoi « la Dame aux yeux creux » tarde tant à s'occuper d'elle.

Au cours de l'été 1902, la célèbre actrice italienne Eleonora Duse, de passage à Nice, vient voir Laure et se trouve devant une vieille femme desséchée, aux cheveux blancs tirés sur les tempes et au regard terne. Ensemble, elles parlent de Guy, de son œuvre... Au moment de la séparation, Laure dit à la tragédienne : « Vous avez le génie et la renommée; que puis-je souhaiter pour vous ? » « Le repos », lui répond la visiteuse. Mme de Maupassant sourit tristement et réplique : « En retour, souhaitez-le à celle qui n'aura de repos que dans la mort[1]. » Elle s'éteindra le 8 décembre 1903, à Nice, dans sa quatre-vingt-deuxième année, et, contrairement à son fils, sera, selon ses dernières volontés, inhumée à même la terre.

1. A. Lumbroso : *Souvenirs sur Maupassant.*

BIBLIOGRAPHIE

Le lecteur trouvera ci-dessous la liste des principaux ouvrages que j'ai consultés pour écrire la présente biographie.

ALBALAT, Antoine, *Souvenirs de la vie littéraire*, Fayard, 1920.

ARTINIAN, Artine, *Pour et contre Maupassant*, Nizet, 1955.

BLANCHE, Jacques-Emile, *La Pêche aux souvenirs*, Flammarion, 1949.

BOREL, Pierre, *Le Destin tragique de Guy de Maupassant*, Editions de France, 1927.

– *Maupassant et l'Androgyne*, Les Editions du Livre moderne, 1944.

– *Le Vrai Maupassant*, Genève, Cailler, 1951.

BOURGET, Paul, *Etudes et portraits*, Plon, 1906.

DUMESNIL, René, *Guy de Maupassant*, Tallandier, 1979.

FLAUBERT, Gustave, *Correspondance*, Louis Conard, 1930-1954, 13 volumes.

FLAUBERT Gustave et TOURGUENIEV Ivan, *Correspondance*, texte établi par Alexandre Zviguilsky, Flammarion, 1989.

GERVEX, Henri, *Souvenirs*, Flammarion, 1924.

GONCOURT, Edmond et Jules de, *Journal* (4 volumes), Flammarion/ Fasquelle, 1959.

HARRIS, Frank, *Ma vie et mes amours,* Gallimard, 1960.
LANOUX, Armand, *Maupassant, le Bel-Ami,* Grasset, 1979.
LECOMTE DU NOÜY, Hermine, *Amitié amoureuse,* Calmann Lévy, 1896.
– (et Henri Amic), *En regardant passer la vie,* Ollendorff, 1903.
LEMAÎTRE, Jules, *Les Contemporains,* Lecène et Oudin, 1885-1896.
LEMOINE, Fernand, *Guy de Maupassant,* Edition universitaire, 1957.
LORRAIN, Jean, *Très russe,* Giraud, 1886.
LOTTMAN, Herbert, *Gustave Flaubert,* Fayard, 1989.
LUMBROSO, Albert, *Souvenirs sur Maupassant,* Rome, Bocca, 1905.
MAUPASSANT, Guy de, *Œuvres complètes* (29 volumes), Louis Conard, 1907-1910.
– *Œuvres complètes* (16 volumes), Editions Rencontre, 1961-1962.
– *Contes, nouvelles et romans* (3 volumes), La Pléiade, 1974-1987.
– *Contes divers,* avec un *Quid* de Maupassant, établi par Dominique Frémy, éditions Robert Laffont, collection Bouquins, 1988.
– *Correspondance,* présentée par René Dumesnil, Librairie Gründ, 1938.
– *Correspondance inédite,* présentée par Artine Artinian et Edouard Maynial, éditions Wepler, 1951.
– *Correspondance,* établi par Jacques Suffel (3 volumes), Evreux, Le Cercle des bibliophiles, 1973.
MAYNIAL, Edouard, *La Vie et l'Œuvre de Guy de Maupassant,* Mercure de France, 1906.
MIRBEAU, Octave, *Les Ecrivains,* Flammarion, 1926.
MORAND, Paul, *Vie de Maupassant,* Flammarion, 1942.
NORMANDY, Georges, *Maupassant,* Rasmussen, 1926.
– *Maupassant intime,* Albin Michel, 1927.
– *La Fin de Maupassant,* Albin Michel, 1927.
ROUJON, Henry, *La Galerie des bustes, souvenirs,* Hachette, 1909.

SCHMIDT, Albert-Marie, *Maupassant par lui-même*, Editions du Seuil, 1962.
TASSART, François, *Souvenirs sur Guy de Maupassant par François, son valet de chambre*, Plon, 1911.
– *Nouveaux Souvenirs intimes sur Guy de Maupassant*, texte établi et présenté par Pierre Cogny, Nizet, 1962.
TOLSTOÏ, Léon, *Zola, Dumas, Maupassant*, traduction française de Chailley, 1896.
TROYAT, Henri, *Flaubert*, Flammarion, 1988.

Index

J

K

L

Table

DU MÊME AUTEUR

Romans isolés :

FAUX JOUR (Plon).
LE VIVIER (Plon).
GRANDEUR NATURE (Plon).
L'ARAIGNE (Plon) *Prix Goncourt 1938.*
LE MORT SAISIT LE VIF (Plon).
LE SIGNE DU TAUREAU (Plon).
LA TÊTE SUR LES ÉPAULES (Plon).
UNE EXTRÊME AMITIÉ (La Table Ronde).
LA NEIGE EN DEUIL (Flammarion).
LA PIERRE, LA FEUILLE ET LES CISEAUX (Flammarion).
ANNE PRÉDAILLE (Flammarion).
GRIMBOSQ (Flammarion).
LE FRONT DANS LES NUAGES (Flammarion).
LE PRISONNIER N° 1 (Flammarion).
LE PAIN DE L'ÉTRANGER (Flammarion).
LA DÉRISION (Flammarion).
MARIE KARPOVNA (Flammarion).
LE BRUIT SOLITAIRE DU CŒUR (Flammarion).
TOUTE MA VIE SERA MENSONGE (Flammarion).
LA GOUVERNANTE FRANÇAISE (Flammarion).

Cycles romanesques :

LES SEMAILLES ET LES MOISSONS (Plon).
I – Les Semailles et les Moissons.
II – Amélie.
III – La Grive.
IV – Tendre et Violente Élisabeth.
V – La Rencontre.

LES EYGLETIÈRE (Flammarion).
I – Les Eygletière.
II – La Faim des lionceaux.
III – La Malandre.

LA LUMIÈRE DES JUSTES (Flammarion).
I – Les Compagnons du Coquelicot.
II – La Barynia.
III – La Gloire des vaincus.
IV – Les Dames de Sibérie.
V – Sophie ou la Fin des combats.

LES HÉRITIERS DE L'AVENIR (Flammarion).
I – Le Cahier.
II – Cent Un Coups de canon.
III – L'Éléphant blanc.

TANT QUE LA TERRE DURERA... (La Table Ronde).
I – Tant que la terre durera...
II – Le Sac et la Cendre.
III – Étrangers sur la terre.

LE MOSCOVITE (Flammarion).
I – Le Moscovite.
II – Les Désordres secrets.
III – Les Feux du matin.

VIOU (Flammarion).
I – Viou.
II – A demain, Sylvie.
III – Le Troisième Bonheur.

Nouvelles :

LA CLEF DE VOÛTE (Plon).
LA FOSSE COMMUNE (Plon).
LE JUGEMENT DE DIEU (Plon).
DU PHILANTHROPE À LA ROUQUINE (Flammarion).
LE GESTE D'ÈVE (Flammarion).
LES AILES DU DIABLE (Flammarion).

Biographies :

DOSTOÏEVSKI (Fayard).
POUCHKINE (Perrin).
L'ÉTRANGE DESTIN DE LERMONTOV (Perrin).
TOLSTOÏ (Fayard).
GOGOL (Flammarion).
CATHERINE LA GRANDE (Flammarion).
PIERRE LE GRAND (Flammarion).
ALEXANDRE Ier (Flammarion).
IVAN LE TERRIBLE (Flammarion).
TCHEKHOV (Flammarion).
TOURGUENIEV (Flammarion).
GORKI (Flammarion).
FLAUBERT (Flammarion).

Essais, voyages, divers :

LA CASE DE L'ONCLE SAM (La Table Ronde).
DE GRATTE-CIEL EN COCOTIER (Plon).
SAINTE-RUSSIE, *réflexions et souvenirs* (Grasset).
LES PONTS DE PARIS, *illustré d'aquarelles* (Flammarion).
NAISSANCE D'UNE DAUPHINE (Gallimard).
LA VIE QUOTIDIENNE EN RUSSIE AU TEMPS DU DERNIER TSAR (Hachette).
LES VIVANTS, *théâtre* (André Bonne).
UN SI LONG CHEMIN (Stock).

Œuvres de Maupassant
dans Le Livre de Poche

—

UNE VIE.
MADEMOISELLE FIFI.
BEL-AMI.
BOULE DE SUIF.
LA MAISON TELLIER.
LE HORLA.
LE ROSIER DE MADAME HUSSON.
FORT COMME LA MORT.
LA PETITE ROQUE.
CONTES DE LA BÉCASSE.
MISS HARRIET.
PIERRE ET JEAN.
MONT-ORIOL.
CONTES DU JOUR ET DE LA NUIT.

Egalement dans Le Livre de Poche, des œuvres de :

Gustave Flaubert, Barbey d'Aurevilly, Alphonse Daudet, Anatole France, Edmond et Jules de Goncourt, Victor Hugo, J.-K. Huysmans, Prosper Mérimée, Octave Mirbeau, Jules Vallès, Villiers de L'Isle-Adam, Emile Zola...

Dans Le Livre de Poche

Autobiographies, biographies, études...

(*Extrait du catalogue*)

Arnothy Christine
J'ai 15 ans et je ne veux pas mourir.

Badinter Elisabeth
Emilie, Emilie. L'ambition féminine au XVIIIe siècle (*vies de Mme du Châtelet, compagne de Voltaire, et de Mme d'Epinay, amie de Grimm*).

Badinter Elisabeth et Robert
Condorcet.

Baez Joan
Et une voix pour chanter...

Behr Edouard
Hiro-Hito, l'empereur ambigu.

Bled Edouard
J'avais un an en 1900.

Bodard Lucien
Anne Marie (*vie de la mère de l'auteur*).

Bona Dominique
Les Yeux noirs (*vie des filles de José Maria de Heredia*).

Borer Alain
Un sieur Rimbaud.

Bourin Jeanne
La Dame de Beauté (*vie d'Agnès Sorel*).
Très sage Héloïse.

Bramly Serge
Léonard de Vinci.

Bredin Jean-Denis
Sieyès, la clé de la Révolution française.

Buffet Annabel
D'amour et d'eau fraîche.

Canetti Elias
Histoire d'une jeunesse : La Langue sauvée (*1905-1921*).
Histoire d'une vie : Le Flambeau dans l'oreille (*1931-1937*).
Histoire d'une vie : Jeux de regard (*1931-1937*).

Carles Emilie
Une soupe aux herbes sauvages.

Černá Jana
Vie de Milena *(L'Amante) (vie de la femme aimée par Kafka).*

Castans Raymond
Marcel Pagnol

Champion Jeanne
Suzanne Valadon ou la recherche de la vérité.
La Hurlevent (*vie d'Emily Brontë*).

Charles-Roux Edmonde
L'Irrégulière (*vie de Coco Chanel*).
Un désir d'Orient (*jeunesse d'Isabelle Eberhardt, 1877-1899*).

Chase-Riboud Barbara
La Virginienne (*vie de la maîtresse de Jefferson*).

Chateaubriand
Mémoires d'outre-tombe, t. 1 à 3.

Chevallier Bernard interroge
L'Abbé Pierre. Emmaüs ou venger l'homme.

Clément Catherine
Vies et légendes de Jacques Lacan.
Claude Lévi-Strauss ou la structure et le malheur.

Darmon Pierre
Gabrielle Perreau, femme adultère (*la plus célèbre affaire d'adultère du siècle de Louis XIV*).

Delbée Anne
Une femme (*vie de Camille Claudel*).

Desanti Dominique
Sacha Guitry, cinquante ans de spectacle.

Deschamps Fanny
Monsieur Folies-Bergère.

Dietrich Marlène
Marlène D.

Dormann Geneviève
Le Roman de Sophie Trébuchet (*vie de la mère de Victor Hugo*).
Amoureuse Colette.
Douglas Kirk
Le Fils du chiffonnier.
Eribon Didier
Michel Foucault.
Flem Lydia
Freud et ses patients.
Frank Anne
Journal.
Girardot Annie
Vivre d'aimer.
Giroud Françoise
Une femme honorable (*vie de Marie Curie*).
Goldman Albert
John Lennon.
Halliday Desta
Johnny, ses tendres années.
Hanska Evane
La Romance de la Goulue.
Higham Charles
La scandaleuse duchesse de Windsor.
Jamis Rauda
Frida Kahlo.
Junger Ernst
Orages d'acier.
Jardins et routes (*Journal I, 1939-1940*).
Premier journal parisien (*Journal II, 1941-1943*).
Second journal parisien (*Journal III, 1943-1945*).
La Cabane dans la vigne (*Journal IV, 1945-1948*).
Kafka Franz
Journal.
Lacouture Jean
Champollion. Une vie de lumières.
Lange Monique
Cocteau, prince sans royaume.
Levenson Claude B.
Le Seigneur du Lotus blanc. Le Dalaï-Lama.

Lever Maurice
Isadora (*vie d'Isadora Duncan*).
Lunel Pierre
L'Abbé Pierre, l'insurgé de Dieu.
Maillet Antonine
La Gribouille.
Mallet Francine
George Sand.
Mauriac Claude
Le Temps immobile, t. 1 à 8.
Mehta Gita
La Maharani (*vie de la princesse indienne Djaya*).
Michelet Jules
Portraits de la Révolution française.
Miles Keith et **Butler** David
Marco Polo.
Miller Arthur
Au fil du temps.
Miller Henry
Sexus.
Plexus.
Nexus.
Monnet Jean
Mémoires.
Monteilhet Hubert
La Pucelle.
Moussa Pierre
La Roue de la fortune (*souvenirs d'un financier*).
Mouloudji
Le Petit Invité.
Navarre Yves
Biographie, t. 1 et 2.
Nay Catherine
Le Noir et le Rouge.
Les Sept Mitterrand.
Nin Anaïs
Journal, t. 1 *(1931-1934)*, t. 2 *(1934-1939)*, t. 3 *(1939-1944)*, t. 4 *(1944-1947)*.
Pernoud Régine
Héloïse et Abélard.

Aliénor d'Aquitaine.
La Reine Blanche (*vie de Blanche de Castille*).
Christine de Pisan.

Peyrefitte Roger
Tableaux de chasse ou la vie extraordinaire de Fernand Legros.
La Jeunesse d'Alexandre, t. 1 et 2.

Régine
Appelle-moi par mon prénom.

Renan Ernest
Marc Aurèle ou la fin du monde antique.

Rihoit Catherine
Brigitte Bardot, un mythe français.

Roger Philippe
Roland Barthes, roman.

Rousseau Jean-Jacques
Les Confessions, t. 1 et 2.

Rousseau Marie
A l'ombre de Claire.

Roy Jules
Guynemer.

Russel Ross
Bird (*vie de Charlie Parker*).

Sadate Jehane
Une femme d'Egypte (*vie de l'épouse du président Anouar El-Sadate*).

Salgues Yves
L'Héroïne. Une vie.
Gainsbourg ou la provocation permanente.

Schnitzler Arthur
Une jeunesse viennoise.

Signoret Simone
Adieu Volodia.

Simiot Bernard
Moi Zénobie, reine de Palmyre.

Spada James
Grace. Les vies secrètes d'une princesse (*vie de Grace Kelly*).

Stassinopoulos Huffington Arianna
Picasso, créateur et destructeur.

Stéphanie
Des cornichons au chocolat.

Suétone
Vies des douze Césars.

Thurman Judith
Karen Blixen.

Todd Olivier
Jacques Brel, une vie.

Troyat Henri
Maupassant.

Vadim Roger
D'une étoile l'autre (*Brigitte Bardot, Catherine Deneuve, Jane Fonda*).

Verneuil Henri
Mayrig (*vie de la mère de l'auteur*).

Vichnevskaïa Galina
Galina.

Vlady Marina
Vladimir ou le vol arrêté.

Walesa Lech
Un chemin d'espoir.

Yourcenar Marguerite
Les Yeux ouverts (*entretiens avec Matthieu Galey*).

Zitrone Léon
Big Léon.

Dans la collection « Lettres gothiques » :

Journal d'un bourgeois de Paris (*écrit entre 1405 et 1449 par un Parisien anonyme*).

IMPRIMÉ EN FRANCE PAR BRODARD ET TAUPIN
Usine de La Flèche (Sarthe).
LIBRAIRIE GÉNÉRALE FRANÇAISE - 6, rue Pierre-Sarrazin - 75006 Paris.
ISBN : 2 - 253 - 05839 - 4 30/7348/3